U0624925

成长

系列丛书

永不止步

我的成长之路

辽海出版社

胡世宗

/

著

图书在版编目（CIP）数据

永不止步：我的成长之路 / 胡世宗著. -- 沈阳：
辽海出版社，2025. 3. -- ISBN 978-7-5451-7131-0

Ⅰ.Ⅰ247.81

中国国家版本馆CIP数据核字第2024KK9202号

出 品 人：柳青松
特约编审：佟丽霞　王　玮　任铁石

出 版 者：北方联合出版传媒（集团）股份有限公司
　　　　　辽 海 出 版 社
　　　　　（地址：沈阳市和平区十一纬路25号 邮编：110003）
印 刷 者：辽宁新华印务有限公司
发 行 者：北方联合出版传媒（集团）股份有限公司
　　　　　辽 海 出 版 社
幅面尺寸：140mm×210mm
印　　张：15.5
字　　数：285千字
出版时间：2025年4月第1版
印刷时间：2025年4月第1次印刷
责任编辑：秦红玉　吴勇刚
装帧设计：杜　江
印制统筹：曾金凤
责任校对：李子夏　林明慧

书　　号：ISBN 978-7-5451-7131-0
定　　价：68.00元

购书电话：（024）23285299
网　　址：http://www.lhph.com.cn
版权所有，翻印必究
法律顾问：辽宁普凯律师事务所　王　伟
如有质量问题，请与印刷厂联系调换
印刷厂电话：（024）31255233
盗版举报电话：（024）23284481
盗版举报信箱：liaohaichubanshe@163.com

成长系列丛书

编 委 会

主　　编　胡世宗

编　　委（按姓氏笔画排序）

　　　　　王　玮　任铁石　佟丽霞

　　　　　赵　阳　柳青松　秦红玉

　　　　　袁丽娜　徐桂秋　谢学芳

成长

系列丛书

写在前面的话

时代有不同，精神在传承。

中华文明是世界上唯一绵延不断且以国家形态发展至今的伟大文明。在这条从未断流的文明长河里，有多少古圣先贤、志士仁人和现当代数不清的各行各业的优秀者，孜孜矻矻，自强不息，在精神上引领着中华民族，穿越数不清的苦难与险阻，最终铸就属于中国人的光荣与梦想。

作为时代的先锋和民族的未来，青年的成长成才关乎国家发展的大计。习近平总书记多次就青年一代的培养造就作出重要指示，强调要教育引导青年"正确认识时代责任和历史使命，用中国梦激扬青春梦"，并希望广大青年"扣好人生的第一粒扣子"，坚定理想信念，练就过硬本领，勇于创新创造，矢志艰苦奋斗，锤炼高尚品格，努力成为堪当民族复兴重任的时代新人。

人的成长成才是一个不断自我完善、形成价值认知、夯实人生根基，进而实现全面发展的过程。这一过程既需要主体的自我锤炼和砥砺奋进，也需要社会的多维力量作用、服务于主体。为此，我们策划、组织出版了面向广大青年读者的"成长"系列传记体文学丛书，选取现当代在文学、艺术、科学、教育等领域贡献卓著、成就斐然的知名人士，以翔实的素材和生动的笔触讲述他们的成长故事，梳理他们的成长路径和人生心得，意在以"过来人"的经验为青年朋友健康成长提供借鉴和启发，激励青年勇担时代责任和历史使命。

丛书围绕个人成长、家庭教育、师友影响、时代机遇等诸多角度全方位展开评述，真实客观地反映出主人公在人生各个阶段的成长轨迹，展现他们在赓续历史文脉、谱写当代华章的过程中，刻苦学习、矢志不渝、忘我奋斗、实现价值的成长历程，突出成长之路上的闪光处和关键点。深情回顾，娓娓道来，没有高高在上，没有凌空蹈虚，只有平等交流、真诚分享。

孔子说，"益者三友"，"友直，友谅，友多闻"，与正直的人、诚实的人、见多识广的人交朋友，必然受益。我们真诚希望青年朋友能够透过文字与优秀的前辈对话交流，在良好的阅读体验中吸取经验、获得启迪，不断茁壮成长。愿这套丛书能够成为青年成长之路上的良师益友。

一个伟大的国家，正是在一辈辈人的建设下，变得日益强盛。

一个光荣的民族，更是在一代代人的传承中，实现伟大复兴。

成长，成长，愿我们像种子一样，一生向阳，一生向上！

"成长"系列丛书编委会

2023 年 6 月

目录

03

04

永不止步 / 我的成长之路

胡世宗 简介

　　胡世宗，军旅作家、诗人。1943 年出生于辽宁沈阳。1962 年加入中国人民解放军。1965 年加入中国共产党。从军后，曾任战士、班长、排长、原第十六军政治部文化处干事、原沈阳军区政治部文化处处长、原沈阳军区政治部创作室副主任。2003 年退役。

　　1958 年以"少先队员胡世宗"的署名在《辽宁日报》发表诗歌作品，自此踏上文学创作道路。1965 年，以"战士诗人"的身份出席全国青年业余文学创作积极分子大会，受到周恩来、朱德等党和国家领导人的接见。1973 年出版第一本诗集《北国兵歌》。1980 年加入中国作家协会。现为辽宁省作家协会顾问。创作出版《鸟儿们的歌》《雕像》《沉马》《战争与和平的咏叹调》《为祖国而歌》《我把太阳迎进祖国》《当代诗人剪影》《人生与诗》《烛光》《岁月漫忆》《厚爱》《文苑边鼓》《铁血洪流》《砥柱中流》《漫漫红军长征路》

《爸爸讲给孩子的红军故事》《神秘之旅》《坚贞不屈的赵一曼》《赵一曼传奇》《刘胡兰》《关于诗的书简》《泉·最美——父亲心中的胡海泉》《15岁的剑桥生》《一路向南》《地球是圆的》《最后十九小时》《信念之子：雷锋》《洪流放歌——我写雷锋60年》《延伸，我们的路》《我与刘白羽》《我与臧克家》《我与浩然》《我与李瑛》《我与魏巍》等各类文学艺术专著76部。其中，2006年和2016年，春风文艺出版社出版了17卷、972万字的《胡世宗日记》，日记时间跨度为57年，记录了作者的学生时代、军旅生涯和文坛风景。该日记分别由袁鹰和何建明作序，出版后，在沈阳和北京分别召开了座谈会，与会专家、学者称之是一部"文字的长征"，是"充实多彩的生命长征史"，是"诗人心史·作家画廊·时代剪影"，是"一部新时期文艺的《清明上河图》"，是"半个世纪中国社会生活的记录"，是"用个人经历筑起的浩瀚文化工程"。《人民日报》《解放军报》《光明日报》《文艺报》《文学报》等40多家报纸发表了对这部日记的评论和召开日记座谈会的报道。

胡世宗还主编和编选了《新诗绝句》《黑土地·红松林》《爱的甘泉——中外精美爱情诗100首》《爱的月光——精美军旅爱情诗200首》《中外新诗名句集萃》《青春美赠言》《未来不是梦》等文学作品集46部。有作品收入中小学课本。其作词的歌曲《我把太阳迎进祖国》获2001年中宣部精神文明建设"五个一工程"奖。

就让我从 5 岁时随家人逃难，开始回顾我的人生吧。那是 1948 年，沈阳解放前夕，国民党军败退，共产党部队打进来⋯⋯我的幼年和少年，经历了从旧中国到新中国这样一个重要的历史转折，我跟着工厂的军代表学唱革命歌曲，给远在抗美援朝战场上的志愿军叔叔写信⋯⋯这些鲜红的记忆，是我成长的底色。

探索成长之路，解读智慧人生，
本章内容，扫码收听。

第一章

小时候的红色记忆

逃难路遇解放军

曾听人说，人生记事 5 岁起。这并不是普遍的规律，也有人两三岁就开始记事了。而我应该是 5 岁那年开始记事的。那年是 1948 年，后来查对一下，应该是 10 月底或 11 月初。

1948 年 11 月 2 日，为时 52 天的辽沈战役胜利结束，宣告东北全境解放。

那时我家住在沈阳城里，在铁西区北三马路 11 号。这里在伪满时是富士棉株式会社，解放前是东北卫生药棉厂，解放后是东北制药厂第五分厂，又叫红星制药厂。工厂和宿舍紧挨着，只隔一道墙。墙上有一扇小门，平常锁着，紧要时或有重要人物通过时才打开。

解放前夕，国民党的一个炮兵团驻扎在这儿。厂子的车间、仓库、俱乐部里，都堆满了军火，无形中把工厂变成了他们的军火库。共产党的军队就要打进来了，国民党

◎ 1948 年 11 月 2 日沈阳宣布解放，解放军接管沈阳火车站

的军队仓促撤离这个驻地，他们根本来不及带走那些成箱、成堆的炮弹，又不想把这些军火留给共产党的军队，于是就想等他们的兵一撤离，便派飞机来轰炸这里。

国民党兵里有同情我们的好心人，把这个重大的、秘密的信息透露给和他要好的住户。大家听到这个恐怖的消息，都吓得够呛。飞机一轰炸，这一大堆、一大片的军火被连续引爆，哪还能有我们的好啊？这儿立即就会变成一片火海，我们肯定都没命了呀！

天已经渐渐黑了，大伙儿商量后一致认为得赶快逃，逃离这个院子，逃离得越早越好，逃离得越远越安全。都带什么东西呢？别带什么东西了，除了吃的和穿的，其他都不重要啊！那个年月也没有什么能随身带走的值钱东西。那时，各家各户大都没有门锁，用几个钉子把门钉上就算是锁门了。等事情过去，安全回来，再把钉子起下来就行了。有人担心窗上的玻璃被爆炸震碎，就用纸条在一块块玻璃上贴"米"字。其实如果真把炮弹箱全引爆了，无论怎么贴"米"字也不管用啊。

一个叫路保芝的汉子，自告奋勇留下来，独自冒死守护这个院子。在告别的时候，大家都向路保芝投以感激和敬佩的目光。同院逃难的有二三十人。我们家是 6 口人，那时大姐惠芝、二姐惠兰都嫁出去了，家里只有爸妈、三姐惠芳、9 岁的耀宗哥哥、5 岁的我和两岁的惠芬妹妹。爸爸背着惠芬妹妹，三姐背着我。天黑乎乎的，刚出大院，我左脚上的鞋就被碰掉了。三姐放下我，和家人一起在黑暗中摸索了好一阵子也没找到，就干脆不找了。我们这群人就这样摸黑往西逃去。

我们走出很远了，回头看，果然有国民党的飞机飞到城区上空往下扔炸弹。他们得多坏呀，只为了不把炮弹留给共产党，竟然不管百姓死活，就来轰炸啊！在夜里，远远地能听到炸弹爆炸的巨响，也看得见城里燃起的冲天火光。我们都惊魂未定，庆幸作出紧急逃离厂区保命的决定。

这一群前途未卜的老老少少，继续向西边走着。约莫走到了现在的兴顺街或保工街附近，迎面遇到了一支自西向东急行的队伍。走在队伍前面的一个高个子带队人，警惕地问我们是什么人。我们领头的回答，我们是逃难的老百姓。他们拿手电照了照我们这支有老有少、有男有女、穿戴也不统一的队伍，便很和蔼地告诉我们，他们是人民解放军，也就是以前的"八路"。他们一定以为说"八路"，我们就会明白他们这支队伍的性质。他们又十分和气地请我们出人给他们带路，毕竟我们是城里的住户，熟悉这里的街路。我爸的结拜兄弟傅万年自愿给他们带了路。

当晚，我们跑到了位于于洪区的三姨张桂元家。三姨家附近有座庙，逃难的很多邻居就在庙里歇息，并在庙里烧香祷告，让菩萨保佑我们平安无事。距离小庙不远，有解放军的队伍安营驻扎，几门野战炮都戴着伪装圈，威严地耸立着。

人的一生有许多缘分。我5岁逃难路上遇到的这支队伍——中国共产党领导的人民军队，我只记得他们一律穿着黄棉袄，记不得他们头顶的帽子上有没有红五星。这是我人生之初亲眼见到、亲身感受到的难忘的一幕。

次年，我6岁时，中国发生了天翻地覆的巨变。1949年10月1日，毛泽东主席在北京天安门城楼上向全世界宣告：中华人民共和国中央人民政府今天成立了！

中国人民从此站起来了，成为国家的主人！

中国劳苦大众深刻地感受到新旧中国两重天，做亡国奴的日子、兵荒马乱的日子、民不聊生的日子，终于熬到头了。

我一个小孩儿，对于新中国的成立，所能感受到的是家庭生活的安稳：爸爸可以无忧无虑地正常上下班，妈妈可以正常做家务，小孩子们可以快快乐乐地玩耍了。而且很快，哥哥和我也先后上学读书了。我是在新中国的阳光照耀下长大的。

跟军人叔叔学唱《东方红》

我的童年，6岁之前是无歌的。解放前，我没唱过歌，也几乎没听过歌。

大约是在1949年的冬天，我6岁半的时候，解放军的代表进驻父亲所在的东北制药厂。从生产到生活，军代表全管。军代表里有一个董教员，是文化教员，戴着眼镜，文质彬彬，和蔼可亲。我记得他胸前总是别着一枚像章，像章上有两个人头像。后来我们知道了，那两个人是毛泽东和朱德。像章的外壳是透明的塑料——那时叫"化学"。像章很小，很庄重。我们这些小孩儿都很眼馋，也很想戴上这样的像章。但那纯粹是幻想，是根本不可能的。我们未曾在别的军人胸前见过这样的像章，说不定，这像章是董教员自己制作的呢！

工人们都去上班了，闲下来的妈妈们和孩子们被召集到俱乐部里学唱歌。俱乐部不大，里面只有一些木制长条凳；前面有一块大黑板，黑板上抄着《东方红》的歌谱。学唱歌的人有二三十位，没有几个是认得字的，但董教员仍然用木棍指着黑板上的音符和字给大家示范："东方红，太阳升，中国出了个毛泽东……"

董教员给我们讲毛泽东在井冈山、在延安时的故事，可我们也不知道井冈山、延安在哪儿。董教员给我们讲毛泽东领导红军进行了二万五千里长征，可我们也不晓得红军长征是怎么一回事……董教员告诉我们，《东方红》是一首陕北民歌，是一个叫李有源的农民作的词。农民？农民还作词？我们就更不明白、不理解了。《东方红》歌颂毛主席"他为人民谋幸福，呼儿嗨哟，他是人民大救星"，我们学唱歌，都记住了毛主席是人民的大救星。

董教员一句句地教，大家跟着他一句句地学。他还让大家主动出来，独唱个一句两句的。有时他也会点名选一个人跟他一起唱。这时，我往往低下头，担心被他挑选到。其实他教的我都会，就是没有勇气当着大家的面唱。可董教员像是盯上了我，他指着我："这小孩儿！"这时我就躲不过去了，只好站起来独唱一段。董教员微笑着鼓励我："这小孩儿唱得不错！"

我的名字不为人知，但大家都知道董教员给我起的名儿——"这小孩儿"。

接着，我们学了《解放区的天是明朗的天》《咱们工人有力量》等好多当时流行的歌曲。在学唱《咱们工人有力量》的时候，董教员说，这首歌的创作灵感，是作者马可在佳木斯一座热电厂里体验生活时获得的。那时候我小，教员一口一个"马可"，我听成了"马哥"。长大以后，我才知道那是作曲家马可，不是什么"马哥"。我还知道了，马可在佳木斯只是完成了这首歌的初稿《工人四季歌》。后来，马可深入到沈阳机车车辆厂，参加义务劳动，才进一步完善了这首歌，升级为《咱们工人有力量》。这首歌塑造了我国工人阶级的英雄形象，体现出工人的伟力："每天每日工作忙""盖成了高楼大厦，修起了铁路煤矿""改造得世界变呀么变了样""咱们的脸上放红光，咱们的汗珠往下淌"……

小学时给志愿军叔叔写信

抗美援朝战争是新中国成立后不久发生的重大历史事件，给我留下了异常深刻的记忆。

"小河的流水哗啦啦啦啦呀，请你给志愿军叔叔捎上几句话……"我记得这是那个年代我们小孩儿都会唱的一支歌。

这么多年过去了，我仍会唱这开头的两句，我在网上查找这支老歌，却怎么也找不到。查到的是："小河流水哗啦啦啦，三个姐妹生娃娃""小河流水哗啦啦啦，我和妹妹去采花""小河流水哗啦啦啦，水边游来一只鸭""小河流水哗啦啦啦，绿柳林旁是我家"……为此我十分惆怅，怎么就没有"小河的流水哗啦啦啦啦呀，请你给志愿军叔叔捎上几句话"呢？

老师告诉我们，美国对朝鲜和中国实施了细菌战，向城乡空投纸包或纸筒，里面有跳蚤、虱子等小虫子，这些昆虫能传播鼠疫等恶性传染病。我们看到老师在黑板上画的昆虫的图形，放学后，我们就到墙角、水井边，去寻找毒虫。拿竹镊子夹到一些小昆虫，便放在玻璃瓶里，带到学校，让老师甄别。老师说，拿去化验才能确认是不是毒虫。

我们捕捉的应该不是毒虫。但那时，我们都绷紧了"和美帝斗争"的弦。在节假日，我们到志愿军军属家干活儿，擦玻璃、扫院子。我们还会捐出买糖块的零花钱，用来买飞机大炮。小小糖块怎么能与飞机大炮联系到一起呢？在那个时候就是能联系到一起。

当时，河南豫剧演员常香玉听说志愿军某高地遭受百余架敌机轰炸，便立志要为志愿军捐赠一架战斗机。她卖掉剧社的卡车和家里的房子、贵重物品，连孩子的金锁都拿出来变卖了。她还到各地义演，一点点积攒，半年不行就一年，一年不行就两年……1952 年，她捐赠战斗机的愿望终于实现了，那架米格 -15 战斗机被命名为"香玉剧社号"。毛主席接见了她，并亲切地握着她的手说："这个香玉了不起。"

抗美援朝期间，老师组织我们给志愿军叔叔写慰问信。这是我此生第一次给别人写信，第一次用写信的方式表达自己的情感。

那时没有电视，无法看到志愿军叔叔在朝鲜前线的影像。老师说，可爱的志愿军叔叔在朝鲜前线的坑道里"一把炒面一口雪"，过着艰苦的生活，进行着顽强的战斗。

通过老师的讲述，我们仿佛看到了志愿军叔叔当时生活和战斗的情景。本来不会写信的我们，都突然笔下生花，专心地写起来。我也很自主、很自信地给远方的志愿军叔叔写了信。

在第一行，我写道："亲爱的志愿军叔叔：您好！"

下面是自我介绍："我是沈阳市铁西区玻璃厂子弟小学三年二班的学生胡世宗。"

接着，我问询："志愿军叔叔身体怎么样？在朝鲜生活适应吗？参加了什么战斗？"

在信的最后，我祝愿："志愿军叔叔们身体健康，精神愉快，多杀敌人，多多立功！"

老师看了同学们写的信，除了个别的给予指导外，大都评价写得好。一封封信装进了统一的信封里，学校一并寄给志愿军战士，希望能让他们感受到祖国人民时时刻刻的牵挂。给志愿军叔叔写信，是那段年月里我认为最重大的事件了。信发走后，我就盼着回信，十天半个月过去了，一两个月过去了，直到半年一年过去了，我始终没收到志愿军叔叔的回信。不仅我，我也没听说周围的哪个同学收到了回信，好像写信的事没有发生过一样。但在我心里，这件事可不是没有发生啊。我特别看重这件事，以至于后来我珍藏所有的来信，这或许是我在心理上的一种自我补偿。

当时广西有个 9 岁的小女孩儿唐初阳，她就很幸运，收到了志愿军叔叔的回信。回信的叔叔叫陈井生，他们还互寄了照片，结下了一份跨越年龄、跨越地域的友情。通信持续了好几年，直到唐初阳又一次写信时被退信为止——"无此番号"。

2020年，距离抗美援朝出国作战已过去70年了。唐初阳再次想起陈叔叔，如果健在，他也该是90岁高龄了。早就过了古稀之年的唐初阳想，如果能找到陈叔叔，她要给陈叔叔敬一个少先队员的队礼！

她的心愿通过网络发布出去，很多媒体都转发了。你说神不神？不到一天，这个信息就传到陈叔叔的家人那里了。令人遗憾的是，陈叔叔已经离世。唐初阳得知陈叔叔平安从战场归来，也安享了晚年，颇觉宽慰。

当年还有一个叫过云月的女学生，她与志愿军战士袁国光通了多年书信。过云月是杭州一个师范学校的学生；袁国光参加过上甘岭战役，负过伤、立过功。过云月给袁国光寄去用丝绸编织的周恩来总理的像和展现杭州风光的照片，希望袁国光转业后能到杭州工作。袁国光从朝鲜前线回来后被分配到广东韶关粮食部门工作，而过云月一直在杭州从事教育工作，他们断了联系。在二人都到了晚年时，袁国光的儿子袁章通过网络，让他们重新取得了联系。当两个人通电话的时候，都沉默了很久，不知说什么好，不知怎么说好。

当年的小女孩儿唐初阳没有忘记英雄的战士陈井生；袁国光在前线作战，过云月的信就在他的兜里。回顾这些平凡、简单、温情的故事，我想，胜利的源泉就在于此。

父母是我人生的第一任老师。特别是我的母亲张福坤，她没教过我数理化，也没教过我造句、写诗，但她用自己的言行教我做人做事，我看在眼里，记在心上。而我的父亲胡庆荣，文化程度很低，却勤奋地创作着顺口溜儿和快板儿。他的文艺天赋可能以基因的形式遗传给了我。

 探索成长之路，解读智慧人生，本章内容，扫码收听。

第二章

父母是我的第一任老师

母亲圆了这个家

　　在我的记忆里，母亲永远那么清瘦，但就是在她那瘦弱的身躯里，仿佛有着迸发不尽的旺盛的生命力。

　　母亲出生在辽宁营口的乡下，她小的时候叫"福贵"，这个名字像是男孩儿的。跟父亲结婚之后，父亲给她起了个名叫"福鑫"，母亲不喜欢这个带着三"金"的名字。解放之后，父亲又给母亲改名叫"张福坤"。不管怎么改，母亲的名字里总有个"福"字，可实际上母亲却辛苦了大半辈子，到晚年才好了一些。

　　母亲在 20 岁时和父亲结了婚，她一过门就成了 3 个孩子的"后娘"。父亲的前妻去世后撇下了 3 个女儿，当时她们分别是 7 岁、5 岁和 3 岁。母亲不愿在乡下结婚做小媳妇——旧社会乡下的小媳妇，所有长辈都可以使唤她，永远也翻不了身。她宁可变成 20 岁的老姑娘，孤身远嫁到沈阳，一进门就当 3 个孩子的妈。

◎ 母亲张福坤

　　母亲以极大的爱心，疼爱和抚养了我的这 3 个姐姐，之后又生养了我们 6 个兄弟姐妹。母亲拥有的 9 个孩子，个个都是她的心头肉。在她心里，从没有亲疏厚薄之分，母亲以自己的言行赢得了 3 个姐姐不同寻常的尊敬和爱戴。直到 3 个姐姐都当了奶奶时，她们仍时时表达对母亲的感恩之情。3 个姐姐中只有三姐不在沈阳而在长春。父亲去世后，三姐也和另外两位姐姐一样，年年给母亲寄钱来表达孝心。三姐的孩子们都长大成人了，她的孩子都有孩子了，但她仍不忘母亲的恩德。三姐去世后，年逾古稀的三姐夫照旧给母亲寄钱。

1938年，母亲来沈阳不久，父亲就去外地学习做药棉的技术，母亲领着3个女儿过日子。1939年，耀宗哥出生，男孩儿，特娇贵，3个姐姐都爱护他。

我1岁多的时候，母亲抱着我回娘家，从沈阳坐火车到营口，然后到后河沿乘坐去鲤鱼沟的摆渡船。从岸边搭到船上的跳板较长，母亲抱我走在上边，紧着走紧着颤，走到一半，跳板突然从船帮上滑脱，我们娘儿俩就一起掉下去了。亏得是退潮，否则两条命就没了。据母亲说，摔了之后，我不吃奶，也不吭声，给啥东西也不要，完全成了傻孩子一个，吓得大舅妈让大舅赶快摇船送我们回家。好像有感应似的，父亲带哥哥跑到营口来接我们，结果走两岔了，我和母亲先到家，父亲和哥哥扑了个空又折回沈阳。我一见到父亲和哥哥，也笑了，也叫了，也吃了，也喝了，啥事都没了，虚惊一场。

母亲没有上过学，只是在"扫盲"运动期间才识了一些字。那时她都40岁了，一周学3次，一次学两个钟头，坚持学了两年。母亲读书读报可认真呢，《水浒传》《三国演义》《唐王征东》，她都读过。家里家外活儿太多，母亲一天只能读上两三页。但她贵在坚持，决不中断，也从不放过任何一个生字，遇到生字就查字典或问别人。

母亲历来尊重知识，盼望着儿孙们学文化、有出息。

每个孩子出生，没满月时母亲都会在枕头下放一本书。这已经成了我们家族的习俗。母亲告诉我，我生下来时，枕头底下放了一本《千家诗》。哥哥的儿子海旭有了儿子，小枕头底下放了一本《研究生外语》。我问过母亲，是怎么想到这样做的。母亲说，是跟我的姥姥学来的。

母亲撑住这个家

　　我们家人口多，光吃饭不挣钱的孩子就好几个，我们家一直是父亲工厂的"救济户"。东北制药厂照顾困难家庭的措施，就是让"救济户"包一些零活儿，如糊包装脱脂棉的纸口袋、糊包装葡萄糖注射液或青霉素注射液的纸盒。糊100个纸口袋或纸盒，能挣个三角两角的。

　　常常在晚饭后，在昏暗的灯光下，母亲把那个又重又大的炕桌放在地当间，她边给我们几个孩子讲薛仁贵、呼延庆、莽张飞、孙猴子的故事，边率领我们干活儿。看到我们听得入迷停下手中的活儿，母亲便停止讲故事来提醒我们。几十年后，我跟母亲重提讲故事的事儿，我夸母亲真会讲故事，听得我们都入神了。母亲笑笑说："我哪会讲啊？想让你们干活儿，你们人小，怕你们困哪。"我那时8岁，大妹妹惠芬5岁，我们都是糊纸口袋和纸盒的好手呢。

◎ 1961 年，与父母及兄弟妹妹合影

　　解放前的两年，我们家困难到了极点，我记得曾吃过好长时间的豆饼，那豆饼是喂马的呀！人吃马料啊！豆饼像水缸口一样又圆又大，用砍刀削成小薄片，放在火炉上烤，烤到焦脆时就能吃了。我家一个月吃一块豆饼。

　　母亲带头吃，全家人都跟着吃，唯独不让父亲吃。母亲会给父亲做一小锅米饭，大多数时候是高粱米饭，偶尔是大米饭。母亲说了，父亲是全家的顶梁柱，是全家唯一一个能挣钱的人，父亲若是垮了，全家人就得喝西北风了！

　　1958 年，是我们家又一个艰难的年头。这一年，父亲因高血压退职了。除了领到 500 元退职金外，再也没有一分钱的收入了。

这一年，我们家从明亮的，有暖气、煤气、地板的楼房，搬到烧火炕的小平房，又从小平房搬到一间终日不见阳光的、原是别人放煤用的小黑屋。小黑屋不到 10 平方米，白天不开灯就什么也看不见。我们家这么多人住进来，可以想见生活是何等的艰难。光说一个住吧，得怎么挤才能住得下呢？亏得我和哥哥都住校，但节假日总得回家吧。

不大点儿的屋子中央，放着一个火炉子，平时烧水做饭都靠它，冬天取暖也靠它。每天早上生炉子是门学问，要用火柴把报纸点着，放在炉子里码好的劈柴底下，劈柴着起来了，再把煤块或掰开的煤坯放在劈柴上面。晚上，多冷的天也得把火炉熄灭，否则有可能一氧化碳中毒。这些家务活儿都由母亲一个人承担，她不让其他人碰这个。

母亲当时 42 岁，此前一直是家庭妇女，照看一大家子人的生活，从未走出家门工作过。这时，她为了支撑这个家，为了我们兄弟姐妹都不因家庭困难而辍学，她托人找到一个建筑队，做起了临时工。她每天冒着烈日在建筑工地筛沙子，脸、胳膊、腿都被晒爆了皮。工头说，母亲是几十个人中干活儿最不偷懒的两个人之一，所以给她一等工薪，一个月 20 元钱。

后来，母亲在沈阳市和平区遂川幼儿园，找到一份给120 个小孩儿做饭的差事。不要说买米买菜、做饭炒菜这些琐碎繁重的活儿了，光是每次都要刷的 120 个碗，就是满满两大盆。

再后来，母亲调到沈阳市无线电十厂职工食堂。全厂就两个炊事员，人手不够，她起早贪黑，凌晨 4 点钟就得去给工人们做早饭。上班前，母亲先给家人做一大锅炖菜，蒸上玉米面大窝头。做好后，她自己常常来不及吃，就匆匆出发了。

母亲在困难面前，从未低过头，从未唉声叹气过。母亲的话铿锵有力："日子多难都得过。世上比我们更困难的人，多了去呢！"

治病救人不让谢

在母亲的心里，别人家的孩子也和自己家的孩子一样宝贵，都要好好关心、爱护。

母亲在遂川幼儿园当炊事员的时候，小妹惠萍正好4岁，完全可以进这个幼儿园，这是多么顺理成章的事啊。可母亲偏偏把惠萍送到马路对面的园路幼儿园，免得人家说她做饭，她的孩子多吃了。这样的戒备有必要吗？是不是多余啊？很多人劝母亲把小女儿放在自己身边，好照应，母亲就是不答应。

遂川幼儿园的楼下有一家人，两口子都在医院工作，他们有个傻儿子叫立峰，进不了幼儿园。园长和母亲知道这事以后，就特别照顾这个孩子。母亲总给他盛点热乎饭菜吃。那小立峰见着别人可横了，可一见到我母亲就特别亲近，叫"姥啊，姥啊"。他叫不准"姥"字，便叫成了"脑啊，脑啊"。

母亲在沈阳市无线电十厂工作时，厂里有一个孤寡老工人，无儿无女，有业无家。母亲就格外照顾他，星期天还把他请到家里来，给他包饺子或做点儿细粮，改善改善生活。那时候平常人家吃一顿饺子非常不容易，吃细粮也很难得啊。

我们胡家有一个祖传秘方，专治肺痨和体虚。母亲会熬这个药，熬药的时候需要优质煤块。而那时煤块是限量供应的，通常春节时才有供应。平时烧火做饭取暖，谁都不舍得用煤块，多是用煤面子打成的煤坯。

熬一服药要6～8小时，不仅得搭上好煤，还要搭工。从头到尾必须掌控好火候，否则就熬废了，白白搭上药材、核桃仁、冰糖和工夫。母亲常常给需要的人熬这种药。

我们邻居老吴太太，老伴儿去世了，生活极为困难，大儿子考上了大学，却因咯血休学在家。学校不让他念书了，据说是肺结核三期，病得挺重，住进了医院。大夫对老吴太太说，孩子爱吃啥就给做点儿啥吧，看样子，这孩子真不行了。

我母亲心肠热，想到了咱们家的药，就对老吴太太说："咱家有服药，可以给孩子熬一服试试，能信得着吧？"

老吴太太说："信得着，信得着。行，那就求你了！"她心里想的是，反正大夫都说没救了，就死马当活马医吧！

母亲说："什么求不求的，万一能治好孩子的病呢？"

于是，老吴太太按方抓药，母亲到老吴太太家帮忙熬药，一去就是七八个小时。

这孩子按服药要求，每天冲水吃一小勺药膏。吃了第一服药，已经卧床不起的孩子竟然能起床了，后来甚至能下地了，能帮妈妈捡碗洗碗了。连续吃了三服药，病居然彻底好了。他返校完成了学业，毕业工作，娶妻生子。

他一直没有忘记胡家婶子的恩德。有一天，他来到我母亲面前，跪下来认"妈"。

"我三个儿子呢，不缺儿子！"母亲扶起这孩子，对他说，"咱家的药能救你，能治好你的病，这比什么都好……"

说起咱家这个药，救了好多人。我弟媳王丽明的同事郭莹林，有心脏病，体弱身虚，吃了我母亲给熬的咱家这个药，病情有了明显的好转。令人没想到的是，她的儿子段承钧竟然成了我的女婿，成了我女儿海英的丈夫。这是一段多么奇妙的药缘啊！

给铅笔和衣服染色

　　我们兄弟姐妹小时候都念书，对铅笔、算草本和方格本的需求量很大。我们家生活困难，买不起好铅笔。所谓好铅笔就是有牌子的，如中华牌等；更豪华些的，一头还带着橡皮。我们家的孩子从未用过这样好的铅笔。母亲知道沈阳市二轻局的门市部有特价产品，纯木杆铅笔，一支只要5厘钱，木杆上没有任何颜色，就是原木色。母亲一次买2角钱的，40支。回到家，小妹妹嫌原木色的铅笔杆不好看，羡慕其他同学用的花花绿绿的铅笔。母亲说："铅笔杆带不带色、名不名牌，都一样写字。"我们都觉得母亲说得有道理。

　　但当我们都睡熟了，母亲却在灯下用蜡笔和红蓝铅笔，把原木色铅笔杆一根根染成花花绿绿的。第二天清早，弟弟妹妹们自然是一阵惊喜、一阵欢呼了！弟弟妹妹们用的方格本和算草本，也都是母亲从二轻局的门市部买回来的打折的、特别便宜的那种。

学校里举办运动会或组织节日游行时，要求学生统一着装，通常要求穿白色上衣和毛蓝裤子。白上衣好说，毛蓝裤子就成问题了。家里买不起毛蓝布，买的是9分钱一尺的白花旗布。母亲又买了一包蓝色染料，自己染一染。可是染的布一洗就掉色。有一次我穿着母亲染的毛蓝裤子，白上衣扎在裤子里，恰巧回家路上下雨了，经雨水一浇，扎进裤腰带里的白上衣也被染蓝了一截儿。

为了解决掉色的问题，母亲三番两次到中街的洗染房求教老师傅。弄清楚染色的方法后，回到家把我的裤子重新染一下，情况就好了很多。

我们家孩子多，不分男孩儿女孩儿，穿衣服就是从大往小排，最大的孩子能穿到头一茬的新衣服，排到最小的孩子的时候，衣服已经是洗了又洗、补了又补，补丁摞补丁了。小妹妹有时候就噘嘴不高兴。母亲却说："这补丁是光荣块块，只要干净整洁就好。人的穿戴，干净整洁比什么都重要。衣服不贵干净贵。"

老母还粮最使我难忘

　　1948年沈阳的春天，是解放前没有绿意、没有欢笑的最困苦的一个春天，是毫无春意的春天，那是个家家日子都不好过的春天。

　　我父亲曾经的一个同事，家住铁岭乡下的李忠阳，找到我父亲，为他的长兄李忠堂家筹措度春荒的口粮。当时我们家人口多，生活极艰难，无余粮可借。这就是我前面说到的，小时候吃喂马的豆饼来填充肚皮的年月啊。

　　我家肯定是没有粮食外借的，但一个与我家关系十分要好的远亲——路保芝，他有130斤高粱米和小米寄放在我家。解放前夕，全院人逃难，唯有路保芝留下护院。解放后不久他就入了党。

　　当时工人上班只开极少的现钱，工资主要以粮食的形式发放。路保芝那时是一个单身汉，无妻无儿，这些粮食放着也是放着。而且李忠阳承诺，到了秋天打下粮食就会马上还粮。于是我父亲给李忠阳担保，替路保芝做主，把这份存粮借了出去。

到了这年的秋天，借粮人没有还粮，转年的秋天也没还！

再转眼竟然过去了10年、20年，似乎借粮的双方早就把这事忘得干干净净了。可是借粮经手人——我的父母，一直把这件事记在心上，因为人要讲诚信呀。父亲在世时，经常说，如果老李家不还这粮，我们就将这130斤粮食还给路保芝。

转眼到了1988年，中国经过改革开放的洗礼，老百姓的日子一天比一天过得好，谁家里都不会为吃粮犯愁了。母亲却一直想着还粮的事。

一个周日，她对我弟弟英宗说："你两个哥哥年纪大些，还粮的事你来办吧。"

弟弟说："这年头谁还在乎粮食啊，如果一定要还，给钱就完了。"

母亲说："不行！当时借的是粮，还，也是要还粮的呀！"

弟弟说："俗话说'父债子还'。这事不用您老操心了，我办就是了。"

母亲说："不行。这粮是你爸和我欠下的，我有退休金，我还。"

弟弟说："路保芝住的地方已经大变样了，小平房全变成大楼房了，上哪儿找去啊？"

母亲说："若好找，要你干吗？！"

过了几天，母亲给弟弟打电话："粮食买好了，去还吧。"

在一个下午，弟弟借了一辆面包车，找了4个小伙子，到母亲那儿取了200斤大米，然后到铁西区马壮街去还粮。

在车上，4个年轻人纳闷儿地问："胡书记，你这是要干啥呀？"当时弟弟在一家工厂的基层任党支部书记，他后来升任沈阳重型机械集团党委书记。

4个年轻人得知还粮事件的来龙去脉后，都对我母亲的做法不理解。

弟弟解释说："我母亲这辈子就这样，别人帮自己的事永远铭记；欠人家的，要还，一丝一毫都不能差。可她帮助别人的事，就全不记得了。"

弟弟到了马壮街，先到派出所去查问，得知了路保芝家在几委几组，接着到居委会查到他家住的是哪幢楼哪一户。车子绕了几圈，终于找到了路保芝家。

上了楼，弟弟嘱咐4个年轻人要隐蔽起来，免得主人从门镜看见几个陌生人和两个大袋子会生疑、害怕。

弟弟敲门，里面的女主人问："谁呀？"

弟弟说："您是曾宪敏大姐吗？我是胡庆荣的儿子，胡家老三胡英宗，咱们还是马壮街的老邻居呢。大姐，您开门吧。"

曾宪敏听明白了。路保芝是解放前父亲从营口老家介绍到沈阳工厂工作的。解放后，他和曾宪敏大姐结婚没地方住，就借住在我们家一个五六平方米的南向小屋子里。曾姐记得这一切，她把门打开，让弟弟进屋。

弟弟一招手："来，快来！"随着喊声，4个小伙子把两大袋大米迅速抬进了门厅，放下后立即出门，噔噔噔地下了楼。弟弟把门带上，进到屋里，一五一十地跟曾大姐说了这大米是怎么一回事。曾大姐惊得半晌说不出话来。

母亲听弟弟把还粮的经过汇报完，脸上露出了笑容。

有一年春节，在我叔伯家的惠珍大姐的陪同下，路保芝大哥来看望我母亲。在我母亲面前，路保芝大哥没有刻意提还粮的事。可是我看到路保芝大哥一直用一种亲近的、敬重的目光看着我母亲。我母亲是不善言辞的，她只是非常家常地问："保芝身体咋样啊？宪敏咋样啊？孩子都咋样啊……"

母亲不会说什么漂亮话，但她用行动说明了一切。母亲在品格和性情上对我的影响，贯穿我这一生。

父亲的人生起起落落

　　我们的老家在营口县水源乡大房身村。我的祖父、曾祖父、高祖父，三代都是船上的雇工，出海打鱼运输，卖命挣钱度日。

　　祖父胡景禄给船主赶船，从营口去烟台贩"油草"。一次，小木船在渤海中的老鸹岛躲避台风，夜里被一艘日本商用火轮船拦腰撞成两截。船上10余人，只一人逃生，我祖父和其余的人全都葬身大海。

　　那一年，我的父亲胡庆荣才7岁。

　　父亲和祖母孤苦无依，穷困到了极点。祖母偶尔带他回娘家或走亲戚，才能吃上几顿饱饭。遇上灾年，大人就带着他串村讨饭。8岁时，他给地主放猪，已经是个小劳动力了。9岁时，他的姑母供饭、叔父出学费，供他在村里读私塾。有时交不上学费就念不了，断断续续念了两年半。亲戚没钱支持他一直读书，父亲只好在家割草搓绳，卖给亚细亚油罐厂做捆桶之用，以此糊口。

父亲15岁时到营口东亚卷烟公司当了包烟工。19岁时，父亲只身走出家乡，到奉天（今沈阳）闯荡。他曾在奉天满洲铁路图书馆做杂役，后到富士棉药厂当学徒，经努力钻研成为技术骨干。

1945年，工厂停工了，父亲失业了。为谋生，他曾摆小摊卖过烟卷。不久，原来的东北卫生药棉厂改名为东北卫生材料厂，父亲和一大批老工人被召回工作。

1948年11月，沈阳这座城市重获新生，回到了人民手中。东北卫生材料厂改称东北制药厂第五分厂，又叫红星制药厂。

那时厂子劳动力奇缺，要招一大批新人，父亲就把好多亲属从营口老家召唤、动员来，其中就有我大伯家的胡显宗、胡惠珍，二姨家的王凤博，三姨家的李正忠等。

胡显宗和李正忠在20世纪50年代初，被选派到苏联去学习制药，回来到华北制药厂工作，成为新中国医药生产界的骨干。

父亲在新中国的工厂里受到重用，入了党，陆续担任车间主任、厂工会主席、总厂技术训练班副主任和临时党支部副书记等职，直到患高血压病休、病退。

1953年，父亲被调到东北制药总厂党校，负责党员干部的培训工作。厂子给父亲配了一辆自行车，用于通勤。在我的记忆里，父亲骑着亮闪闪的黑色二八大杠，是那么

◎ 1946年，与父亲胡庆荣、哥哥胡耀宗合影

的意气风发。

就是在这一时期，北京召开全国第一个五年计划工作会议，父亲作为东北卫生材料系统的代表赴京出席会议。父亲回来很是兴奋，他在会上听了李富春副总理的报告，见到了朱德总司令，还拍了会议合影大照片。

父亲从北京给我们带回了很多好玩意儿：有两张小圆薄饼中间夹着硬硬的、甜甜的馅儿的茯苓饼，有外面包着彩纸的小人酥，有用钥匙拧劲上弦就能在地板上爬动的铁蜜蜂。父亲还给4岁的英宗买了一个打纸炮的小木枪，给7岁的惠芬妹妹带回一个陶瓷小水鸟，里面放点儿水，一吹就响，像好听的鸟鸣一样。这都让我们大解其馋，大开眼界。

父亲是宽厚的，总是低声细语地和我们说话。

我们9个孩子，小时候都曾仰躺在父亲的怀里，听他唱："拉洋车，好买卖，不拉爷爷拉奶奶……"我们都在父亲的背上骑过"大马"，满炕爬，父亲还快乐地把我们晃摔。在冬日的清晨，大雪铺路，父亲给我们做脚踏的冰滑子，让我们更快些滑到学校。

节假日、星期天，高兴的时候，他都会把竹箫举起，给我们吹一段又一段好听的曲子，什么《苏武牧羊》了，什么《落江雁》了，很是动听。父亲吹箫时陶醉沉迷的样子，让我懵懂地知道音乐与人之间有一种非常神秘、非常亲密、非常默契的联系。

父亲的顺口溜儿是我写诗的根

父亲在总厂工作的那段时间，是他一生中最开心的日子，我们几个孩子都曾多次到总厂去玩。

那时的工厂所在地铁西区肇工街，还很荒凉，四周有很多荒草地。逮蚂蚱、逮蜻蜓、吃麻果、吃黑天天儿，是我们小孩儿喜欢干的事情。

我对总厂印象特别深的，是它那宏伟的大门垛子。大门垛顶上是两个穿背带工作服的工人推着一个大地球，边上有一行我认识的字："劳动创造世界"。这是什么人的创意呢？如此振奋人心、鼓舞士气，令人过目不忘。

自打工厂回到人民手中，父亲就开始边工作边利用业余时间写快板儿，写顺口溜儿，写拉洋片的唱词，编小话剧……他很乐意做工厂的宣传工作。被提拔为车间主任后，在管理生产一大摊子事的同时，他也没放弃写作。

我曾担任沈阳市家庭档案研究会会长，我非常重视整理和保存家庭档案。我保存着父亲的《入党申请书》手稿，上报材料《宣传员——胡庆荣》和《沈阳日报》对我父亲热爱宣传工作的报道。从这些材料中，我看到父亲虽然没念几天书，却酷爱写作，特别是爱写带韵脚的宣传材料，连生产操作规程都被他编成顺口溜儿，以方便工人记忆。

别人不知道，我知道——父亲写这些宣传材料时下了多么大的功夫，是如何的用心费力。毕竟父亲是一个文化程度很低的人啊。晚上睡觉时，我挨着父亲。他常常趴在被窝里，两个胳膊肘拄着枕头，右手握着笔，笔杆又常常拄在下巴上，嘴里叨叨咕咕的：钢、亮、常、举、起、戏……后来我才知道，他那是在琢磨怎么合辙押韵呢。

《沈阳日报》报道了好几件父亲做宣传工作的事迹。

父亲曾写过一首通俗快板儿《什么是过渡时期总路线》，印发了100多份，发到各个车间、各个班组，帮助工人们学习总路线的内容和要求。

1954年，在宣传认购国家公债时，父亲写了一段快板儿："胜利歌唱五四年，有件事情要宣传。中央政府有号召，工人阶级走在前。为了祖国工业化，经济建设要支援。国家建设发公债，这个意义深又远。我们工人不落后，认购公债要抢先……"经过父亲的宣传，厂里员工踊跃认购公债。脱脂室工人范海旺是一个退伍战士，他说："买公债对国家和我们个人都有利，这是一举两得的事，我一定要多买点儿！"结果他认购了100万元的公债。（100万元为

第一套人民币的面值，折合成第二套人民币，即当时的新币，为100元。100元，在当时是个大数）

表扬厂里的模范工人，父亲写道："林延有，不简单，他对技术能钻研，带动小组齐下手，乒乒乓乓干得欢。大铁桶，小铁板，打的打来卷的卷，铁工小组下保证，春节以前保证完……"这一鼓动，林延有和他的小组干劲更足了，超额完成了任务。父亲又写了新快板儿表扬他。林延有听了快板儿之后说："这老头子又给表扬出来了，这马上就得干呀，保证10天叫它实现！"林延有真的只用10天就解决了问题。

502车间纱布小组工作得一贯很好，只是有时闲谈太多，妨碍生产不说，还容易精神疏忽出事故。父亲就写了快板儿："工作时间说笑谈，影响生产人人烦……"

那时工厂业余时间组织工人和干部跳交际舞成了时尚，有的小组居然在工作时间学跳舞。父亲写道："操作当中别跳舞，以免发生大事故，操作规程遵守好，跳舞同志要自觉（这里读成'jiǎo'）！"从此，工作时间就没人跳舞了。

看了这个已经褪了色的70年前的老材料，我笑了，我一下子找到了我写诗的根，原来我的根，父亲早在东药工作时就给我埋下了呀。我也常常习惯地用笔杆顶着下巴琢磨合辙押韵的事。我真想告诉父亲，我是您写韵文的继承者，我因此成了专业作家和诗人。

父亲的顺口溜儿，王老师的相声，徐老师的军歌，刘老师的《唐诗三百首》……少年时，我写诗的兴趣就像春草，在这些师长的潜移默化中萌发，最后化作一小片青翠绿地。15岁时，我头一次大胆投稿，竟然命中了——省报发表了我的一首24行抒情诗，署名为"少先队员胡世宗"。这是我人生写诗的第一颗小小果实。

- -

探索成长之路，解读智慧人生，
本章内容，扫码收听。

第三章

文学启蒙恰少年

王老师的相声和徐老师的军歌

　　我父亲所在的红星制药厂，没有附属的子弟小学，我的小学是在沈阳造纸厂和沈阳玻璃厂子弟小学上的。在这里，我遇到了两位给予我写作启蒙的老师，至今想想，都颇觉幸运。

　　一位是我小学三年级的班主任王常荣老师。在我眼里和心里，她是一位善良、慈爱、可亲的母亲。她可有才了，课外活动时，她组织我们演出节目，许多剧本都是她自己撰写的。

　　比如她编写的一个相声，讲的是两个学生克服缺点、成长进步的故事。其中一个学生叫卜廷华（谐音"不听话"），另一个叫艾陶起（谐音"爱淘气"）。经过老师和同学的帮助，两个人最终浪子回头，他们俩交换了名字：一个叫卜陶起（谐音"不淘气"），另一个叫艾廷华（谐音"爱听话"）。

这段相声带给我太大的震撼、太深的印象，它仿佛是一道光，照亮了我的文学想象力。

王老师的良苦用心在我身上开出一朵朵小花。有一次，老师把"永远"二字写到黑板上，点名让同学上来造句。我没有被点名，却大胆地跑上去，写了一句："我们永远生活在和平的土地上。"王老师表扬了我抢答问题的勇敢精神，还表扬我造句造得好。这大大激发了我造句的兴趣，学到新词我就造，哪怕再难，我也要试试。当造出一个好句子时，我会十分兴奋。

读五年级的时候，我们班来了一位厚身板、大嗓门儿的徐建国老师。徐老师乐于和同学们聊天，也允许大家和他开玩笑。

他是退伍军人，总教我们唱雄壮的战歌：

"炮火连天响，军号频吹，胜利在召唤！"

"用我们的刺刀、枪炮、头颅和热血，坚决与敌决死战！"

"雄赳赳，气昂昂，跨过鸭绿江！"

……

有一次，学校组织我们进行短途军事野营拉练，从学校所在的保工街北三马路，走到于洪区苗圃，大约有几里地吧。在之后的作文课上，我用一首小诗写下了这次军训的感受：

天刚亮，

提起小木棒，

这是我们的枪，

走向田野，

走上山岗。

……

　　徐老师在全班同学面前，大声朗读了我的这篇习作，称赞我写得好。这给了我莫大的激励，我从此更加喜爱写作了，也特别盼望并珍惜每一节作文课。

　　徐老师还推荐我进入少先队大队黑板报编委会，我便有机会把自己的习作抄写到这块园地上。当老师和同学们站在黑板报前，读我的习作并夸奖我时，成就感和荣誉感在我心头袅袅升腾。

初一写诗遭"批评"

1957年，我升入沈阳市第二十二中学。初一的班主任刘凤侠老师年轻漂亮，总是穿着一套浅色的西装。

第一次上作文课，刘老师出的题目是《最高兴的一件事》。

"最高兴的，最高兴……"我积极地思考着，我觉得在我十几岁的生命里，最高兴的，应该是我加入少先队这件事啊。

1953年5月4日，我和哥哥胡耀宗在同一天入了队。放学后，我们哥儿俩在家门口走了个顶头碰（东北方言，"面对面"的意思），脖子上都系着刚刚戴上的红领巾。没商量没合计，我俩不约而同地挥起右臂，给对方敬了一个庄重的队礼。

想到这儿，一首小"诗"在我笔下流淌出来：

黑板报上有了我的名字，

老师也告诉我说：

"校队部已批准了你的申请。"

……

大会结束，回到家里，

看一看胸前鲜艳的红领巾，

心中止不住地欢喜。

……

写完这首"诗"我很兴奋，在"诗"的结尾处画了一个大大的队徽。

没想到，刘老师看过我的"诗"后，把我叫到了她的办公室。屋里只有我们两个人，刘老师让我坐在她的对面，板着脸问我："谁叫你写诗的呀？"

我低头不语，无话可答。

老师接着问我："你知道什么是诗吗？"

我继续低头不语，无话可答。因为我既不能说我知道什么是诗，也不能说我不知道什么是诗。不知道什么是诗，你还写诗？知道什么是诗，诗就是你写的这个样子吗？

我当时是一时兴起，便大胆地作起"诗"来了。其实我写的也真的不叫诗，只是分行的叙述文而已。刘老师没当着同学们的面问我，也没当着别的老师的面问我，我是心存感激的。

接下来，刘老师收起了她板着的面孔，给我讲了什么是诗，应该怎样写诗。她的教导让我心服口服。

刘老师对我说："全班还没人写过诗呢！你14岁就敢写诗，写自己的真情实感，这一点我得特别表扬你。你今后可以多多尝试写诗。但是可别忘了，首先是要多看、多学呀。"

说着，她从抽屉里拿出一本《唐诗三百首》，问我："看过这本书吗？"这本书封面上的黄底印花，十分古雅。

我说："我没有看过。"

她说："你拿去看看吧，别着急还我！"

听了老师这番先抑后扬的话，我觉得自己又可以继续学诗、写诗了。我不知说什么才好，连"谢谢老师"也没说，我怀着深深的感激，行了个礼，走出了老师的办公室。

同学们在大操场上玩得正欢实，几个男同学正在练习投篮。我这时经过老师的提示和指引，心情和操场上欢快的气氛正合拍。我把《唐诗三百首》捧在手里，决心下苦功夫钻研，多读、多写，一定要拿出新的成绩来向老师汇报。

15 岁时发表第一首诗

在刘凤侠老师找我单独谈话、给我"吃了小灶"之后，我写诗的水平提高得很快。我已经不只在作文课上写作了，也不是为完成作业而写作了，我在 14 岁时就进入"主动写"的状态了。遇到、听到、看到什么人和事，就马上酝酿写诗。

在课外活动中读报，我就写《读报》："报纸——我们的老师，它是文化知识来源之一，它让我们懂得真理，让我们知道社会和国际时事……"

到北陵公园去玩，我写《北陵游记》。

过元旦，我写《贺年信》。

坐电车看到售票员热心扶一位老大爷上车，又给老大爷递白开水，又给他递《长坂坡》小人书，我写《电车上》。

我们勤工俭学，推车运煤，我就写了《勤工俭学在煤场》。

我的小弟弟贪玩，不好好写作业，我写了劝学诗《给弟弟》，念给他听。

......

1958 年 8 月 4 日，大街上群众热火朝天地游行，声援阿拉伯人民的解放斗争，我立刻在小本子上写下一首《给阿拉伯小朋友》。我想，我虽然人小，但也可以用自己的方式支援那里的小朋友啊。

> 阿拉伯的小朋友，
> 我声援你，
> 我支持你！
> 当我坐在教室里，
> 安静地学习，
> 当我在柳荫下，
> 尽情地游戏，
> 我都没有忘记你，
> 就像没有忘记家中的兄弟！
> 我时常这样想：
> 现在你正在冲破敌人的枪林弹雨，
> 为自己军队传送着战斗的消息；
> 也许你正在美国的军舰或英国的汽车上，
> 贴上你的老师用木炭刚写好的标语。
> 啊！阿拉伯的小朋友，

——我亲爱的兄弟！

我也要像大人一样，

将我小小的拳头举起，

放开嗓子高喊：

"美英侵略者从阿拉伯滚出去！"

阿拉伯的小朋友，

——我亲爱的兄弟，

你们的斗争，

一定获得胜利！

写好后，我决定投稿。我不知道报社在哪儿，也不知编辑姓甚名谁，信封上只写了"辽宁日报编辑收"7个字。那时给报刊投稿是不用花钱、不用贴邮票的，只需剪去信封的右上小角即可。我路过启工街时，将信投入一家商店门前的绿色邮筒里。

这是我有生以来第一次投稿，万万没想到，投中了！

8月17日下午，我和中队委员陈英正踩着板凳写黑板报呢，班主任张成玉老师满面含笑地走过来问我："胡世宗同学，你给《辽宁日报》投过稿子吗？"

我一时想不起投稿的事，一头雾水。过了好一会儿，我突然想起这事来了。可我投稿时，周围根本没有熟人啊，张老师怎么会知道呢？

我回答："投了，投了！"

給阿拉伯小朋友

少先队員　胡世宗

阿拉伯的小朋友，
我声援你，
我支持你！
当我坐在教室里，
安静地学習，
当我在柳蔭下，
尽情地游戏，
我都沒有忘記你，
就像沒有忘記家中的兄弟！
我时常这样想：
現在你正在冲破敌人的槍林彈
　雨，
为自己軍队傳送着战斗的消
　息；
也許你正在美国的軍艦或英国
　的汽車上，
贴上你的老师用木炭剛写好的
　标語。
啊！阿拉伯的小朋友，
——我亲爱的兄弟！
我也要像大人一样，
将我小小的拳头举起，
放开嗓子高喊：
"美英侵略者从阿拉伯滚出
　去！"
阿拉伯的小朋友，
——我亲爱的兄弟，
你們的斗爭，
一定获得胜利！

更　正

本报八月十日三版"偉大的握手"一
文中，第二段第五行"受到"二字应改为
"給"字。特此更正。

◎《给阿拉伯小朋友》，1958年8月17日《辽宁
　日报》刊载

张老师接着问我："题目是不是叫《给阿拉伯小朋友》？"

我更加惊愕了。即便有人看到我投稿，顶多看到寄到哪儿，怎么会知道稿子的标题呢？

我说："是。"

张老师立刻满脸喜气地告诉我："登了！"

那时想找一份报纸不容易。我打听到铁西广场那儿有一个邮电支局，挺大的，零售报纸。我匆匆写完黑板报，走出校门，紧急步行，穿过几条街，赶往那家邮局。路过铁西百货公司的时候，在他们门前的报刊栏里，我看到了当天的《辽宁日报》，看到了我发表的那首诗。我怀着兴奋的心情，没再细看，加快脚步就直奔铁西广场邮局。

进去一问，当天的《辽宁日报》还没卖光，4分钱一份。我一摸兜，只有1角钱，便买了两份。

返校时，我几乎就没怎么看路。打开《辽宁日报》，在人行道上，我边走边读："阿拉伯的小朋友，我声援你，我支持你……""我声援你，我支持你……"我脑海里真的闪现出一群和我们肤色不同、语言不同的阿拉伯小朋友，我正和他们在一起，冒着枪林弹雨为自己的军队传送战斗的消息；在美国的军舰、英国的汽车上，贴上老师用木炭写好的标语……

这是我第一次用诗发出自己个体生命的声音。

这是我第一次把自己写的文字变成铅字印到报纸上。

刊登《给阿拉伯小朋友》的《辽宁日报》，是我漫长人生中文学远航的始发站。

我在报纸上发小诗的事很快在学校里传开了，主要是在老师之间传播。在语文教研室里，老师们说："胡世宗挺会写的，在省报上发表诗歌了！"

这一年，我15岁，初二。

小诗发表21年之后，也就是1979年，我才得知，当时编发这首诗的，是辽宁省文化圈里大名鼎鼎的彭定安。这是曾在辽宁日报社工作过的邵焱告诉我的。

发表这首诗，对15岁的我来说是多么大的鼓励呀！我因此非常感激辽宁日报社。工作之后，每逢8月17日这一天，我总是会给《辽宁日报》副刊的编辑打个电话，表达谢意。

在校办报增长才干

1959 年，我初中毕业。升高中固然好，可我家太困难了，条件不允许呀。当时读师范有生活补助，还有各种奖学金，是很不错的。我最后如愿升入沈阳市第二师范学校。

从小学到初中再到中专，我都在参加校刊出版工作。

小学时编黑板报《星星火炬》。初中时编学生会黑板报和校报《接班人》。师范时编黑板报《园丁的道路》，以及支农小报《第一线》。现在回头想想，办报滋养、促进了我今生的创作。

在初中，我发表诗作后，学校让我和彭永生等同学编辑校报《接班人》。报头"接班人"3 个字苍劲有力，是已经调到区教育局的原校长高志勋题写的。我们把这个报名刻成了印章。稿件齐全后，我们用蜡纸在钢板上刻写，再用油滚子在贴了蜡纸的油印机上一滚，便印出一张。最后，把"接班人"的红戳子往报头一扣，小报就出炉了。

《接班人》每期印二三百份，1分钱一份，同学们自由订购。麻雀虽小，五脏俱全，我们这个油印校报，下设编辑组、画版组、印刷组和发行组。编辑组还细分成通联和审稿两个小组。当时不可能有稿费，发稿的作者，我们奖励他两支红蓝铅笔或一瓶钢笔水。

我常在小报上发表诗文，如讽刺荒废学业的《我准备再念它一年》：

> 我访问了这样一个同学，
> 他的学习成绩在逐渐下降。
> 上学期他的成绩是门门5分，
> 而如今却是2分不断。
> 我问他："你打算今后怎么办？"
> 他却毫不思考地回答：
> "我准备留级再念它一年！"

升入沈阳二师后，学生会立刻"盯"上了我，竟然敢让我这个新生来开创、主编学校黑板报，就连黑板报的名字《园丁的道路》都是我想出来的。

我组建了编委会，并担任主编。教学楼一楼的两块大黑板，就成了我们的用武之地。编委会里，只有我和张永泰是新生，王克勤、郭碧林、杨德本、高仲元等人，都是二年级的。王克勤和郭碧林古文底子雄厚；杨德本人脉广泛，善于组稿；高仲元画什么像什么，题图花边，样样在行，字也耐看。小伙伴们信任我、尊重我，大家齐心合力，把黑板报办得风生水起。两块大黑板，成为师生们时常驻足观赏的一道风景线。有客来访时，它又成为学校多彩的"门面"。

1960年，三年困难时期，沈阳市动员100万人下乡支援秋收。我们学校派出500人，开赴沈阳郊区农村参加秋收劳动，计时12天。在秋收劳动前线，学校领导劳鸿声书记和刘兴东主任又"抓"我办报。除办报外，我还主编了诗集《插秧》。这是一本油印小册子，小32开、20多页。封面主图是一台映衬在柳丝间的拖拉机，"插秧"两个大字十分显眼。

1961年6月，全校开赴辽宁省开原县进行夏锄劳动。语文老师韩维宙带着我和王克勤、高仲元，组成了通信组。开始时，我们在一个乡村小学的教室里居住和办公。教室不大，泥土地，整洁，亮堂。当地的老师帮我们在教室一角并排搭了4张单人床，又找来许多稻草垫在我们的褥子底下，垫得又厚又软。

学校的支农小报名为《第一线》。全校同学分布在开原县好多个乡镇，没有通信设备可以及时联络，许多上传下达、鼓劲提示的信息都是靠《第一线》传播出去的。

我们大胆尝试了套色印刷。第一层蓝色印完后，用第二张蜡纸对好预留的空白位置，用食指蘸红墨油一抹，便完成了。整个版面有红有蓝，十分漂亮。

音乐老师郑述诚很有才华，他后来成为大连歌舞团团长、大连市文化局副局长。在此"夏锄战场"，郑老师想谱一曲劳动歌。我很快写出歌词，郑老师很喜欢，不到一个小时，就把曲子谱出来了。他修改了两遍，最后定了稿，歌曲题目是《让青春大放光芒》：

> 披着黎明金色的曙光
> 我们奔向夏锄战场
> ……
>
> 银锄挥舞，战果辉煌
> 白云夸奖我们干得漂亮
> 夕阳染红了我们的臂膀
> ……

郑老师的曲子好极了，这首歌很快就在各班传唱开来。

我们通信组随着学校指挥部转战各地。转战的时候，油印机等大件放在马车上，我们则拿着一些小件匆匆行走在乡间小路上。有的同学半开玩笑地称赞我们："你们个个是马兰！"

马兰？马兰是谁？马兰是作家马季写的小说里的主人公，是抗战时期编印小报的战士。他背着轻便的行李，牵着一头小毛驴，驴背上搭着油印机和报纸。我和很多同学都被马兰感动过。

在我人生的旅途中碰到了太多的贵人，他们提携我、扶助我，让我走得更稳当、更顺利，因而我常怀感恩的心。初中时，我茫然地面对浩瀚的文学海洋，不知如何去接近它。文化馆的张忠和老师，向我推介好书，邀请我参加诗歌活动，使我聆听到解明、阿红等人的讲座，结识到晓凡、刘镇、徐光荣、岸冈、王占喜、郎恩才等许多写诗的见长。这些师长、诗友引领我在少年时代快速成长。

探索成长之路，解读智慧人生，
本章内容，扫码收听。

第四章

家乡诗友扶助我成长

领路人张忠和

在我的人生中，很少对人用"恩师"这样的称谓。在他生前，我不记得是不是这样称呼过他。而他，的确是我的恩师，他就是沈阳市铁西区文化馆的张忠和。

在我的印象中，忠和老师一辈子都在区文化馆工作，最后成为馆长。我还是一个学生的时候，便与他有了密切的联系。

我在课余时，常到铁西区图书馆借阅报刊，在那里，我多次邂逅忠和老师。因为我喜欢写作，很自然地就加入了铁西区诗歌小组。铁西是闻名全国的工业区，小组里写诗的兄长多数是工人，比如低压开关厂的徐光荣，高压开关厂的高东昶，拖拉机厂的王占喜，电缆厂的关维国，纺织厂的于路，味精厂的毕增光、乔魁才、林占琢，也有在学校当老师的岸冈、冯幽君、纪凯。而重型厂的晓凡和机床三厂的刘镇，那时在全国都已经有了一定的名气。我跟着他们学写诗，他们也很愿意带着我。

　　这个充满朝气的诗歌小组就是忠和老师组织、统管的。

　　忠和老师经常张罗赛诗会，组织诗歌讲座，请报社、作协的老师们来讲课。铁西区外的郎恩才、佟明光、赵致林、刘文超等人也被吸引过来了。他还经常组织作家研讨会，不仅组织诗人的，也组织小说作者的——如区委的李金文，啤酒厂的未曲。未曲曾在《人民日报》发表多篇短篇小说。那时我常常受忠和老师之命，为这些研讨作品刻蜡版。

　　忠和老师热心辅导文学爱好者，又热衷于文学活动。三年困难时期，人人吃不饱，腿浮肿着，一按一个坑；停

◎ 2000 年，张忠和（右二）、黑纪文（右一）、杨占林（左一）来我家做客

电也频繁。大家常常饿着肚子，拖着肿腿，跑到文化馆，点着蜡烛开诗歌研讨会。那微微颤动的烛光，照亮的是纯粹的精神天堂。

参军入伍后，我在写诗方面大有长进，军内外许多报刊发表了我的诗作。

在我当兵的第二年，即1963年冬季的一天，我从训练场归来，收到忠和老师寄来的一份邮件。打开一看，我惊呆了，这是铁西文化馆油印的一本《胡世宗的诗》。一同寄来的，还有厚厚一沓手写的文字记录。

原来是忠和老师把我当兵后发表的作品搜集到一块儿，嘱徐光荣刻印了这个小册子。忠和老师还成功地在我缺席的情况下，组织了一个胡世宗作品研讨会。家乡许多诗友都参会了，他把诗友们的发言记录下来，也寄给了我。这是多么细致入微的扶持，这是多么罕见的真情！

几十年后，家乡的诗友们为忠和老师筹办了一个感恩座谈会。我写了一张条幅赠给他："忠厚和蔼为忠和，为人作嫁奉献多；绿野禾苗层层起，皆为恩师唱赞歌。"

忠和老师的晚年生活很舒心，儿女也孝顺。他本可以安享余年，却不幸遭遇车祸离世，享年77岁。

园丁解明

解明老师是让我铭记终生并感激终生的一位老师。他是诲人不倦的典范，是很多诗人、作家的伯乐。

我在学校读书时，就曾听他的文学讲座，也曾单独到报社拜访他，每次拜访，他总是放下手上的编辑工作热心地给我倒水，与我交谈。当时我给《沈阳日报》万泉副刊投稿，虽从未发表，但每次都能得到解明老师的亲笔回信。他会指出我哪句是空话、哪句写得有诗味；他与我平等对话，总是在鼓励我。

1961 年 10 月 31 日，铁西区文化馆举办"关维国的诗"评论会，我在会上又一次见到解明老师。

当天，解老师披着米黄色的风衣，风衣里面是一身蓝呢中山装，头戴蓝呢鸭舌帽，脚蹬翻毛皮靴。解老师圆脸，白净，眼睛明亮，目光锋利。冷丁一看，还以为他是一个高傲的人呢。其实，解明老师最是平易近人。他一来，大

◎ 1998 年 7 月 20 日，与解明老师（右）合影

家都停止了自由散谈，目光全部集中到他身上。所有人都站了起来，向他致以敬意，他和大家一一握手。

解老师从风衣口袋里掏出一摞沈阳日报社的内部刊物——1961 年第 5 期《通讯员学习资料》，每人一本。

轮到解明发言，他首先谈的是生活："高尔基写流浪汉写得好，因为他自己大半生过着流浪的生活；托尔斯泰写贵族写得好，因为他熟悉贵族生活。自己的生活就是写作的源泉，要站稳脚跟，热爱它。"

他接着谈的是技巧："有的作者，想八分，写八分，读者看了八分，知道了八分，别的一无所有。这就是太直了；太直了，就不美了。另外，不要单纯追求华丽的辞藻。

一个衣冠楚楚、却满肚子男盗女娼的人，是不足为道的。写诗又何尝不是如此？"

解明讲了好多勉励的话，要大家多与日报联系。

后来，我穿上军装，离开了家乡。刚刚 3 个月，我在部队就编写了朗诵诗《一只破碗》，并由团战士业余演出队表演，取得了很好的效果。我将这一事情向解明老师作了汇报，他及时给我回信：

世宗同志：

刚接来信，真情心语，令我感动，谢谢你在节日里能想到我，短信数语，亦引我思绪万端。

一友穿军装，纯铁炼精钢。
遥祝艳阳下，卫国一儿郎！
何日再相会？几时叙衷肠？
梦中见英颜，绿水青山旁。

信中知您编写的朗诵诗效果甚佳，听之为您欢喜。部队是个欢乐、友谊的大家庭，也是一个很理想的创作源泉。望您不要虚度一刻，抓住时间的脑袋，狠狠地向它要东西！心诚，手勤，路正，眼明，我想定会一切如愿！让青春闪耀出更夺目的光彩吧！

一生能有几个二十一！

一分一刻都要爱惜，

青春好似一张白帆，

勤动手脑刻诗句！

……

　　这个时候我只是一个不为人知的极平常的诗歌爱好者，可是解明老师却满腔热情地与我通信，给我鼓励和鞭策。

　　1993年，在解明60岁生日的时候，晓凡在沈阳著名的西餐厅红房子宴请解老师，我和刘镇等人也在场。

　　晓凡在初出茅庐的时候，曾得到解老师很大的帮助。

　　1957年，刘镇还是机床三厂的工人时，他在车间黑板报上发表了诗作《我的心声》。站在黑板报前，解明表示非常喜欢这首诗。于是，解明把这个瘦小的青年钳工找来，告诉他如何把这首诗改得更好些。按照解明的指点，刘镇忐忑忑忑地把改后的诗稿送到报社，解明像接待老朋友似的接待了他。几天后，这诗见报了。

　　许多人都铭记着自己第一篇作品发表时的喜悦，并由这喜悦引发深深的感恩。已故儿童诗诗人冯幽君的处女作《义务兵》，就是由解明编发在《沈阳日报》上的。冯幽君把首次发表的作品剪下来，装在玻璃镜框里，挂在墙上。

　　1972年，诗人张蓬云被无端批斗后，从西安回到沈阳，生活极其窘迫。在朋友的帮助下，他才得以在一个基建队当装卸工。一天，在卸完白灰准备找水喝时，无意间竟来到了沈阳日报社，一位编辑走过来，给他倒了杯热水，并介绍自己姓解。当解明得知张蓬云有些"问题"后，丝毫没有怠慢的意思，反而很亲切地在脸盆里倒了点儿热水，把一条热乎乎的毛巾递给他，安慰他凡事不要灰心，对生活要有勇气。告别时，解明让张蓬云把以前发表的作品抄几篇来，并希望他能重新拿起笔来写写工农兵。

张蓬云回忆："他不歧视一个落魄青年，他不怕天冷，骑车几十里到二台子来探望我……"

究竟有多少个得到解明老师帮助的冯幽君、张蓬云……说不清楚。解明老师又是多少人的伯乐，如杨大群、牟心海、刘文超、胡宏伟……也说不清楚。

我的诗集《鸟儿们的歌》于1980年出版，我赠给解明老师时，在扉页上写下了这样的赠语：

> 高擎着战友，拼着全力，
> 让他去插上胜利的旗，
> 你的双肩是——
> 助人向上的阶梯！

家乡诗友如兄亦如师

一个人，对最初影响他的作品和作家，是不会轻易改变、淡忘的。学生时代，在全国，我喜欢的诗人是贺敬之和郭小川；在沈阳，我喜欢的诗人是晓凡和刘镇。

晓凡善于把车间里挥钢钎、握焊钳、抡大锤的平凡劳动与整个世界的前进联系起来，借以抒发工人兄弟的豪迈情怀。臧克家称赞他说："他身子工作在车间里，他的目光炯炯地注视着整个世界。工具在手，他是一个工人；拿起笔来，他是一个诗人。他生产机器，也生产诗……"

1962 年，在走向军营的前夕，我收到晓凡的信："希望你在部队里坚持业余创作……希望我们不要失去联系，直到永远。"多少年来，我们探讨诗，探讨人生，就这样联系了 60 多年，不知这算不算"永远"？

晓凡作诗做人，都令我赞叹。

2005 年夏天，他乘游轮出国旅行，巧遇台湾诗人余光中，他们进行了短暂的交谈。晓凡未说自己也是诗人，两位诗人也未谈诗，他们谈的是深沉的碧海与庄严的冰山。换作其他诗人，都极可能以同行的身份与余光中攀谈，而晓凡却没有。这就是我熟知的晓凡。

在诸多诗友中，毕增光是我在文学圈中结识的第一个人。

2007年隆冬的一天，诗兄徐光荣张罗几位老友聚会，有解明、刘镇、关维国等，也有毕增光。

为了这次聚会，我翻找出大约50年前写给毕增光的一封信的底稿，信是这样写的：

敬爱的毕增光同志：

自从8月13日您回信以后，再也没有通信来往，这期间我以为您已离开沈阳，但我在报纸上经常看到您的作品，因此我确信您仍在化学厂工作。

那次与您见面时，您叮嘱我的话，时常在我的耳边回响，由于您的帮助指导，我的一篇诗稿在8月17日的《辽宁日报》上发表了，题为《给阿拉伯小朋友》，相信您已经看过了。无疑，这与您的帮助是分不开的。

……

我把这个保存了近半个世纪的小本子，带到了诗友聚会现场，拿给毕增光重温了一下。徐光荣对毕增光说："当时世宗多重视你呀，写信都要先打草稿。"

是啊，我认识毕增光时还是个初二学生。当时他是大名人，经常在报刊上发表诗文。我冒昧地给他写信，他不仅很快回了信，还邀我到化学厂即后来的味精厂做客。在厂子里，他领我参观味精和酱油是怎么生产出来的，还为我引荐了厂里的另两位兄长——乔魁才和林占琢。他告诉我，只要肯比别人多花时间，就会比别人有更大的收获。

毕增光后来专心研究味精生产，淡出了诗界。他成为厂里的副总工程师，并写出了很多味精方面的论文。

他能给一个爱好文学的普通学生认真回信，令我大为感动。我一直牢记着我自己当时盼望毕增光回信，以及收到他回信时的心情。这也是多年来，我收到业余作者的信件，都要一一认真回复的原因。

家乡的诗友，多是豪迈的工人，他们不因我年龄小而轻视我，待我如弟。我时常去他们的工厂或家中拜访，谈写作也谈生活。

1961 年 8 月 26 日，我收到轴承厂郎恩才的来信。他热情地告诉我最近他写了几首关于农业的诗。但他的"精神振作不起"，因为他刚刚失恋。我当时哪经历过"爱情的风险"，根本无从谈它的甘苦，也无从开解这位诗兄，只能谈些空洞的大道理。

早前在文化馆的一次赛诗会上，主持人点了郎恩才的名，他却没有任何准备。情急之下，我递给他一张有他诗作的《沈阳晚报》，他朗诵起那首诗："哈瓦那，你这加勒比海的珍珠……"他声调高昂，字句错落，动人心魄。大家热烈鼓掌。我悄悄指出几处不妥，他说是报社排版时搞错了。

打那以后，我们的联系更多了。他送我一张二寸全身照，照片中，他手捧一沓书，摆着马雅可夫斯基的姿势。几乎每次文学创作活动他都参加——他不怕路远，不怕车上人挤，总是乐观地跑过来。

有一次，郎恩才来学校找我，要和我同去味精厂找乔魁才。下午4点左右，郎恩才缓缓而来。他改了装扮，棉猴儿（一种连帽棉衣）换成了棉制服，戴了顶棉绒帽。直到走近，向我伸出手来，我才认出他。

到了味精厂，乔魁才把我们请到他的宿舍，属于魁才的两个大镜框里，挤满了小小的照片。其中，有1959年赠送给他的我的寸照；还有我和乔魁才、郎恩才、姚秀义在1961年元旦的合影，我们四人在那天共同发誓：要把文学创作进行到底。

乔魁才从食堂买来两大饭盒菜和6个玉米面馒头，并部署了"一个人两个馒头"的任务。我们没有推辞，共同进餐。乔魁才饶有主人的风度和热情，将一瓶酱油摆了上来，并把一小瓶当时很不容易见到的碎咸菜倒在饭盒盖上。

沈阳拖拉机配件厂的王占喜，忠厚老实，话不多，也很少主动做什么，表面看起来比较冷淡。其实，他心里燃着一团烈旺旺的火呢。在一次文学讨论会散会后，我和王占喜不舍得分开，又谈了一会儿。他告诉我，他以前爱小说，后来读了不少诗，慢慢也写起诗来。我送他到兴华街，要分别了，我们握了三次手。

关维国的家我也常去。有一次我去找他，他尚未回家。他的妻子正在收拾饭桌，地面上散落着鱼刺。她把我让到屋里，坐在炕沿上。

两岁的小女孩儿，没有见到爸爸，失望地准备扶墙回屋。大嫂逗她："燕儿，你看谁来了？"小丫头盯着我，不作声。我拍手招呼她，她仍站立不动，我走过去伸手抱她，她一下子哭了起来，这孩子真是认生。

大嫂与一个女邻居闲谈："今天领鱼，我就炖了。我和燕儿吃鱼头鱼尾，给他留两股鱼肉，能占一大半还多。人家是在外边的嘛！"

过了一阵子，关维国哼着小曲儿缓步而入。他热情地和我交谈，连饭也不去吃。我劝他吃完饭再谈。他不听，说："习惯了。"他看了我写电缆厂的几首诗，直截了当地提出宝贵意见，我为身边有这样质朴直率的诗兄而高兴。我同他谈到晚上7点半钟，他一直把我送到兴顺街和九马路的交叉路口。

回校路上，我反复背诵着晓凡的《坑口松树》。到了校门前，肚子叽里咕噜地叫起来，才觉得饿了，想起来还没吃晚饭呢。但我心里已饱了，艺术交流是最快乐的享受。

在文学圈，我遇见了太多热情待我的师长兄弟。古人所说的"文人相轻"，我没感受过。那么多作家、诗人，把他们的经历讲给我听，把他们的经验手把手传授给我。他们的大手，托举着我向上攀登。

而最初，是家乡的众多诗友扶持着我，走了一程又一程。

在我的小学和初中时代，我曾以为自己会成为画家，也曾想过做个音乐家或运动健将。但最终，我满心欢喜地成了诗人。在我的学生时代，特别是读师范时期，国家建设刚刚起步，物资匮乏，一切吃穿用度因陋就简。但我对国家会变得越来越好的信心从未因困难动摇过，那些火红的劳动场面、温情的家庭聚餐，犹在昨日，历久弥新。

探索成长之路，解读智慧人生，
本章内容，扫码收听。

第五章

清贫火红的学生时代

我曾有过多种兴趣爱好

　　小时候，我有许许多多爱好，到现在还能记得的有画画、吹口琴、踢足球、打乒乓球和写作等。

　　从小学到中学我都喜欢画画。特别是在初二时，我像被磁铁吸住了一样，炽烈地爱上了美术。我是新华书店美术书柜台的常客，因为不能把喜欢的美术书全买下来，就只好站在柜台边去看。星期天，我把攒下的零钱归拢到一起，到书店去买小画片，到商店买各式各样的画笔、画纸、颜料。我也常去图书馆翻看美术杂志。我爱临徐悲鸿的马，也多次临摹王信的《故乡》。

　　放学后，召集几个比我小得多的小朋友，拿出铅笔，摊开画纸，给他们逐个画素描像。尽管我画得并不怎么像，他们也仍然争着抢着让我画，有的小朋友还专门回家换上好看的衣服让我画。

　　逢上晴朗的假日，我便带上画夹子，到北陵公园，到中山公园，到建筑工地，到郊外，去写生。有一次在北陵公园里，太阳快落了，天边红霞似火，游人渐稀了，我坐在树下的木椅上，画了一棵好看的松树，还涂了色，一直到天黑得什么都看不见了，才踏上归程。

住校的耀宗哥知道我爱好美术，从学校回来时，给我带回许多画片，还有苏联的画报。

春节时，我送给老师和同学们的贺年卡，都是我自己画的。

我喜欢画山水花鸟。我们家过年不买年画，家里张贴的大幅彩画都是我画的，什么《孔雀开屏》《喜鹊登枝》《虎啸山林》《年年有余》等，有对开的大报纸那么大。我家有4个拉门，每个拉门上都贴上一张我的画。我当时没有名章，就用小刀在橡皮上刻出一个章来，有时干脆就在落款处用红笔勾画出一个名章来。

对音乐的爱好，源自父亲的箫声。我在父亲的影响下，也举箫吹之，也吹父亲喜欢吹的《落江雁》和《苏武牧羊》。我把这两首曲子的简谱记在我的本子上。在吹箫的时候，父亲一句一句吹，我一句一句记，父亲吹了一遍又一遍，我很快就记全了，也能吹出调调来，只是没有父亲吹得动听。

因吹箫，连带地学会了吹笛子，吹《人民海军向前进》，吹《彩云追月》。

接着又学吹口琴。学口琴的成本比较高，一只口琴的价钱可以买一双球鞋了。父母问我："是买球鞋还是买口琴？"我学口琴的劲头正高，斩钉截铁地要买口琴。原来的鞋破了，可以少花点儿钱补一下。但不买口琴，就满足不了我学琴的愿望啊。我吹口琴，最爱吹的是《真是乐死人》。

在寒暑假时，我曾从同学家借来小提琴，借来手风琴，也"周吴郑王"地比画一下。我还学过二胡，买松香，擦琴弦。

我还曾在读书期间参与歌曲的创作，展现出音乐创作方面的灵气。

我爱踢足球，主要是受初中好友仇延龄的影响。不管是烈日当头，还是寒风刺骨，课余操场上，大家总会见到仇延龄，他红光满面，喜气洋洋，充满活力，跳过来、蹦过去。

在学校原本踢不了足球，操场上尽是破砖碎瓦、土包沙坑，只能练练杠子、踢踢毽子。仇延龄发动同学们奋战了两天半，大操场被利利索索地收拾好了，连一块小石头子都看不见了，凸的地方平下去了，坑的地方垫上了沙土。第二天一大早，我撂下书包，往窗外一瞅，嘿，七八个球迷踢得正欢，叫喊声一阵阵的，足球又大又鼓，光看着就够解馋的了。仇延龄呢？他正机警地守卫在两块砖头摆成的球门当间儿。

足球也是仇延龄提供的。他家有一个旧球皮子，破了一个小窟窿眼儿。他用自己平时攒的零钱，把足球送到门市部补了补，又买了一个新球胆，打了气，紧了绳，早上带到学校。

打那时起，他把爱玩球的同学们组织起来，分成几个球队，他亲自带一个球队。足球运动被他从男同学中推广到女同学中，从我们班推广到全校。他有组织之功，又懂技巧，大家一致把"队长"这个头衔封给他。从此，大家很少叫他的名字，都亲热地叫起"队长"来。

我也非常上心地学起踢球，后来成为仇延龄队里的后卫。我现在保存的当年的小本子上，仍记录着足球场地的图形，长、宽各多少米，如何运球，如何过人，规则是怎样的，什么情况下罚球……

初中时我还喜欢打乒乓球。当时我的书包里装的是一只光板的球拍，胶粒板和海绵板的球拍都是后来才有的。有一次我和同学到别的地方打球，回校后发现全操场都没人，我知道这是打过上课铃了。因担心老师检查书包，我慌忙把球拍埋到单杠边的沙堆里。过了几节课，等我想起球拍的事，翻遍了沙堆也没找到。是被别人拿走了还是我记错了地方，说不清了。

许许多多的爱好，到最后，逐渐地集中到文学创作这一个爱好上来。自始至终，我爱文学爱诗歌，这好像是我与生俱来的本能。少年时的爱好演变成我终生的事业，何其幸运。

师范时期深入乡间劳动

升入师范后，我参加了班委会的工作，入团以后也参加团支部的活动。但除了完成课业之外，我的主要精力还是放在了办校刊上。

读师范期间，正好赶上三年困难时期。对于我来说，家境困难和饥饿叠加起来，可谓雪上加霜。但我的心里是火红明亮的，我相信一切终归会好起来。

也许是自然灾害多的原因，那时候学生劳动多，特别是农业劳动尤其多。平时也好，劳动也好，供应的粮食主要是高粱米和玉米面，这也不可能管够吃。副食就更不用说了，几乎吃不到什么蔬菜，只有咸菜和大酱。即便这样，大家也是毫无怨言，为支援农业拼尽全力。

1960 年 9 月下旬到 10 月初，我们学校到沈阳城郊的沙岭、四台子等公社劳动。

9 月 23 日，小雨滴答，我们出发了。道路曲折宽阔，队伍像蠕行在黄毡子上的一条龙，天空阴沉昏暗，"龙头"的红色校旗格外鲜亮。

到了沙岭，校旗立住了。各个班级分头赶往指定的生产小队。队部准备了晚餐，每人一大碗土豆荤油汤，一个香喷喷的新玉米面大窝窝头。

晚上，我和4个同学被分配到路队长家的北炕住宿，热炕真舒服。

第二天凌晨，大挂钟敲了5下，哨子声由远及近地响起来。我们摸黑穿好衣服，叠好被子，拿盆洗脸去了。3只红冠白羽的肥鹅，在车辙的泥水里踱步；4头老黄牛卧在村头；几只鸡无理取闹，啼叫不休。日头像个米黄色的大气球，从蒙蒙的雾气中浮出地面。葱地里，棵棵大葱沾满了似露似霜的东西。拐角房子的墙壁上写着"颗颗入场，粒粒归仓"的秋收战斗口号。社员们提着镰刀下地去了。我们到苞米地里掰苞米（东北方言，指"掰玉米"），两人一垄。

苞米秆子已经放倒了，一堆一堆的。这是一片洪水浸泡过的苞米地，苞米棒子短小，露在穗外的苞米须子被日头的强光烤焦了。剥开皮一看，粒子依然饱满，有白粒苞米，也有黄粒苞米。白或黄中间，还零星夹杂着红粒、灰粒、紫粒。不管什么颜色，都是那么油光闪亮。大半是一秆子结一穗苞米。也有瞎苞米（东北方言，指"没有长好的玉米"），只结了小粒，然而也灌了浆，嫩嫩的，香甜可口。

我把惠萍小妹的被单当成围裙，把两个角别在腰间，另两个角打结挂在脖子上。一会儿我就收满了一兜子，心情很愉快。

女社员们和我们在一起，她们被我们甩在后头。

9月25日上午仍然掰苞米，下午转战到白菜地里撒化肥，盛上一碗白色颗粒状的硫酸铵，同学们弯着腰，一小撮一小撮地撒在离白菜根约一寸的土地上。

几个年纪较大的女社员，头扎白羊肚手巾，坐在仓库旁的阴凉地里，穿苞米。

这天，我写了两段顺口溜儿：

玉米棒，一尺长，粒粒饱满闪亮光。日晒米胡焦黄色，穗穗结实沉得慌。

蓝蓝天，飘云片，云天底下白菜团，为了蔬菜夺丰收，绿海里面撒硫铵。

当天收工，夕阳沉落，几片五彩云霞映照着归途秋景，好似画家古元的套色木刻。

9月26日下午，小雨淅淅沥沥下个没完，同学们依然精神饱满地撒药、施肥，一碗接着一碗。下午4点钟，雨渐渐大起来，噼噼啪啪地打在身上，因为怕肥料失效，决定收工。

我们不能因为下雨就休息，与队长联系，穿苞米。抬来了两大筐，大家边唠边穿，不一会儿就穿了一麻袋。

吃罢饭回到住处，点上油灯，我披上棉袄还是感觉有点儿冷，看了会儿书就钻被窝了。刘景琦还没回来。张国栋、任启元、安德胜3个同学借油灯的星火燎了一小穗苞米，逗趣似的，一粒一粒分着吃。夜里，安德胜吐了一大堆，准是白天瞎吃生苞米吃的；或是刚才吃油灯熏的苞米粒子，表面上看是黑了，实际上没熟。桌子上，被子上，身上，炕沿上，鞋子上，到处都是酸味，直冲鼻子。我们帮他收拾好，在污渍上撒上煤灰，又蒙头睡下了。

10月1日早晨，我摸黑便把大家推醒了，我竟把蛐蛐的叫声误当成了起床的哨声。往年的这一天，正是换上崭新的衣服，举着鲜花走向广场参加国庆游行的时候。今天不同，162名战斗员排着队，提着镰刀，高唱战歌，兴致勃勃地向一望无边的稻田走去。

朝鲜族同学崔碧龙、朴正男示范动作后，在稻海里，同学们一个个好像一支支离弦箭，直直射出。田野里渐渐地袒露出一块块大地的身躯，一堆堆成捆的稻草代替了原来的稻海。丽日下，镰刀闪着银色的光辉，一片"唰唰唰"的声音。

晚上在公社食堂里办联欢会，油灯很亮，节目一个个地进行。食堂里挤满了人，老大娘乐得咧开了没牙的嘴，小朋友们一个劲儿地吵吵嚷嚷拥挤着。东望沈阳的夜空，五彩焰火不断升腾，我仿佛看到了市内不眠的节日夜晚，隐隐约约地听到了阵阵锣鼓声和鞭炮声。

下乡劳动，我们最常去的就是沈阳郊区的农村，也曾去过开原县农村。

开原风趣的牛车把式、善良的大娘，都令我难忘。开原的田园也是那么的美丽，常常让我回想。

1961年6月24日，我们正在开原的乡下劳动。午饭后，我和3个同学去火车站取学校配送来的海带。

天气闷热，走在大坝上也凉快不了多少。我们向四处眺望，青翠的丘陵起伏不定，有一对水鸭子从沼泽地里突然飞起来，从我们头顶掠过。时而有田鼠后腿直立，站在前方的小径上，前腿像老太婆鞠躬一样交叉叠在肚子上，看我们走近了，它一缩脖，发出一声刺耳的尖叫，立刻仓皇窜回洞里去了。

眼瞅着前面的小村庄不远，但就是干走也走不到。走了好半天，回头一看，村子还像是紧跟着我们，没被甩开多远。

农村的路宽广而漫长，进步的道路何尝不是如此。前途似海，道路遥远，需要一步一步脚踏实地不断进取。

扫盲中的"铁帽子"让我震撼

我在沈阳二师时期，参加过一次扫盲的社会实践，至今让我不能忘记。

1960年1月，放寒假的时候，学校组织假期住校生自愿参加扫盲工作，我特别积极地报了名。

有的同学说，好不容易有个假期，有好多事情要做呀，复习功课、串亲戚、满足一下文体爱好……

但是，我家里的居住条件太差了，8口人挤在一间10平方米左右的小黑屋。我若回家住，就要挤到弟弟妹妹们，所以我毫不犹豫地报名了。

早在1950年，全国就开始开展大规模扫盲运动。全国老百姓，有太多的人没有条件走进学校，特别是劳动者，有的连自己的名字都不认得。到1960年，扫盲工作已经接近尾声了。

我们学校有40多名同学被分配到不同的扫盲工作地

点。我和秦玉白、武星惠被分配到铁西区运输公司第三手推车运输站做扫盲工作。

1月21日下午，小北风呼呼地吹着，道路上的冰雪很结实，坚硬又光滑。运输公司业余学校的刘老师，热情地向我们介绍情况："你们三个人给工人同志们脱盲，会起很大作用啊。你们三个人，一人分三个'铁帽子'。"

"铁帽子？"我们都不甚了解什么是"铁帽子"。

刘老师说："你们可不知道，我们这几个同志的'铁帽子'，就是文盲的帽子，戴得结实得很，怎么帮也不见成效，轻易脱不了盲。"

原来这么个"铁帽子"啊！

◎ 1996年，原沈阳二师中文六班部分师生联谊会

刘老师说："他们大多三四十岁，工作繁重，还有这样那样沉重的家庭负担，几乎没有时间上文化课。他们学点儿东西，转身就忘了。好在学习劲头比较足。"

上课时间安排在早上 5 点半到 7 点。

我很激动，也明白了为什么我们要顶星星、戴月亮地这么早就给工人师傅们上课。

当晚，我做了充分准备，还借了一块手表，交给班长周家骐，请他到时间叫醒我。

我们睡在教室拼起来的桌子上，我兴奋得一宿没怎么睡好。半夜里，我就把衣服穿好了，下楼到收发室一看，唉，怎么才半夜 12 点啊。又躺下，这回睡着了，一觉睡到早上 4 点多，我一下子就着急了，脸都没洗便走出了校门。

夜空中散落着几颗明亮的星，我加快脚步走在路上，腿脚冻得生疼，脚指头冻得麻木，寒风吹得我滚出泪珠，然而我的心就像一团火一样炽热。

走了一个多钟头，终于到了。秦玉白和武星惠分到里屋的班级，那个班是 9 个学员。我分到外屋，有 20 多个学员。

第一节课，业校王老师向学员们介绍了我。我的心突突直跳，但我站得很稳。我环视着 20 多位大爷、大叔，看着他们那一张张饱经风霜、古铜色的脸，我从心里涌出一句话："叔叔、大爷们，以后都叫我'小胡'吧，不认识的字和其他什么问题就问我吧。我不会的，再问别人。我和大家一块儿努力，一定要摘下'文盲'的帽子！"

扫盲班里也有作文课，他们有的写挑战书、决心书、报捷书，有的写信、写日记、写回忆……

这些顽强攻克文化关的工人叔叔、大爷们，让我感动。他们都是老车夫了，有的从十几岁就开始拉车，一直拉到现在。他们饱经风霜、淳朴善良，写字都是那么的用力。

其中有一位 45 岁的叔叔，右手只剩下拇指和小指，少了 3 根指头。他用残存的两根指头，紧紧攥着一支秃头铅笔，不时用舌头舔着笔头，拿出最大的韧劲学习着。

这是我第一次用所学的知识回报社会。责任感、成就感、自豪感，与对工人们的真情实感交织在一起，在我的胸腔里沸腾了好久。

家校往返关于吃的记忆

我向来喜好美食，尤喜做得地道的寻常食物。豆腐脑、油条、饺子，都是我的心头好。读师范期间，我以住校为主，偶尔回家。那时候总是吃不饱，因此关于吃的记忆尤其深刻。

1960 年 9 月 6 日，正式实行粮票制，每人每日一斤二两六钱，一星期发八斤八两。当天，早晨我吃了四两，中午八两，晚上二两，总计一斤四两，吃过油儿（东北方言，意为"超标"）了。

过了一周，廉秀荣和崔碧龙两位同学听说我粮票吃过油儿了，给我送来四两粮票，我没收。我认为自己不该是"缺粮户"，缺粮，得到的不应当是支援，应当是批评。我下决心节约着吃，不再"冒进"。结果是改了再犯，犯了再改。

在寝室里卧谈，最常谈论的是关于吃的见闻：

"咱们学校越来越不像话了，馒头越整越小。"

"可不是嘛，也不知道怎么搞的，肯定不够量。"

"今天咱学校的馒头没有十二路惠发园的大。"

"那还用说了，十二路的发面饼可瓷实了，二两一个，真值个儿！"

"晚上我就在十二路吃的，好家伙，三角三，吃了三样，6个饺子一角五，一个馅饼一角二，一个面饼六分，都尝着了。"

"你们都没到中街去吧？中街的小烧饼，白面的、油煎的四分一个，一个一两。还有糖馅的，一角一个，饼上还带着芝麻。"

"那可真合适啊，你买几个？"

"我？我买了一份定食，4个烧饼，1个拼盘，一块五，还有鱼呢！"

"西塔的冷面最漂亮，干干的，满满一碗4两粮票，或者三角钱。人还不多，站一会儿就排到了。"

诸如此类，我光是听着并不发言。

偶尔回家，母亲会想方设法做点儿好吃的。1961年8月25日，母亲打算炸馃子。

早晨称出二斤面，傍晚发了一小盆。大粒盐擀成面儿，油也预备了。没有白矾，惠君从二姐家要来一小袋。炉火正旺，圆底黑铁锅坐在火上。邻居说，放些水好。母亲舀来一勺水烧开了，再倒进去与水等量的豆油。等油也开了，将揉好的面饼下锅，但却没有发面滚锅响脆的声音，只是嘶嘶啦啦两声就没动静了。这面沉了底，锅里一片混沌。

这反常的现象让全家人都很着急。母亲用筷子去夹落了底的面，父亲不停地里外走动，边走边说："这下好，油都白瞎了，还不如烙饼做面汤！"

哥哥撂下擀面杖，对父亲说："你不也同意了吗？谁知道不该放生水，光放油就对了！"

父亲只是丧气地叹息："多余。白瞎了，白瞎了。可惜这么好的白面和这么多的油，好东西吃不出好来。"

哥哥一听更急了，干脆把手里已分开的小块面摔成一堆，搓搓手，摘下墙上挂的外套，气呼呼地下楼了，只听得楼外大门"砰"的一声响。

弟弟妹妹们都呆了，也小声嘟囔：

"人家都饿了，还不吃饭。"

"妈，烙饼得了。要不，就做面片。"

"一吃好东西，家里总得吵，不是你生气，就是他上火。"

"妈，弄啥样算啥样吧。"

母亲只是用筷子去打捞落底的面块，不理会他们，也不言语。

父亲见哥哥走了也来气了："走就走，往后少回家好了，一个个气性都这么大。我也没说啥嘛，本来不放生水

◎ 1964 年 8 月 26 日，与父母及兄弟妹妹合影

就好了，这些油，炸这二斤面的馃子准够。放了水，还不让说句话。"

我劝父亲别往心里去，哥哥就是那个脾气，跟谁都一样。事情坏了，想法扭转就行了，何必呢？再说，要真损失了油、面，父亲怎能不心疼？叨咕两句是情理之中的。

渐渐地，热油滚锅哗啦啦响，声音细脆圆滑。水分蒸发掉了，油也澄清了，锅里跳起了小浪花。这时，母亲用刀在小小的薄圆饼中间划两道，平放入油中。不一会儿，小饼就鼓起来，漂了上来。母亲用筷子翻个儿，把两面都炸成了枣红色。这可真像馆子里的炸馃子，只是形状不同而已。

油在锅里滚响，一会儿就捡出几个熟的，再放进几个生的。不到 40 分钟，全部炸完了，二斤面炸出小碗口大的圆馃子 30 个。

一反思，先前失败了，的确是放了水的缘故。油水一混，面就落了底。炸完了馃子，足剩了半大碗熟油呢。

唉，如果没有方才不值当的一场风波，现在来个全家团聚、会餐炸馃子该有多好。

好在不大一会儿，哥哥就回来了，正好开饭。我看见每个人，连哥哥在内，都笑着，一边吃一边说些吉利话。

这是困难时期，我们家难得的一次团聚，难得的一次打牙祭。即便有点儿小摩擦，转头就忘了。家人的温情，支撑我翻山越岭，越走越远。

写日记、摘抄名言警句和背诵名篇，是我写作的"三件宝"。写日记既是练笔，又是在积累素材，更是因为热爱生活，所以我要记录生活。摘抄名言警句，可以指引我的人生路；同时，我通过剖析句子的"肌肉"和"关节"是如何运动的，从而提高遣词造句的能力。而背诵名篇，是学习，是积累，更是享受。"三件宝"之所以能成为"宝"，是因为我近 70 年的坚持。

- -

 探索成长之路，解读智慧人生，
本章内容，扫码收听。

第六章

我的写作"三件宝"

热爱生活不让日记空白

　　写日记是我此生不能割舍的习惯。我从小写日记，保存得最早的日记写于1956年。1958年之前的日记就是"流水账"，如1958年1月2日的日记：

　　　　上午画了两张彩墨画，用的二开的纸。上学路过百货公司，买一块橡皮。今天几何提问得3分。在杨玉振那儿报名，看了三个电影《红颜劫》《乌鸦与麻雀》《初欢》。

　　　　放学到铁西区文化馆看了一会儿报纸，而后回家，饭后就寝。

　　我写日记从"流水账"起步，坚持写，不停地写，一天不落地写，写着写着，就不再是"流水账"了。

　　通过1960年9月14日的日记，可以看出发生的变化：

今早没吃饭，节约了。

刘景琦将任团支部书记。班长人选十分重要，昨天我对宋老师谈了我的看法。

我说，干部应当是团支部与同学之间、班主任与同学之间的桥。这个桥，应当把两岸连接起来，决不是只搭在任何一个边上。

有的干部像两岸之间一个孤立的桥墩似的，人民不需要，党也不需要他这样工作。

有的干部成了组织与群众之间的高墙，把两者隔离、疏远了，而他本人却得到了两方的赞许。这是两面派手法，个人主义狂热性。

有的干部对后进同学不是采取批评、团结、帮助的方法，而是出卖原则和群众利益，去"赎买"他们的拥护，换取个人的"威望"。这种行为很卑鄙。

班主任想把我抽回班级当班长。但是，我做能行吗？如果是组织的决定，我不讲价钱，但学校方面怕是不会同意的。

我这时的日记，能够写出我在集体中的活动，写出我的思想、观点、态度——尽管不一定完全正确。但作为日记，确实体现了我当时的生活和思考。

1961 年 6 月，我读到《中国青年报》上一篇吴云的文章《再谈写日记》，他说："有些同志说，成天是工作、学习，写来写去就觉得是那一套，没什么可写了。我觉得日记内容单调或多彩，首先决定于我们对生活的认识和生活态度。只要热爱生活，严肃对待生活、工作和学习，并且经常认真思考这些事情，可写的东西是很多的。比如一天工作过来，有什么体会，克服了什么困难，跟同志们相处，看到人家有哪些优点，对照自己有哪些缺点；周围发生了哪些变化，自己是怎样看的；特别是学习、阅读报刊，有哪些心得收获。这样处处留心，勤于思考，你就会感到生活是无比充实，无比可爱，对生活产生深厚的感情……有时候事情不多，可以少记几笔，跳过一两天不记也未为不可。但是不能因此懈怠下去，而是要总想到这是生活中一件不可缺少的事情，像知心朋友似的，有什么话都要找它去说。"

这篇文章对我的帮助非常大。写日记遇到的很多问题，我看了这篇文章后都迎刃而解了。

我在连队当兵的时候，训练、施工、生产，全程军事化管理，真的是"两眼一睁，忙到熄灯"，自己能支配的时间特别有限。

站夜岗归来，我常常不直接进被窝睡觉。我先到连队的洗漱室，打开灯，看会儿书，写日记，写诗文。连队的洗漱室里，立着一堵矮墙，两边的墙壁上砌着长条水泥池子，池子上方是一排水龙头。条件简陋，又忙又累，但我的日记从不中断。

俗话说"好记性不如烂笔头"，几十年前的某一天发生了什么事情、见过谁，日记会准确地告诉你。尤其是我，从小就爱好文学创作，写日记对文学创作帮助大着哩。

1961年5月22日，我在报纸上读到果戈理的一段话："一个作家应该像画家一样，身上经常带着铅笔和纸张，一位画家如果虚度了一天，没有画成一张画稿，那很不好。一个作家如果虚度一天，没有记下一条思想、一个特点，也很不好……"

果戈理的话给了我极大的启示。我写日记，尽可能"记下一条思想、一个特点"，在生活的每一天，注意用文学的眼睛观察每一件细小的事物，使它们在我的笔下活跃起来。我坚信，日积月累地把一切可贵的资料储蓄起来，那么日常生活的一切零散的珍珠，便会编织成为一条五彩缤纷的、闪闪发光的彩链。

事实也是如此，我的很多重要作品，如《当代诗人剪影》《洪流放歌——我写雷锋60年》，大部头的《文化名人书系》等，很多原始素材都出自我的日记。

假如你对生活热爱，
就不该让一页日记空白。

这是我学生时代在好多日记本扉页上自题的话，这也是鼓励自己坚持写日记的座右铭。我没对自己说空话，没

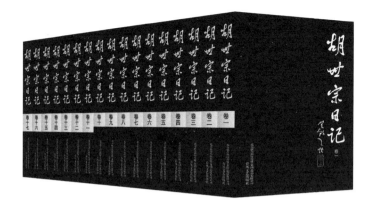

 《胡世宗日记》，春风文艺出版社 2006 年 8 月
出版第 1—8 卷、2016 年 1 月出版第 9—17 卷

对自己食言。从少年到老年，直至今日，我坚持写了近 70 年的日记。

2006 年、2016 年，春风文艺出版社编辑出版了 17 卷 972 万字的《胡世宗日记》，日记内容跨时 60 年。袁鹰、何建明、高洪波、李炳银等数十位名家发表了评论文章。

李炳银为《胡世宗日记》题词："把日记写成了大文章，将私语变为社会的珍藏。"

《胡世宗日记》的第 18 至 22 卷，也已经在辽海出版社进入出版流程，很快会与读者见面。

名言警句之中炼真金

从读初中开始，我就特别留意报刊或书籍中的名言警句。看到对我有启发、有帮助的句子，我就把它摘抄到自己的小本子上，留待日后经常翻阅、研究、思考。后来，收集名言警句不再局限于报刊，已扩展到我的工作生活之中。

摘抄、收集名言警句，对我来说是一种自我激励、自我教育的有效方式，同时这也是学习如何淬炼文字的捷径。

1961年，我从《世界文学》第2期抄下来一段歌德的诗论："人在学唱歌时，在他的自然音域以内的音调，对于他是容易的，而在这音域之外的，初学时会感到很困难。要成为一个音乐家，他就必须征服他音域以外的那些音调，因为他必须把它们完全运用自如。诗人也正是这样——要是只能表达自己那一点点主观的感情，他是不称职的；只

◎ 1967 年，在第十六军文化处当干事时读书

有当他能够驾驭世界和表现世界的时候，他才是个诗人。那么，他就是永不衰竭的——尽管主观的本性、微薄的内在材料很快竭尽了，并最终毁于矫揉造作的风格，但他还是会永远新鲜……"

这段妙论影响了我大半生的诗创作。

我曾摘抄鲁迅的一段话："在革命进行时，时时有人退伍，有人落荒，有人颓唐，有人叛变，然而只要无碍于进行，则愈到后来，这队伍就愈成为纯粹、精锐的队伍了。"

这句名言我时常诵读、琢磨，虽是写革命队伍，但引申到写作中的粗与细、繁与精也非常恰当。

巴甫洛夫谈到人不可骄傲，对我影响深远："决不要陷于骄傲。因为骄傲，你们就会在应该同意的场合固执起来；因为骄傲，你们就会拒绝别人的忠言和友好的帮助；因为骄傲，你们就会丧失客观的准绳。"

这句话永远像警钟一样在我前进的路上时刻提醒我：决不要、决不要、决不要陷于骄傲。

有一条阿拉伯谚语，让我铭记至今，也应用了大半辈子，这条谚语是："感激是美德中最微小的，忘恩负义却是恶习中顶坏的。"

名言警句大多优美精练，几近于诗。拆解其写法，有助于提高文字水平。

毛姆写道："我觉得读读火车时刻表或者菜单，也比什么都不读要好。"普通人可能会这么写："我觉得随便读点什么，也比什么都不读要好。"是不是马上觉得平淡了很多？

这句话的奥妙就在于毛姆用了两个非常具体的名词——火车时刻表和菜单，你一下子就会想起读火车时刻表或者菜单的画面。好句子需要反复咀嚼，细细拆解，作家的技巧首先是在词语和句子中体现的。

20 世纪 60 年代末，我到红九连体验生活，接触到红九连指导员陈金元。他脱口而出的话里有许多精彩的"名言"。

比如：好船要看过险滩；比如：活鱼水下游，死鱼水上漂。

"活鱼"这句话是他家乡的俗语，他用来批评个别人爱做表面文章、干面子活儿。我深深地记到了现在，却不是因为"面子活儿"这层含义，而是我认为一个作家，一定要做一条活鱼，而不要去做一条死鱼。

我这辈子没见过昌耀，但我衷心佩服昌耀这样的诗人。我也没亲见过歌手朱哲琴，但我十分欣赏她那些来自生活深处的不同凡响的歌。我觉得他们都是"活鱼"。

在《臧克家纪念集：他还活着》一书中，我读到臧老这样一段回忆："我佩服两个人，一个是浩然，另一个是柳青。柳青同志深入农村，完全像一个老农民。"

这些年来，我写了很多诗，但没有写出好诗。我总是似乎很繁忙，其实许多杂事是自找的。我一直在水面上漂着，而不是在水下游着。

一句名言警句，如果我认可它的道理，我就会终生奉行。短短一句话，可以指导我走向成熟，少走弯路，不入歧途。更何况，它们还可以给我上文学课哩。

诗文背到烂熟见真义

　　人生启蒙读书始。作为一个以笔为生的人，读书就是我的职业。一些经典诗文，我更是得背个上百遍，背到烂熟于胸；隔一段时间还得再次背诵，巩固记忆。即便这样，我依然还是怕不解其中真义。

　　少年时代，我笨笨磕磕读到的第一本长篇小说是《钢铁是怎样炼成的》。我和几个小学同学挤坐在墙根下，把不认识的字跳过去，一句一句集体阅读。

　　上了初中，我每次放学都要路过铁西区图书馆，我迷恋那里灯火通明的阅览室，那里有那么多报纸杂志，还可以押上学生证借各种图书。我常常是读到馆里打铃下班才恋恋不舍地离开。

　　至今我写出了 70 余部书，其中有 11 部书是充分利用了沈阳市图书馆的资料完成的。

　　沈阳市图书馆原本在大南那片儿，老楼、木楼梯、木地板。

特别难忘的是，有一个阶段，我每天准时来到刚刚开门的图书馆，准时进入阅览室，准时坐到我固定的椅子上，就像到单位上班一样。我静静坐在图书馆里翻阅报刊，查阅资料，不知不觉就是半天、就是一天。我的心，仿佛金色的轮子，沙沙沙地疾速转动着。

大风雪天，我蹬着自行车赶到图书馆累出一身汗。可是一坐到社科部那温暖、肃静的阅览室里，我很快就能进入学习状态。

正是在那里，我得到余丽君的帮助，写出了《坚贞不屈的赵一曼》这部作品。

我认为藏书、借书、读书固然重要，但更重要的是用书。

有时有亲友到家访问，看到我的三面墙的藏书，便问我："这么多的书你都能看吗？"

我说："未必全看，但说不定会因为找一个什么素材，就会用到哪一本书。"

至于一些经典诗文，常背常新，背上千遍也不嫌多。阅读就好比看别人吃酒席，而背诵就好比自己嚼了一块牛肉，这块牛肉被嚼烂后咽到了肚子里，转成营养，化成了自己的血肉。

我在学生时代能背诵许多经典诗作，包括臧克家、艾青、刘白羽、贺敬之、魏巍、李瑛等名家的作品，也包括晓凡、

1988 年 9 月，我晋升中国人民解放军上校军衔。恰好参加原沈阳军区政治部前进报社在抚顺雷锋生前所在团举行的一次活动，与全国特等战斗英雄郅顺义、音乐家铁源等一起和战士们进行座谈。座谈的主题是：在人生的道路上，什么是成功？什么是失败？如何正确对待自己的成长和失败？一时的失败不必气馁，一时的成功也不可骄傲，在人生的道路上将会经历多次成功和失败的考验。会后安排我们乘船游览了大伙房水库。

1988 年，在辽宁抚顺大伙房水库

刘镇等青年诗人的作品。这些作品都成为滋养我创作的养分，说不定在什么时候就会给我带来灵感。

晓凡的作品，我不仅背诵他的《长桥万里》《纯洁的钨》等名篇，《矿工性格》《坑口松树》《测量》等一些短小的诗，我也喜欢。我喜欢晓凡诗中奋发、豪迈的感觉，这不是任何诗人都具备的。人们在评论中很少提及的他的一首《蒙古族民兵连长》，是我极为喜欢的。深夜睡在北方农村的队部炕上，听到蒙古族连长鼾声响得"穿过窗棂儿，飞到蓝天上"——

　　"有狼！"
　　不等我爬起，
　　连长下了炕；
　　不等我穿衣，
　　连长枪搭窗台上；
　　不等我下地，
　　"嗵！"
　　恶狼应声倒在羊圈旁；
　　不等我出屋，
　　连长已把死狼拖到屋当央。
　　……
　　不等我上炕，
　　连长的鼾声又呼噜噜响。

全诗不足 30 行，又都是短句子，几个"不等"，写得极为精练，动感十足。这正所谓"一步没跟上，步步跟不上"。主人公的警觉、机敏、神速，用短句表现得极为传神。

我在连队当兵时，晚上都要排班站一个小时的岗。那

◎ 1964 年，训练间隙与战友一起读报

时连队在大山里，山风呼啸，到处都黑黝黝的，树枝树叶沙沙响，有时会有点儿害怕，有时会迷迷糊糊犯困。这时，我就背诵诗歌，冲着山谷大声背诵，让自己的警惕性高起来。

1962 年 8 月 23 日，我在连队看到《前进报》的一条消息，标题是《毛主席的好战士雷锋因公负伤光荣牺牲》。

这时，我突然想起小时候背过的臧克家的诗："有的人活着，他已经死了；有的人死了，他还活着……"

于是，我在连队的黑板报上写下一首诗，标题就叫《雷锋活着》：

> 雷锋活着，
>
> 活在革命的队伍中——
>
> 像火炬一样亮，
>
> 像旗帜一样红。
>
> 火光里，
>
> 旗帜下，
>
> 响着千万人的脚步声！
>
> 雷锋活着，
>
> 活在战士心间——
>
> 像高山青松般崇高，
>
> 像大海里水珠一样平凡。
>
> 革命的人生，

毛主席的好战士雷锋（雕塑）

高秀兰作 ▲ 雷锋活着

战士 胡世忠

雷锋活着，
活在革命的队伍中——
像火炬一样亮，
火光里，
廖帕下，
响着千万人的脚步声！

雷锋活着，
活在战士心间——
像高山青松般崇高，
像大海里水珠一样不凡，
革命的人生，
战斗的道路，
召唤我们勇往直前！

◇《雷锋活着》，《沈阳晚报》
1963 年 2 月 25 日刊载

战斗的道路，

召唤我们勇往直前！

　　这首小诗后来发表在 1963 年 2 月 25 日《沈阳晚报》上，是解明老师编发的。在小诗的上方，配发了著名雕塑家高秀兰的雕塑作品《毛主席的好战士雷锋》。诗的作者署名为"胡世忠"——"宗"字错写为"忠"。解明老师给我寄样报时，特别风趣地道歉说："竟然把熟悉的朋友名字登错，实在该打屁股！"

　　我在站岗时背诗，在生活中背诗，也在旅行途中背诗。

在会议间隙，我与梁上泉散步时，背诵他的《祖母的画像》。

在给孩子们讲雷锋故事的时候，我背诵柯岩的《你的眼睛》。

在希腊雅典卫城，我背诵魏巍的《登雅典卫城》。

在桂林游玩，我背诵贺敬之的《桂林山水歌》。

在小区散步，我背诵唐诗宋词……

2008 年，我和老伴儿游览长江，我带上了刘白羽的散文集《红玛瑙集》。在长江上的日日夜夜，特别是晨昏时分，我坐在甲板的椅子上，捧着这本书，反复阅读、背诵《长江三日》。那种惬意，那种快慰，可不是别的休闲方式能带来的。

诗人贺敬之曾对我说过，如果不是早年背诵艾青、田间、臧克家的作品，他也不会写诗。他的话印证了我的想法：背诵是诗人成长的基石。

我有个背诵秘诀，极其灵验：把大段话的每一句的第一个字，连成一行字背下来；这一行字不忘，就把全篇背下来了。

1962 年，我 19 岁，这一年我当兵到部队。打那以后，我首先是一个小兵，然后才是一个在文学路上跋涉的苦行者。作为一个新兵，我不能做沸腾火热的部队生活的旁观者，我下决心要沉到生活的底处，成为一个好兵。刺杀，投弹，射击，土工作业，野营拉练……哪一样我都不甘落后。军营生活，正是我日后不断生产作品的源泉。

- -

探索成长之路，解读智慧人生，
本章内容，扫码收听。

第七章

拼全力做一个合格的战士

当上兵，梦中笑醒好几回

往常，招兵很少招师范生。1962 年，蒋介石在台湾疯狂叫嚣"反攻大陆"那一年，部队到我们沈阳二师招兵。

我顺利通过了征兵体检，内心忐忑地等待着结果。6 月 28 日间操时，听说入伍通知书已被吴忠有老师取回来了，只有 20 名，会不会有我？有没有三年级同学的份儿？真使我着急。

去上第三节课时，路过主任室，门敞开着，我看见杨吉斌老师、吴忠有老师，他们正拿着一摞文件翻阅。我要走进去，杨老师马上过来关门。我急问："有没有我？请告诉我！"杨老师笑着点点头，然后把门带上了。

我差点儿变成了范进，蹦啊跳啊到了教室。上课时眼睛一直跟着老师看，但他的话我一句也没听见。

下了第三节课，刘兴东主任给我们入选的 20 人发放一张小奖状似的入伍通知书。这是我渴望已久的宝贝啊！今

◎ 1962 年秋，入伍留念

天，此刻，终于拿到手里了，不，是攥到手里了！

随着通知书发下来的，还有一元钱，用于洗澡、理发。我们将在 7 月 2 日到重型机校集合。

20 人中，我们班入选 4 人。中午，全班轰动了，同学们纷纷向我们表示祝贺。

当天我回到家，大声宣布了这个好消息。

母亲仍做着她手里的活计，像没听着。过了一会儿，她把我拉到炕边，嘱咐我："到部队以后，不要想怎样就怎样，要听首长的话，不要和同志们闹别扭，要团结，见好的要学习，见不好的，要帮助他，帮助好一个是一个……"说着说着，母亲的眼泪就簌簌往下掉。母亲又说："到部队了不用惦记家，政府会照顾的……"

爸爸把惠芬妹妹插秧能手的奖状从镜框中撤了下来，把我的入伍通知书镶在里面，还用粉红色的纸做了个衬底。全家人欢喜一阵，入睡了。

等待结果的那些天，我没有一天能睡上 6 个小时，唯有今晚睡得实、睡得香。但是半夜也笑醒了几回，醒来时琢磨不清为何而笑。

第二天，到了学校，好家伙，一件件的礼物送来了，有书本、茶杯、牙具袋等，都是实用的东西。廉秀荣这个老班长，给我买了一支黑油油的描龙画凤的长箫。

7 月 3 日中午发下了军装，按大小个儿发，我领了套三号的。晚上，铁西区召开欢送大会，由我代表全区应征青年讲话。

当晚，我和同学们在寝室里谈天话别。我忽略了母亲就在操场上，等我想去和母亲说说话时，母亲已经走了。她留下了一个白纸轴，上面缠着白、黑两色的棉线，插着两根针。

7月4日，我们即将奔赴军营。我们沈阳二师入伍的20人，背上部队发的背包，在学校操场上集合。同学们一个个在抹眼泪。我怎能不难过？与朝夕相处3年的同学告别，这个滋味怎能不苦？

整队了，同学们抢着上前跟我们握手。上汽车了，我们从窗口把手伸出去，交给如无数浪头扑打上来的手臂。车子缓缓开动了，别了，一张张可亲可爱的面孔。

下了汽车，我们上了火车。晚上9点35分，告别夜色笼罩的沈阳，告别熟悉的灯光、熟悉的烟雾、熟悉的道路和车声……告别我所熟悉的一切。列车开往牡丹江，我们将在中途的吉林省东丰县下车。几天的兴奋使我极度疲惫，在车上如在摇篮里，摇摇晃晃中我睡着了。

次日，抵达东丰县，步行约5公里，到达营区。一个老兵亲热地接下了我的背包。老兵钱瑞虎担任我们新兵班长，我任副班长，班里14人，全是沈阳二师来的。

立正、稍息、向右看齐；实弹射击，学习卫生知识……新兵的密集训练开始了。

8月31日下午，新兵授衔仪式在俱乐部举行。当天大雨瓢泼，恰巧轮到我在伙房值班，心里惦记着这事。战友杨守庸跑来告诉我，刘指导员叫我去一趟。

我兴奋地奔到俱乐部，却是刘指导员吩咐我和另两个战友，到新兵四连去作实弹射击经验介绍。我高兴地接受了这个任务，只是心里直画魂儿（东北方言，"狐疑"之意）：我们只不过打了个"优秀"，得"优秀"的人多着呢，为什么只叫我们仨去？

到了新兵四连，我们进去，震耳的掌声迎面扑来。我按照射击前后的思想体会和如何做好预习，实打实地说了一遍，大家向我投来羡慕的目光，我脸上烧得滚热，心怦怦跳。我非常清楚，这荣誉是首长和班长、老兵同志尽了心血、花费很多力气，指导、检查、帮助所取得的呀。

等我们回到营房，授衔仪式已经结束，大家一个个喜气洋洋，正忙着往帽子上缀帽徽、往新军装的领子上钉领章呢。班长钱瑞虎忙过来，忙过去，帮帮这个，帮帮那个，笑个不停。战友们有的在照镜子，有的穿好了衣服练立正、稍息，有的出来进去走个不停，还有的计划着要去照相。这么晚了，大家似乎都无睡意。

当晚，我整理好了服装，到室外散步。雨过天晴，数不清的星星向我递来羡慕的眼波。我骄傲地想：满天繁星，哪一颗能比我肩上的那颗五角金星更美丽？

苦练投弹突破 50 米大关

　　授衔当晚，伙房为第二天的会餐忙碌着，油饼的香气充溢了整个营房。战友们都没有睡意，大多数在营房外墙根谈心。不少人被逼着睡下了，然而背包却没有打开。营房已是一片寂静了，可是每个人的心里都滚开了锅：我能被分到哪个连？和谁在一起？翻来覆去，床板响到天亮。

　　9 月 2 日，分配方案正式公布了。在公布前的几个钟头，可真熬坏了人，我连会餐的油饼都没吃好。

　　上午 9 时，几个新兵连集合，大家坐在自己的背包上，由关参谋宣读分配名单。各连的干部站在前面，他们手里拿着新兵档案袋。有的连干部第一时间就打开档案翻阅材料，开始熟悉属于自己的兵了。

　　我被分到了五连，五连是全团的模范连。我中午就到五连报到了。

　　步兵连队的五大技术之一就是投弹，其他的是射击、刺杀、爆破和土工作业。

刚入伍时，我是个"瘦干儿"，手榴弹我最远投到28米——不及格呀。30米才刚刚及格，40米为良好，50米为优秀。

眼看着别人一个个都及格了，我就着急要追赶上去。

我采取了好多训练方法。

我把教练弹拴在树上，反复练习投出时那一瞬间的动作，练那种爆发力。

我曾在全连官兵都熄灯休息后，一个人带几颗教练弹到大操场上，自己画出30米的距离，从这边的白线往对面投，教练弹都投出后，我跑到对面去看成绩；然后再从那边，把手榴弹投到这边来，再看成绩到底是多少。

我很注意投弹要领，先活动腰身手臂，投弹前充分热身，做肩关节环绕，向前向后环绕多次，尽量不出现投掷伤——肩关节脱臼。但仍难免伤着肩臂，有时肩臂肿胀疼痛，疼得厉害的时候像掉了环儿似的。但我仍然克服困难，坚持训练。

单独外出执行任务的时候，我都请示连长，请他同意我携带一颗教练手榴弹。

到兄弟部队执行任务，单人休息时，我也像在自己部队一样刻苦训练，在大操场上练投弹，练投远，也练投准。

我的投弹成绩有了明显的提高。在考核全连官兵时，师长闫大芳现场检阅，我投了 53 米，受到首长和战友们的称赞。

我由此获得灵感，写了首《刻字手榴弹》，发表在 1964 年 11 月 10 日《解放军报》上：

班长要调到兄弟连，
傍晚赠我颗手榴弹。
白纸裹呵红布缠，
深情厚谊沉甸甸！

木柄上刻着字两行，
好似心血写上边：
"立下愚公移山志，
坚决突破'六十'关！"

底下注明年月日，
班长写它在两月前，
那时他投不到五十六，
如今超过了七十三
……

回眼再看木刻字，
新涂的红彩还没干。

班长的心意领会了，
原来我投弹没过关！

好班长呵你莫挂牵，
咱一定加劲儿把你撵！
紧握弹柄冲出门，
啊，投弹场上月光满！

雪地班进攻，连"炸"仨碉堡

　　师长好友反复叮嘱我，首先要当一个好兵。当个好兵，全心全力做连队生活的主人，许多创作的问题都会迎刃而解，都会顺理成章，都会自然而然地不再成为问题。

　　1963年冬季训练的一天，有一个"班进攻"科目。这是以步兵班为单位的进攻战斗训练，要求每个战士学会单手持枪卧倒和起立的动作要领，培养优良的战斗作风。到了"战场"上，我们每个士兵都将遭遇"敌人"的火力袭击，此时应迅速卧倒，防止被杀伤。

　　"班进攻"那天，我穿着大棉裤、大棉袄和大头鞋。大头鞋就是一种笨重的军靴，鞋里面有挺厚的羊毛。我带着全副武器装备，感觉笨重极了。我们全班笨笨磕磕地在雪地上奔跑，到达目标后卧倒。班长熊金林让我完成一次爆破任务，还没等我回到全班隐蔽卧倒的地方，又跟着大家发起冲锋："冲啊！冲啊！"

◎ 1964 年，在连队

冲到"敌人"第二个火力点跟前时，我已经累得上气不接下气了。班长又喊我名字命令我去执行爆破任务。我心想，爆破就爆破，估计是最后一回了。我咬着牙，拖着两条沉重的腿，一步步接近"敌堡"，把吃奶的劲儿都使出来了，总算完成了任务。

接着，我跟着同志们继续往前冲，这时再次听到"卧倒"的口令，我得救似的躺倒在雪地里，心里想，若让我在这雪地上睡上几个钟头才舒服呢！

我正迷迷糊糊地合计着，"敌人"最后一个火力点响了。班长的大嗓门儿也随之响了："胡世宗！"

"到！"我响脆地回应着，心却怦怦直跳。

"上！"

怕什么就来什么，班长又点我去爆破。

"是！"我答应得挺痛快，可心里绕不过这个弯儿：班长怎么又叫上我了呢？班里好几个人呢，怎么就盯上我一个呢？我都累成这样了，班长不是叫错了吧……

在这犹豫的瞬间，我想起毛主席讲过的一句话："发扬勇敢战斗、不怕牺牲、不怕疲劳和连续作战（即在短期内不休息地接连打几仗）的作风。"

我问自己：你刚刚炸了两个"碉堡"，就动弹不得了？遇到艰苦困难就退缩了？这算什么顽强过硬？算什么吃大苦、耐大劳？真上了战场你怎么办？

我想着想着，不知从哪儿来的一股劲儿，我夹起比我们的背包小一号的炸药包，一下子站起身，向"敌人"火力点猛冲过去。

"敌人"的机枪好像特意找我的麻烦，我还没跑几步，它就猛烈地响开了；我卧倒了，它又不响了。就这样，我起来、趴下，趴下、起来……累得精疲力竭，只觉得天旋地转。天气依然那么寒冷，而我的心、我的喉咙就像在往外冒火。但我还是死死地咬牙，在雪地里迅速地向前爬去，终于胜利地完成了第三次爆破任务。

连续三次爆破，是班长对我的厚爱，是军营里特殊的友情。没当过兵的人很难理解其中的深情厚谊。

坚持——这是我人生中最宝贵的经验之一。而部队，正是一座可以烧掉我一切杂质，把我炼成一块好钢的熔炉。

破冰插秧追赶战友

　　1964 年 4 月，我们连队到吉林省伊通县三道沟村执行生产任务，既种田，也挖洞采石。

　　我们分住在老乡家里，大家都争着抢着帮助老乡干活儿。

　　我们班的战士宗小乐站夜岗，帮助老乡接生小马驹，还脱下自己的毛皮大衣，给小马驹包上。新兵杨胜强每天下工回来，再累再乏也要帮老乡家挑水。他们都是我的榜样。

　　我下水田劳动，两腿被蚂蟥叮了，腿肿起来了，班长让我回去找卫生员看看。这时离全连下工还有一个小时，我就借了一副担子，给四家"五保户"挑水。我给我们班住的两家房东挑水。刘大娘没等我把水送进家门就迎出来说："水缸满满的，不要水。"说啥不让我进门。后来我进她家门一看，水缸并不满，往多说也就只有半缸。我要把水倒到缸里，刘大娘拉住我说："这口缸要刷，别倒了，明天再挑吧。来，进屋歇歇，抽口烟。"那时候在东北农村，到了老乡家，老乡给你卷一根烟，是他们热情待客之道。我不会抽烟，婉拒了。房东张大婶站在她家菜园子里，看见我挑水，说："别挑了，猪倌儿要水桶呢。"我当真找猪倌儿把水桶还了，大婶假装生气地笑着说："看把你累的，也不歇会儿。"我这才知道她是怕我累着。我就又跑到猪倌儿那里借来水桶，继续挑。有3个小孩儿围着我转，数我挑了多少桶水，最后他们告诉我："14桶！"

4月15日下午，我到采石工地担任"过收"工作。周贤楚发明的"火箭式"运输工具使工效提高两倍。李玉珠创造了碎石最高纪录：日打1.04立方米，被誉为"单打冠军"。采石场上捷报频传，日碎石量超过0.5立方米的选手共有25名，一排9名，其余全是三排的。三排又获团体冠军。二排一个也没有。

指导员说："二排的同志们，像老和尚打梆子，打一下停半天；一排、三排的同志们，一下挨一下，锤落得紧。"

北国的4月，天气还很凉。早饭后，扛着锄头下地的时候，风挺大，田埂上的草都被风刮得向一边倒去，水田里结着一层薄薄的冰。

我的小腿肚子前两天被镐头划出一道檩子（东北方言，指皮肤由外力造成的条状包），又红又肿。这时，工人出

◎ 与同班战友翁玉才（前）扛木头

身的副班长任树旺，划破薄冰已经跳下水了，他的脚心还挑开泡了呢。

　　战友们紧跟着下到水田里，他们一镐一镐地刨得起劲儿。我也不顾一切地下了水田，抡起我的镐大干起来。我一心想要去掉学生兵的痕迹，要向工农出身的战友看齐，向他们学习，要坚持与他们保持一致。

不一会儿，我身上也溅满了泥点子，小腿也被泥糊住了，还出了一身汗。我把棉袄甩到地边，脱了里面的单军装；又过一会儿，我脱了军装里面的绒衣，只剩下一件小布衫。

在这样冷的天气里，我也不觉得凉了。我和副班长在一个池子里干，他干得比我快，我佩服他，追赶着他。我边干边和他聊天，干得开心，聊得也很开心。

另外一天清晨，我和4个战友提前一小时到村东头犁地。到了早饭时间，我们5个人已犁出了20垄地。

一抬头，远处山腰已开满粉白色的杏花。

群猪结伴长途奔袭

　　我在连队当兵的时候，多次参加野营拉练。野营拉练就是部队离开营区，在多种地形、不同环境和近似实战的条件下，进行移动或驻止训练。主要是行军、宿营，也包括战术演练，大多是从甲地行军数日到乙地。

　　最特别的一次野营拉练，是在 1963 年 3 月开展的，是我们全团的野营拉练。我们从吉林省东丰县的部队营区出发，到吉林省永吉县岔路河镇执行施工任务，全程共计 170 多公里。

　　施工地点，我们称之为"山上"；奔赴施工地点，我们称之为"上山"。

　　这时，我恰好读到李季发表在《人民日报》上的《脊梁吟》。主人公郑兴国是油田"老虎队"的队长，他满下巴黄胡须总是刮不干净……当国家遭受严重的自然灾害、外国专家退却了的时候，郑兴国这样想："咱们在这时候，能拉稀吗？敌人正在一边看笑话，咱们能低头吗？不能！硬是要挺起胸膛，把脊梁伸直。再大的困难，也要顶住！"

这篇文章给了我莫大的力量和勇气，直到今天，我仍牢牢记着里面的情节。在那次"上山"过程中，以及在之后的工作中，我一直努力去做这样的脊梁。

因为要在"山上"生活、工作好几个月，连队的大部分军事装备和生活物资都要随队带上。其中，就包括连队饲养的猪。

我们五连要带到"山上"的是9头猪。部队要开拔时，连里要求我们班出3人，协助连队饲养员王东山赶猪。班长熊金林、战友姚茂玉和我担负起这个任务。连长在交代任务时指着那9头猪打趣地说："它们是肉包子打狗——一去不回了呀！"

在我心里，正规行军那才是庄严的，这赶猪行军算是个什么事啊。刚看完《脊梁吟》，我正憋着劲儿，想啃硬骨头呢。我找到王承圣指导员，强烈要求和大部队一块儿行动。指导员只跟我说了一句话，就让我无话可说了："要学雷锋的螺丝钉精神啊，拧在哪里就在哪里发挥作用。"之后，他补了一句："你喜欢搞创作，怎能拒绝新鲜的生活呢？"我兴奋起来，忽然觉得这次携猪行军挺有意义，也挺有意思。

饲养员王东山领我们去唤猪时，3头大白猪在猪圈里歇着，5头上中等个儿的黑猪酣睡在圈外干草堆里，只有一头小花猪不知去向。王东山说："这个小家伙最为调皮。""咯喽喽喽！""咯喽喽喽！"我们满院子吆喝，才把小花猪召唤回圈，它一回来就在槽子里吃得欢实。可另几头猪，一个个懒洋洋的，走不动，也不愿走，到了槽子边，吃得很是敷衍。也许是上午把它们喂得太饱了吧。

班长背着自动枪，肩挎手榴弹；小姚背着自动枪、弹夹和一支步骑枪；王东山和我只背着背包。我们漫长的特殊行军就这样开始了。

我们4人各自找了一根长长的柳条，赶着这群黑白参差的"蠢东西"上路了。副指导员和另一位饲养员为我们送行。那位饲养员挺伤感地说："这几口大猪再也见不到面了，再也喂不着它们了。"小姚逗他说："好家伙，原来你不是送我们，是和你的猪告别来了呀！"

我们边走边吆喝边说笑。老乡都夸我们的猪养得肥。

几个小孩子欢呼起来，因为我们在猪身上都刷上了一条绿颜色记号。别的连队执行赶猪任务的战友管我们的猪叫"五连绿"。

出发前的担心没有了，这几头猪很温驯地服从命令，在镇上人马杂乱的街道上通过时，也没有一个敢"开小差"的。

二机连的两个战友赶着5头猪，他们和我们"会师"了。这5头猪被他们用理发推子推掉了几条猪毛，推得很丑。一问才知道：其他连队的猪，有的涂红，有的抹绿，有的染蓝，他们觉得颜色用尽了，干脆剪掉几条猪毛得了。结果挺好看的猪被弄成这副模样。

中途休息时，我们撒了几十把玉米粒子，算是给猪吃的零食。

太阳偏西的时候，我们在一个朝鲜族村庄宿营。我们4人在一个大婶家住下了。

我们想把猪赶进圈，一来免得它们受冻，二来我们可以放心歇歇。可是这些家伙到了圈口，一个个傻呆呆、笨呵呵地立着，任凭你怎么"咯喽喽喽"也无济于事。硬赶吧，它们又闹事。没法子，只好向大婶借了一间空房子，当作它们舒适的"旅馆"——这才把这些"老爷"安顿下来。

一群朝鲜族小女孩儿好奇地跑来，她们戴着鲜艳的红领巾，像一片春天的花朵。她们中最大的读小学五年级。我认真地检查她们的汉语作业，纠正其中的错别字。我在读师范时曾向我们班的朝鲜族同学全慈善学过一些朝鲜族的文字，我用朝鲜族文字写我的名字给这些孩子看，她们高兴地读出声来，叽叽嘎嘎地笑着。她们用汉字写自己的名字给我看：金粉代、阁泳子……金粉代把"粉"字的"米"和"分"左右位置弄反了，我给她改了过来。我鼓励她们要好好学习，不要贪玩，她们听了频频点头。

第二天早上，早早吃过饭，喂饱了猪，我们又赶猪上路了。我背着馒头和大米，班长背着背包，小姚背着猪饲料，王东山赶猪。我们身后跟了很多老人和孩子，他们觉得新奇——解放军行军还赶着这么多猪啊！

途经一个叫南响水的村子，我们坐下歇脚。有一个朝鲜族男孩子，也就十五六岁的样子，怯生生地凑到我们身边。他叫吴相太，家里 5 口人，父亲有病，母亲劳动，哥哥在沈阳化工学院机械系读书。因家里困难，吴相太在小学六年级就辍学参加劳动了。这孩子长得很俊，朴实可爱。他为了哥哥的前途，牺牲了自己的学业。我劝他参加生产也别丢了学习，让他写信给他哥哥，请哥哥买些好书寄给他来看。他点了点头。我们离开时，他默默地向我挥手。

我们继续前行，过了梨树沟，路越来越难走了，泥泞得厉害，杂枝乱草满山满路。我们沿着深陷的车辙，翻过了一座又一座高山。山风呜呜地吼着，我扛着麻袋直喘气，班长背着两支枪走得飞快。

过了山，又走了四五里路，终于到达我们五连的驻地。那 9 头猪，温驯地迈着四方步，摇摇摆摆地走在我们中间。

我远远看到二排长坐在一块大青石上，手里拿着一个削好的大白萝卜，津津有味地啃着。走到跟前细看，哪里是什么大白萝卜，而是一个大雪团。二排长对我们说："这里很艰苦，没有水吃。"

经过长途跋涉，9 头猪似乎都受到了锻炼、增长了很多见识。我们 4 个就更不用说了。

部队这座大熔炉，既淬炼战士，也淬炼作品。它的火候和温度十分宜人。我在18岁时便立志做一个拿枪的诗人，心心念念想着参军到部队。而抗战烈士、革命诗人陈辉正是指引我作出这一决定的灯塔。入伍之后，我时时以陈辉为榜样，拼全力、耗此生，只为握紧笔和枪。

- -

 探索成长之路，解读智慧人生，
本章内容，扫码收听。

第八章

耗此生做一个拿枪的诗人

永生的陈辉是我的灯塔

陈辉是一个拿枪的诗人，一个写诗的战士。他牺牲在抗日前线时，年仅 24 岁。陈辉就像一座灯塔，照亮了我的心海，照亮了我人生的茫茫道路。他指引我参军，指引我如何做一名战士，如何做一名诗人。

1961 年，18 岁的我从魏巍选编的《晋察冀诗抄》里读到陈辉的 12 首诗。后来我又读到陈辉的诗集《十月的歌》，诗人田间为此书写了引言。

陈辉的《回家去吧》《卖糕》《吹口哨的人》《妈妈和孩子》《麦草上的梦》，特别是那首《为祖国而歌》，让我这个爱读诗、爱写诗的青年学生心潮澎湃，对他十分佩服。

陈辉眼光独到，能见人所未见、言人所未言。比如那首《回家去吧》，诗人看到了人民群众热烈地参军抗日的场面，但他的诗没有写村头百姓欢送应征青年骑大马、披红花出发的景象，没有写群众往应征青年兜里塞鸡蛋和花生的情景，而是选择写参加八路军的青年都走了，送行的群众也回家了，平原已经黑了，只有一个小孩儿独自为没能被批准当兵而抹眼泪花子。

陈辉把战斗生活写得那么活灵活现、生动有趣，同时情感又是那么的炽烈。比如，他写的那首《卖糕》，开场是一番对话："——上哪儿去呀？——卖糕去呀。——带上吧，到城里再散它……卖糕的，伸过油污的手，接了过去红红绿绿的小纸条，把它压在糕下面。"这无疑就是抗日的传单啊……"他挑着油烘烘的糕，敲着锣，在城里消失了，像一根火苗……"

我抄他的诗，背他的诗。像《为祖国而歌》这样的长诗，我也从头到尾一字不漏地背下来。短诗就更不用说了。

陈辉的革命经历和他那非凡的壮举，就更令我敬仰了。

陈辉 17 岁入党，18 岁进延安"抗大"学习，毕业后在晋察冀地区做新闻工作，他是记者兼诗人。可他并不满足于此，他要真刀真枪地将日寇逐出中国。经多次申请，他到了战斗第一线，成为平西涞涿县四区的区委书记、敌后武工队政委。他多次冒着生命危险深入敌后，拔炮楼、杀汉奸、搞统战、开辟敌后根据地。他手上的武器是枪、手榴弹和诗。

陈辉在《为祖国而歌》中写道："也许明天／我会倒下／也许／在砍杀之际／敌人的枪尖／戳穿了我的肚皮／

也许吧／我将无言地死在绞架上／或者被敌人／投进狗场／看啊／那凶恶的狼狗／磨着牙尖／眼里吐出／绿色莹莹的光……”他在这首诗中，曾设想过多种为国献身的方式，却没想到真到了那一刻，他的行动更为壮烈。

1945年2月8日，陈辉因病住在拒马河畔韩村的老乡家，敌人发现并把他包围起来了。当他冲出屋子的时候，两个特务拦腰把他抱住，十来个敌人端枪围拢过来。陈辉拼尽全力拉响了腰间的手榴弹，与敌人同归于尽。

做一个战士诗人——这就是当年陈辉引导我立下的志向。我立志握好枪，也握好笔。

因而我积极报名参军，走上了保卫祖国的战斗岗位。在离开家乡夜行的运兵列车上，我一遍遍地默诵着陈辉的《为祖国而歌》。在新兵联欢会上，我把陈辉的诗庄重地背诵给战友们听。

我在步兵团步兵连的步兵班当步兵，每天刻苦训练。我的裤兜里揣着个小本子，我像陈辉那样边战斗边写诗，写我观察、体验和感受到的军营生活，写了好多短小精悍的“北国兵歌”。

后来，我在东北边防线、南海西沙、南疆前线、重走长征路时，写出许多长短不一的“兵歌”。

我最在意的是战友们授予我的称呼——战士诗人。

60多年来，陈辉和他的诗一直引导和陪伴着我。我经常在亲朋聚会的场合背诵陈辉的诗；在给大中小学的学生们讲思政课时，讲到陈辉其人其事其诗。

陈辉烈士的墓，坐落在河北涿州。什么时候能为陈辉扫墓？什么时候能在陈辉墓前背诵他的诗？这对于我是一个遥远的梦。2024年，在我81岁时，我决心要实现这个梦想。

想到了就去做。人生到了晚年，不容犹豫，不容蹉跎。我的家人全力赞成，都表示愿意陪我去实现这一愿望。

到达涿州的那一天，我们走错了路，走到了公众墓地。也幸亏走错了路，我们在这里巧遇烈士陵园的守门人。他引领我们到达陵园，并用钥匙打开了大门。

我一眼就看见了坐落在第一排的陈辉烈士之墓。我快步走过去，把花篮敬献到陈辉墓前。金边白色的挽带上写着"抗战英雄诗人陈辉千古""后来者军旅诗人胡世宗"。这是我在沈阳就写好了的，深切表达我大半辈子的心意。

走过了万水千山，81岁的时候，我终于走到了我18岁时就无比崇敬的革命诗人墓前。

我手捧着2014年出版的我的诗集《为祖国而歌》，向陈辉前辈汇报，他的诗是怎样给了我永恒的感动和巨大的影响。诗集的名字，我用的正是陈辉代表诗作的标题。我在10年前，以这种方式向陈辉致敬。

我站在墓碑一侧，背诵起陈辉那首120多行的《为祖国而歌》："我／埋怨／我不是一个琴师／祖国呵／因为／我是属于你的／一个大手大脚的／劳动人民的儿子／我深深地／深深地／爱你……"

我的根子在连队

连队就是我的家，我的根子在连队，创作的根子当然也在连队。

入伍之初，诗友张忠和、解明、晓凡、于路等人纷纷给我写信，这些殷殷叮咛，万分宝贵。

1962 年 7 月 30 日，入伍不到一个月，我收到徐光荣的信，他在信上说：

> 沈阳市面比你走之前繁荣，大头菜现在每斤才两分钱，而去年最贱时也要两角，形势之好，可以想见了……望你在部队，在炼人的同时，写些东西给大家寄来。写什么体裁还是慎重些为好，但，练习却是要孜孜不倦，持之以恒的……

我刚刚进入军营，便开始向团政治处宣传股投稿。不

◎ 1962 年，在连队里给战友们讲毛主席诗词

到一周，就收到了回信：

　　胡世宗同志：

　　　　你入伍后的三篇新作和随稿附来的信，我们
　　高兴地看到了。三篇稿，我们已分别转往《解放
　　军报》《前进报》和上级政治机关的文化部门了。

从你的信和作品中，我们了解到你的热情和当兵后的感受，颇感高兴……随信寄去两份《通讯报道参考》，供你作为熟悉军内报纸特点和进行业务自修的参考……你可以相信，组织将会给你提供更多的从事写作的有利条件……有空儿时，你能请假来团政治处宣传股面谈一次更好……

这么多年过去了，我始终珍存着这封信。这封信，对我这个刚刚入伍的写作小苗，是莫大的鼓舞和激励。团政治处的报道干事罗丛林和廖正宽还专门到新兵连来看望我，向我介绍报道经验，给我送来稿纸和信封。

每次我的诗和文章在军内外报纸刊物上发表，各级首长都为之高兴，并向我祝贺。团里的首长、政治处的首长亲自到连队来接见我，当面表扬我。团里还为此给我记三等功一次，立功喜报寄到我的家乡，寄到我父母手上。首长们甚至比我自己还要看重我在创作上一点一滴的进步。

1963年4月22日，团政治处召开报道会，全团报道骨干20余人参会。没想到第一个"节目"，就是让我朗诵我昨天开荒时写的诗《迎春的火把》。当年全团的任务是要见报100篇稿子。第一季度恰好完成了25篇，不多不少。会议室墙上有刊稿的剪报，25篇中有我的7篇稿。

7月16日上午，师副政委作报告，他提到了我的名字。午餐前，师里的政委、副政委、副主任到宿舍来看望大家。

◎ 1965年，在连队训练场写枪杆诗

　　副政委见我靠窗站着，便招呼我到他跟前坐下，亲切地问我：“家中几口人？都是什么人？父亲干什么工作？母亲干什么工作？老家在哪儿……”我一一回答了。

　　副政委转头向大家笑道：“那他可是地道的东北人喽！”大家都跟着笑了。

　　副政委叮嘱我：“好好学习，好好工作，你写的诗不坏！"

副主任补了一句："小胡，可要多写点儿呀！"我笑着点点头。

在入伍的第三年，我发表的稿件更多了。1964 年 5 月 26 日，老文书刘德伟告诉我，我的组诗《煤油灯下》，在《辽源市报》上发表了 4 首，在《沈阳晚报》上发表了 3 首，在《吉林日报》上发表了 3 首，在《前进报》上发表了 2 首。

那几年，我不管训练、生产怎么忙，时间怎么紧，下工回来吃过晚饭，我就伏在煤油灯下，在炕头上写作。和老乡议论天下事，我写出了诗；给战友们读，征求他们的意见后修改，我发表了诗。

在思想感情上，在语言上，我与工农出身的战友们打成一片。这是 20 世纪 60 年代，我的作品的灵魂所在。

1966 年 5 月 5 日，在蛇盘山与影壁山之间，一个叫"树叶沟"的山谷里，我们全班围坐在暄软的树叶"沙发"上，讨论在"帝修反一齐来、新老武器一起用"的情况下，如何用人民战争打败侵略者的问题。

同志们充满了必胜的信心。

永不止步／我的成长之路

团部演出队巡游北国之秋

不到部队不知道，到了部队才知晓，部队里从上到下，文艺活动十分活跃，很普遍，也很精彩。

那时的总部、各大军区有文工团；基层单位，如军、师、团，有战士业余演出队；营、连，有演唱组。越往下，部队里的文艺组织就越接地气，兵味就越足。

战士业余演出队和演唱组都是时聚时散的，不是长期固定的单位。我当兵没多久，就被调到了团战士业余演出队。

我在连队参加"两忆三查"教育时，根据我爷爷和父亲的悲惨遭遇，以及一位战友的忆苦讲述，创作了一首诗《一只破碗》。在连队的晚会上，我朗诵给大家听，大家都听哭了。这就是团里让我这个新兵加入演出队、编创节目的原因。

团政治处机关也在工地上，因为除少数留守人员之外，全团指战员都"上山"了。我到演出队创作组报到，与赵龙文、周庸儒、王润发一起从事节目创作。他们比我早一年入伍，都是天津的学生兵。赵龙文和王润发是大学生，精明的周庸儒是高中生。在我入伍之前，他们就曾编排出一台很好的晚会了。

宣传股副股长胡作恒让我把《一只破碗》这首朗诵诗改成有人物、有情节的诗剧。这一改，质量有了很大提升。只是柱子妈妈这个角色不好办，我们步兵团里没有女兵。我只好把柱子妈妈改成爷爷，没想到竟让此剧感染力更强了。

还记得那天晚上，我们演出队给全团官兵作汇报演出。大舞台是由工地岩石堆成的，背景是夜晚的山岭，晚风呼啸，风吹棉衣。《一只破碗》的演出很成功，旧中国农民悲惨生活的图景，深深感动了年轻的战友们。

《洪湖赤卫队》是当年影响颇大的一部歌剧，1961年拍成了电影。演出队决定把《洪湖赤卫队》组曲作为压轴节目。团里首长特批买了几件大件乐器，包括萨克斯、低音贝斯。老兵赵龙文原本是打扬琴的，来了大件后，他就吹萨克斯了，他让我学打扬琴。

我开始说："我不行，我可学不了、学不成。"

龙文就说："没有什么学不成的，这个很简单，我教你！"

话说到这个份儿上，我就不能再拒绝了。在演出队里，是一个萝卜一个坑儿，必须是一人多用、一专多能。不会

◎ 1964年，演出队创作人员合影，后排左一为胡世宗

的技能，就得按需去学。比如我，如果只写节目，平时队伍出去演出，我不能表演、不能奏乐，那这时不就成了闲人吗？

扬琴可不是一般的乐器。我们的乐队是没有指挥的，我这个扬琴演奏者，手上的两个竹槌就是指挥棒，我的起落和终止，就是给全乐队的指示动作。经过苦练，竹槌在我手里变得非常听话。

那时，好多部队一边军训，一边执行农业生产任务，分散在广大农村。演出队就像战争年代部队的文工团，转战各处巡演。上级给我们一台汽车，全队人员，加上背包、枪支、道具和乐器，这一台车全都解决了。

汽车开足马力在广阔的天地里疾驰，山连着山，岭连着岭，汽车沿着逶迤的沙土路，盘旋在山岭之间的原野里。1962年10月4日，北国的秋风如利刃，宰割自然界所有畏寒的植物。然而在花凋草萎、脆叶纷飞之际，竟然会有坚韧不拔的枫和松。那枫，像燎原的烈火；那松，如翻腾的碧海。我为枫和松的可贵风格而大加赞叹。

车上拥挤得很，坐下的别想站起来，站着的莫想坐下去。裴盛山把两条腿搭在车外，随着车子的颠动而悠荡着；张明志扬着脸，靠着车板养神；赵龙文两手揣在棉袄袖子里，头枕在臂上睡着了。靠后面车板坐着的，一个个都成了"土地爷"，眉毛、睫毛、鬓角都挂上了灰，脸上也有薄薄一层。

汽车颠簸了整整一下午，才到达我们的演出地点沙河镇，重炮连驻扎在这里。

沙河镇的村屋，草房多，瓦房少。我们在学校的操场上搭起了戏台，在戏台四周，将厚厚的木板架在凳子上，扩大了戏台的范围。3根大柱子，两根立在台前，另一根横架在上方。又将3盏油灯点燃，均匀地吊在横柱上。

公社发了票。小操场里挤挤插插坐了400多名观众，那些没票的人骑在墙头堵在门口，真是水泄不通啊。小朋友更是坐不上板凳，有板凳他们也不愿坐，他们是最"灵活"的观众了。一开演，他们就都抢着挤到前面来，伸手可以触摸到演员的脚。演员在两间教室里化装，窗口和门口也挤着好奇的小朋友，连演出都不去看了。几位上了岁数的老汉，嘴里叼着烟袋，坐在离舞台较远的墙角，加上隔着人群，台上人物的表情动作根本看不到，他们眯缝着眼睛，是来"听戏"的。民乐合奏《喜洋洋》时，他们微微有节奏地点头，像在打拍子。说相声的时候，他们的眼睛睁得大了些，发出轻微的笑声。

10月7日，这一天没有汽车，演出队从团结社出发，徒步前往5公里外的小村梁山堡。我们30来个人，站在一个屋里看似不多，可是一拉到田野上去，排成一行走在田埂小路上，那就显得威风了。

没有向导，我们走了不少弯路。翻一座高山时，夏重发拿出小号，又掏出只有司号员才有的谱子本本，吹起了《红军不怕远征难》的前奏曲。这下可触动了所有人的心弦，大家共同哼起"长征"歌，声音不大，却短促有力。

几经周折，总算到达梁山堡。战炮连的部分同志驻在这里。我们的演出效果比昨天有很大长进。美中不足的是，散场后，萨克斯上的一个小螺丝钉掉了，赵龙文和大家找了半天也是徒劳。

梁山堡实在太小，没地方住。大家没有卸装，连夜返回团结社。战炮连派出通信员，提着一盏煤油灯做向导。夜黑月明，天地肃寂，领路人走得很快。刚出村时，大家谈笑着，唱着，弹着。过了一段路，主任下命令："静！"大家肃静下来。除了脚下蹚着干草的声音和队伍走路呼啦啦的声音以外，唯有无声的思维活动在进行着。

开始爬山，山高路陡，窄窄的路面很容易闪脚、滑坡。但是不必担心，那高人一头的浓密杂草是最好的缓冲垫，我们只管大步向前。

到了山巅，头顶半块月亮又清又白，挂在深邃如海的天空上。远处有两点电灯强光，很小，却很亮，那是火车站台的眼睛。

开始下坡了，周身轻快快的，脚板也似乎有弹性，腿一颤一颤的，不用使劲儿，自然往下走着。下坡的路上，草厚了，树密了，我们脚下蹚着草棵子，手上扒拉着树枝子，发出窸窸窣窣的声音。

翻过山，开始走平地，倒觉得比下山费力了，腿也沉了。原来，下山时好像是不使劲儿，其实两腿时时都像拉满了的弓一样，下山之后才松回去。

穿过豆子地，干干的豆秸子剐着了腿，豆子在荚子里撞击着，发出清脆的沙啦声，像小算盘的珠子，不紧不慢地被拨拉着。

回到宿舍，战炮连的同志们早已睡熟了。只有连首长没睡，在等我们回来。

演出队几乎一天换一个演出场地，一天到一个陌生地方，一天换一个生活环境。白天要赶路，演出到深夜，觉睡得少。自己搭台、挂灯，行军中有很多意想不到的困难……这一切，大家很快都习惯了。

我这个"主创人员"还有个任务——即兴写出报幕词。每到一处，要说到这个连队的特点、长处，最新的好人好事等；要写得真实亲切，要有战士的情感、战士的语言和艺术感染力。这对我积累素材、淬炼语言，有很大的帮助。

这样的行军，这样有乐趣的生活，我是第一次经历；这样战斗的气息，对于我是新鲜的。触景、闻声，诗的激情打开了闸门，诗的灵感生了翅膀，飞翔起来了。

鸟儿学会鸣叫之后，就不会停止歌唱；我在爱上文学之后，也从未停止创作。入伍之后，新鲜滚烫的军旅生活不断带给我灵感，我的文学创作进入爆发期。作为一名普通战士，作为一名写诗的士兵，青年时代的三件大事令我难忘：连长在月下读我的诗、赴京出席全国文学创作大会、30 岁时出版诗集《北国兵歌》。

- -

 探索成长之路，解读智慧人生，
本章内容，扫码收听。

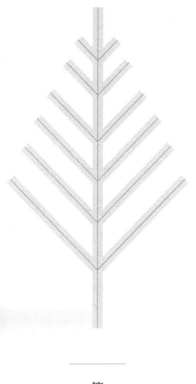

第九章

"战士诗人"的三件大事

月满山坡，连长当众读我的诗

连队生活是我创作的催化剂。在连队沉潜下去，艰苦劳作和训练中可迸发灵感，繁忙间隙可见诗意。

1963 年，我们部队在吉林市永吉县三岔河进行国防施工，主要任务是在一座大山上掏出个山洞。需要钻眼、放炸药、爆破。爆破后把石子撮进"轱辘马"（铁轮小斗车），运到山下的采石场。

在山坡上，我和战友们戴着护膝护腕的竹帘子，还戴着护目镜。护目镜用来防止石子飞溅伤到眼睛，镜片是塑料的。

我们要用大锤将碎石砸成规格统一的石子。我的臂力较大，开始时可以一锤一锤不间断地砸，后来就吃不住劲儿了，连举锤都吃力了。但我始终坚持砸，战友们不歇，我也不歇，我们的锤声起落有致，我和战友们的心是连在一起的。

撬石头是很重的活儿，一会儿工夫就撬不动了。站着撬不动，我就跪下撬；不能撬满锹，我就撬半锹。

抬石头时，我的肩膀压肿了，我就用双手垫在右肩上方。班长把筐子使劲儿地往他那头移，我也就不怕疼了，把扁担放在肿起来的肩头上。

我当时想，这仅仅是苦斗的开始，开始头三脚要是踢不出去，以后就更困难了，一定要踢出去！

与挖洞采石相伴的，是农业劳动。

东北的荒地，把厚厚的树叶一刮，下面露出黑黑的土，能攥出油来，不上肥料，种上苞米也能有个好收成。这样的山野，你很难不爱它。这里有风景，也常有趣事。

张现周刨出一棵"人参"，大家一鉴定，原来是一个老树根！大家笑了一大阵。

机枪班捉住了一只小松鼠，黄毛，背上有三条黑纹。

参军之前，我曾多次到诗友所在的工厂参观他们的生活。参军之后，我也拥有了层次丰富、色彩绚丽的生活。此时，我才真正理解了何为"生活是创作的源泉"。

1963年4月27日，我们连的文书向我报喜，《前进报》以"新战士胡世宗"的署名又发表了我的4首诗：《编筐篓》《打铁忙》《雷锋的方向盘》《我穿上崭新的黄军装》。那时，我们的军装不是绿色的，而是黄色的。

这天晚上，在月光下，全连集合在山坡上进行晚点名。

连队点名，是部队常规的工作内容。由连长或连队指导员在早上或晚上进行。点名之外，还会归纳总结当天的要事。一般都会长话短说，时间不超过 15 分钟。

这天晚点名，连长张洪亮提到，我的诗发表在《前进报》上。他拿着手电照着报纸，特别大声地朗读了我的诗——《雷锋的方向盘》：

是同样的光辉道路，
有同样伟大的起点，
为什么雷锋同志
能跑在我们前面？

同样是党的儿子，
同样是革命青年，
为什么雷锋的脚步
那么稳实，那么矫健？

看答案，很简单——
胸怀一团浓烈的火焰，
读了《毛选》一卷又一卷，
紧紧把握住前进的方向盘。

这方向盘——
永远金光闪闪，

在漫长的大路上，

它使我们勇往直前！

朗读完我的诗，连长说："今天，《前进报》上登了咱们胡世宗的 4 首诗，你们说好不好哇？"

"好——"大家响亮地回答连长。

连长回应大家的"好"字，说："就是好嘛！"

连长用了"咱们胡世宗"这个称呼，在我名字前面加了"咱们"两个字，让我感到心里特别温暖。

"咱们胡世宗！"此刻，我就在队列之中，我脸上发烧。连长接着讲："同志们进步不要骄傲，把成绩记在党的账上。"

在这春天的夜晚，大家在东北的大山里都还穿着棉衣，我却因为兴奋微微出了汗。

连长的脸庞我看不清楚，只能看见他那站在队前高大的轮廓，我更能见到他那爱才之心、扶才之意。他在月光下，全连点名时对我的褒奖，那个场面，那个情景，是一个永远不能磨灭、不会褪色的镜头，将终生铭记我心。

我一直认为，这是在我此生的写作道路上，得到的永远不能忘怀的最高奖赏。

进京参加全国文学创作大会

1965 年 11 月 22 日，沈阳开往北京的特快列车正在夜色中飞驰。我从小就盼望，经常能梦见，能去宽阔的长安街，看一眼向往已久的天安门。这一次，我梦想成真了。

1965 年 11 月，中国作家协会与共青团中央联合召开了全国青年业余文学创作积极分子大会，来自全国的 1100 名工农兵代表到会。我因入伍 3 年来，扎根连队，反映军营生活，抒发战士情感，写诗、写散文取得了一定的成绩，被推选为代表出席。

我当时想：北京，是一个转折点，有的人，经过这个转折点，向更高的山峰攀登，向更宽的大道迈进；而有的人，经过这个转折点，便转了向，走了下坡路。我要做一个攀登更高山、迈向更宽大道的人。

次日早 7 点左右，列车到达北京站。别的同志都在车上洗了脸，我没有，我准备用首都的水洗脸。

小车在长安街宽阔的道路上飞驰。车窗外，天安门、红墙、金水桥一闪而过。不一会儿就到了总参谋部第三招待所。安顿好后，我们近距离去看天安门。我从远到近地看，用颤抖的双手抚摸华表、天安门红墙、金水桥栏杆。

当晚6点半，我乘车到人民日报社参加一个座谈会。在这里，我第一次见到我久仰的诗人贺敬之，我背诵过他多少篇令我动情的诗作啊。解放军文艺社的朱星编辑点名

◎ 1965年11月23日，出席全国青年业余文学创作积极分子大会的沈阳军区代表合影，前排右二为胡世宗

让我发言，我脸发烧、身出汗，连说："没啥说的。"屋里实在太热，贺敬之打开一扇窗子才好了一点儿。

深夜，我突击写了一首诗——《北国战士进北京》，发在了大会会刊上。沈阳军区的领队李英华科长告诉我，总政文化部的虞棘副部长对我的材料《抒战士之情，唱战士之歌》很感兴趣，并专门细问了一次我的情况。

11月28日，原定下午参观中国人民革命军事博物馆，午饭时突然紧急通知：不参观了，下午在家学习，不要外出。

我看见李英华科长刮了脸，上午他还没刮呢。也许是刮得匆忙，他鼻子下有一道伤口。集合哨响了！李科长招呼我们快下楼，告诉我们不要带任何东西。下楼时，一向穿旧棉衣的柳清波，竟然穿上了新外套，还把黑皮鞋擦得锃亮。院子里人很多，不少人——主要是领队和干部，如胡奇主编，都换上了新衣服。虞棘副部长也坐小车来了。朱星编辑插到了队伍里。许多白发老首长也集合站了队。一个从小车上下来的首长说："在人民大会堂……"

我猜测，不平凡的事要发生了。

上了车，外面的一切景致已无心细看了。车子停在天安门西侧、人民大会堂前。一大排小轿车，一大排大客车，停得整整齐齐。隔得不远就是一个警卫战士，好多人排队往里进。

从远处看，人民大会堂好像不太高大。可是一旦走近它，走近那 12 根大理石圆柱子，真是太高太大了。人站在它底下，显得十分渺小。

走进去，里面的灯奇丽极了，有的像花骨朵儿，有的像酒杯，由雕花玻璃制作而成。楼梯扶手是玉石的，3条红地毯直铺到楼上。上楼时，迎面是巨幅国画《江山如此多娇》。走进宴会厅，里面宽敞得很，木地板很亮却不滑。厅中摆好了一大圈照相用的铁梯，几位摄影师已准备完毕。负责同志把我们解放军代表团安排在正中间。我见同志们都往前去，都愿站在头排，我就跑上第四层阶梯。解放军代表团在中心，我们几个在解放军代表团的中心。左右依次排下去，共 1400 多人。铁梯对面是入口台阶，铺着红地毯。

下午 4 点整，靠门口的代表鼓起掌来了，我们也跟着鼓起掌来。一刹那，入口处出现了周恩来总理！出现了朱德委员长！出现了彭真、贺龙、叶剑英！出现了这么多名字熟悉、形象熟悉的党和国家领导人！后面跟着杨尚昆、胡克实、周扬、林默涵、刘白羽……

幸福降临在我们身上，我们使劲儿地鼓掌！

厅里所有的大灯小灯一齐亮起来了，侧翼的 29 个大水银灯全照向这边。周总理、朱委员长等首长走到我们这里来了，周总理和 3 名领队握手，我们使劲儿地鼓掌。我觉得眼睛不够用，我看见周总理神采奕奕，眼睛明亮，他向我们挥手，向我们巡视！朱委员长慈祥地看着我们——年青的一代。彭真副委员长魁梧高大，一脸笑容。贺龙副总理戴着一副墨镜，留着小胡子，保持着革命时的神武。

中央首长在我们这里坐下来。七八名摄影师忙起来了，他们通过扩音器，宣布照相。大家停止了鼓掌，内心却停止不了山呼海啸般的激动。相机自动旋转，强光照向我们，仿佛一轮太阳就在近处直射，我无比幸福地迎望着太阳的光芒。

照完相，首长起身转向我们招手。叶剑英元帅在照相前，回头把右手举到空中做写字状，微笑着对大家说："你们是业余作家！"把大家都逗笑了。周总理向外走去，走到台阶时，停下，回过头来再次向我们挥手，这才离去。大厅里春雷般的掌声经久不息。

我看向身旁郑阮沾的手表，4 点 17 分——这是我一生中最幸福的时刻。

首长接见之后的第二天，与会代表听取中共中央宣传部副部长周扬同志的报告。周扬同志全天共讲了 6 个小时。

我万没有想到，他在这个报告一开头，竟然引用了我的一段创作感言。周扬说："正如一位部队作者所说的，一个战士无论在什么时候、在什么地方，都要找到自己的阵地，这个阵地不光是狼牙山的悬崖和上甘岭的坑道，它也是我们阶级思想的高地。"这使我极为意外，也异常兴奋，备受鼓舞。

我从北京开会回来，团首长让我这个五连八班班长，给全团官兵在团大礼堂分作了两次报告，讲述了我赴北京开会的见闻和感受。

这次大会，一直给予我巨大的激励——在我人生的道路上，在我创作的道路上。

而立之年出版《北国兵歌》

　　人的一生，最重要的就是找到属于自己的位置。一个人，如果不能找到自己的位置，到最后有可能是竹篮打水一场空。创作也是如此。

　　如果你致力于文学创作，你的创作立足在什么基点上？深耕在什么领域里？要想在自己脚下打出水来，采出矿来，就必须专心致志地在一个地方奋战。你今天在这里钻一下，明天换那里再钻一下，钻来钻去，钻了一辈子，仍然打不出水来，仍然采不出矿来。

　　我的朋友范咏戈说："一个搞创作的人，要找准自己的定位。就像到一个大剧场里看戏找座位一样，你是几排几号的座位？你要有自己的戏票。否则在大剧场里乱逛，东瞅瞅，西看看，总坐不下来。最后所有的座位可能都有人坐了，你却成了一个没有座位的人。"他这话是很深刻的。

　　我是一个兵，我生活和战斗在东北这片黑土地上。这片土地上，有长白山，有兴安岭，有黑龙江和鸭绿江，有耐冬的松柏、美丽的白桦，有广阔的平川、茫茫的雪原……我创作上的定位，就是要写北国兵歌。

我深深地、牢牢地信奉"生活是创作的源泉"这一论断。我就是从我所经历的丰富多彩的生活中获取创作灵感的，写我最熟悉的生活，写我最实在的体验，写我最真挚的情感。

寒冷的冬天，我们连队每天都照常出早操。即便是迎着狂风，伴着大雪，我们也会发起挑战并战而胜之。我写出了《风雪早操》：

初冬的清晨出早操，
推开大门愣住了：
是云是雾还是雪？
弥天漫地白滔滔！

高山披上了玉帛袍，
长河化作了银战刀，
大雪纷飞灰茫茫，
寒风助威声啸啸……

仔细听，仔细瞧——
原是"天兵"出动了：
堵住了咱的大门口，

要跟咱们试比高！

好哇好，妙呀妙，
咱冲着风雪哈哈笑，
正是时候正赶劲儿，
盼你们盼得好心焦！

看！东山挖了曲战壕，
南坡筑了假碉堡，
深谷埋了障碍桩，
峭壁架了独木桥……

一切咱都准备好，
战斗的激情似火烧，
任你大雪狂如虎，
任你北风利如刀！

听！山头响起冲锋号，
声声如雷压雪涛；
一队雄鹰冲出门，
展翅飞出深山坳！

雪渐弱，风渐小，

风雪累倒在半山腰；

一轮红日升起来，

对着战士微微笑……

雪原红日相映照，

显得战士更英俏，

恰似一片绿松林，

顶天立地挡风暴！

　　这首军旅诗发表于 1965 年第 3 期《解放军文艺》杂志上。同时发表的，还有我的另一首军旅诗《雪地行军》：

老天像个大冰楼，

鸭绒铺地三尺厚，

野兽绝迹鸟绝音，

正是练兵好时候！

寒风强似万把剑，

抵住咱的前胸口；

雪如铁沙直打脸，

想叫咱们低下头！

大风大雪莫逞能，

战士专会治"三九"，
火的队伍铁脚板，
扛着风雪阔步走！

风雪压不倒硬骨头，
热汗顺着脖梗流；
顶风走哇迎雪唱，
渴得咱嗓子好难受！

顺手解开风纪扣，
拧开壶盖儿瞅一瞅：
怪不得晃荡没有声儿，
原是冰块封住了口！

随你封，咱还有——
弯腰攥把"白团酒"，
清凉喷香味道美，
正合心啊正可口！

润完了嗓子接着唱，
歌声好比红火球，
烧开了一条进军的路，
烧出了红霞漫天走……

这是军中好友、摄影名家线云强1999年为我拍摄的多张肖像照中的一张。40余年的军旅生涯，就是一段镌刻在灵魂深处的热血时光，虽已远去，却愈发清晰。如今，两鬓如霜，可忆起军中岁月，心中仍会涌起无尽的眷恋与热爱，而这份挚爱也将永远炽热，在时光深处熠熠生辉，成为我一生的精神故里。

1999年，穿上军装留念

这两首诗里所描写的场景，在南方军营里是见不到的，里面的情怀也是在南方军营里体会不到的。它们的语言是粗犷的，表达的感情是清澈的，是完全贴合北方战士这个身份的。

1973 年 9 月，吉林人民出版社出版了我的第一部诗集《北国兵歌》，共收入我的短诗 41 首，在那个年代印数达 111,000 册，定价 2 角 2 分。此时，我正好到了而立之年，30 岁。

出版社送我 20 本样书，我分赠给战友和诗友，也给我的哥哥耀宗和弟弟英宗各寄了一本。可是，我却没给父母寄这本书，也没郑重地向父母报告出书这件事。

母亲自己悄悄到沈阳市马路湾新华书店买了一本，她每天翻看这本封面上有她儿子名字的书。

回到家，我得知母亲自己到书店买了我的书，内心很是愧疚，我怎么就忽略了给妈妈赠书这件事呢？我对母亲说："妈，我以为您看不懂诗，就没给您寄这本书，害得您自己到书店去买，太对不起您了。"

母亲说："傻孩子！我到书店看柜台里面有我儿子的书，我可自豪啦！我买儿子的书，我高兴！"

母亲这时掉下了眼泪，又说道："你是我身上掉下来的肉。这书，是你身上掉下来的'肉'哇。"

1975 年到 1978 年，我先后借调到人民日报社和解放军文艺社，辅助编采部门工作。在此期间，我有幸结识了臧克家、艾青、贺敬之、光未然、田间、浩然、刘白羽、魏巍、袁鹰、李瑛等一大批名家，这让我大大开阔了眼界，沾上了"仙气"。更幸运的是，臧克家、贺敬之、浩然、刘白羽、魏巍、袁鹰、李瑛等名家，此后一直引导我在文学路上前行，成为我的尊师。

探索成长之路，解读智慧人生，
本章内容，扫码收听。

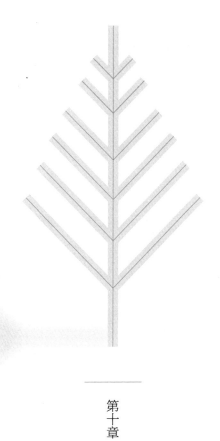

第十章

借调北京"登高望远"

在人民日报社沾"仙气"

1967 年，我从连队调到军文化处任干事，组织业余作者进行文学创作。当时主要的工作是完成报刊和大军区交给我们的写作任务。我和同事们向报刊投稿时，署名多用"勇征"，不署个人名字。而报刊社的编辑，则知道具体作者是谁的，他们知道我能写大块文章。

人民日报社文艺部的编辑黄保真、蒋荫安等与我打交道多，了解我。他们便通过沈阳军区政治部门，调我到报社文艺部做了两年实习编辑。

借调人民日报社期间，即便是普通的工作，对于我来说，也是极其珍贵的机遇。

报到当天，我发现，我的写字台左上角的铁丝网文件筐里，一件件全是贺敬之批过的稿子和信件，原来这曾是贺敬之的办公桌啊。

而我的同事中，有一位就是儿童文学作家、诗人袁鹰。

◎ 在人民日报社文艺部做实习编辑

我在连队时，曾买过一本袁鹰的散文集《风帆》，我一直翻看，书皮都翻坏了。书里有太多我的勾勾画画；书眉和边角，多处写有我的感想；我还用深绿色纸修补过这本书的深绿色封面。

我拿着这本《风帆》请袁鹰题签。他戴上花镜，认真翻看书中随读随写的感言和勾勾画画的道道，然后在环衬页上迅疾写了几行字：

> 劝君莫奏前朝曲，
> 听唱新翻杨柳枝。

录刘禹锡句，写在十余年前旧作上，请世宗
同志批评指正

袁鹰 76.1

有一次，我到传达室去接待一位来投稿的作者。我一
看，原来是诗人田间。可爱的小老头儿，戴着一顶小圆帽，
自己夹着一摞稿件，安安静静等在那儿。田间投稿都是亲
自来，不邮寄，也不派人送。

1976 年 10 月，袁鹰让我到光未然（原名张光年）家，
斟酌一下他的抒情诗《大游行抒怀》中的几个小地方。

◎ 1994 年，与光未然（左）合影

光未然当时住在东总布胡同一个大杂院里，他住的房子，设施陈旧、光线暗淡。他戴起花镜又摘下，摘下又戴上，很仔细地做了修改。第二次去他家，我带着校样请他审阅。他先和我聊了一些家常，随后开始看大样，连标点符号都反复斟酌。他说："国内外的一些朋友，看到《人民日报》发表的这首诗就知道我的近况了。"这是"文革"以来，他第一次发表作品。

诗发表那天是星期日。我一大早从印刷车间要来一叠报纸，之后便赶到光年家。我轻轻敲门，没有人应声；门是虚掩的，我推开门进去，还是没人；原来光年同志醒是醒了，在里间卧室里还未起床。我把报纸放下就走了。

没想到，这首诗发表时有变动，光年感到很不如意。他给我写信说："本来看过校样，大概临时被总编室哪一位高手做了不必要的改动（例如，'血口喷人'被改为'血口害人'；'我的歌声溶入亿万人民的歌海中'，'歌海'被改为'歌声'）。那天早上你走后，我打开报纸一看，真是哭笑不得……过去几年中间，编辑部已经形成这类作风。相信以后总会变化的。"

10 年后，光未然和我谈起这首诗，还为把标题《大游行抒怀》改为《革命人民的盛大节日》而遗憾。他说："改后的标题非常一般化，不光一般化，在'四人帮'覆灭前还被滥用过。"

1976 年 12 月，诗刊社举办座谈会，人民日报社派我

◎ 1985 年，与臧克家（左）在其宅院里合影

去参加。在会上，我第一次见到臧克家。克家先生仰着脸，声音哽咽着，缅怀了毛主席给他写信、约他谈诗，那些令人难忘的往事。

我对克家先生崇慕已久。我在学校读书时，曾梦见了克家先生，他还指点了我的习作，叮嘱了我许多话。第二天我用一首长诗，细致地记录了这个梦的全过程，并写进了我的日记。

1979 年 1 月，我第一次到克家先生家里做客。他家客厅里，四壁全是字画：郭沫若、茅盾、老舍、沈从文、闻一多、冰心、叶圣陶、冯至……克家先生说，没挂出来的还有二三十轴呢。他每天就生活于在世和不在世师友的情谊与怀念里。

在后来的日子里，我和克家先生成为知心的忘年交。每次到北京，我都要去看望克家先生。有时我怕打扰他，只在门口站着看他一眼，说几句话，并不落座便告辞而去。

一次，我去探望大病初愈的克家先生，他把我让进他那狭小的卧室兼写作间。桌上摆着两只细瓷小碗，一只碗里有三四片油炸馒头片；另一只碗里是几块豆腐泡，几片渍过的鲜菜叶。他每天吃得很少很清淡，却 6 点起床，伏案工作好几个小时。

1982 年 4 月 25 日上午，我同晓凡一起去看望克家先生。克家坐在红木椅子上，兴致勃勃地与我们谈话。他的长诗选刚刚出版，写李大钊那首长诗时，他访问了 7 个人，都是与李大钊熟悉的，材料翔实。

克家先生说："写长诗比较难，表现一个人，一个史实，不容易。首先要有感情，没有感情，不可能句句是诗。接着就是掌握和运用生活了，你对生活的感受是什么，爱什么、恨什么，光凭材料是不行的。最后是表现力，学养越深，表现得越好。但记住：技巧是巧劲，技巧不等于艺术。生活越深，表现力越强。在院子里见过十棵树就去写树，与到森林里见过百千万棵树再去写树，肯定不一样。"

克家先生曾为我的 5 本书题写书名。出版诗集《雕像》时，我致函请他题写书名。在病体初愈的境况下，他欣然写了，甚至还带有歉意地问："是否写晚了误了事？"谁知出版社竟把这幅题字弄丢了，这使我焦躁悔愧。我带着不安的心情向克家说明了情况，他竟毫无责备之意，痛快地拿出纸笔，重新给我写了一幅。

通过这件事，可见克家先生为人处世是何等的热情。他奖掖和鼓励的青年人真是数不胜数。而我，当年就是这数不胜数中的一个。

通过开会，我不仅见过臧克家，还见到过太多的大作家。即便不在人民日报社工作了，我也经常得到人民日报社的惠泽。

1978 年 3 月 1 日，我去人民日报社看望袁鹰。恰好赶上徐迟下午要来讲报告文学创作经验。袁鹰便让我和徐刚去接一下徐迟同志。

下午，我们乘报社小车，将徐迟接到报社。在五楼会议室，早已坐满了二三百个编辑、记者。徐迟人气之旺可见一斑。

谈到语言，徐迟说："语言，很少有人谈。我翻译过很多书，喜欢倒装句，喜欢在主语前写一大段形容词，那么读者能否接受呢？出乎我的意料，能接受。另外，古典语言也很重要。我原来是'洋包子'，学英文专业，没上过私塾，古典底子很差。但年纪大了，总归读了不少。我在干校待了6年，是'留级生'，后3年全部读书，看了许多古典，读了《昭明文选》、《汉书》、《后汉书》、古代散文等，比较用功。"

至于如何运用语言，徐迟说："我既抄，也'偷'，效果很不错。《昭明文选》里头，木华有两句我最欣赏：'轻尘不飞，纤萝不动。'在写李四光时我'偷'来了，有些人反映用得好，但不知出处。在《哥德巴赫猜想》里，我写了一大段公式后，写仙鹤飞翔，'既散魂而荡目，迷不知其所之'，这是鲍照的。我胆子很大，'偷'木华也'偷'鲍照。自己底子差，就这么写，反响不错。"

谈到细节，徐迟说："要动笔了，有个关键的东西就是细节。细节有时很小，《地质之光》的结尾就是个细节，地球仪转动，急速地转动……细节不需要多，过去梅兰芳讲过，'我只要做三个动作就能让你相信我是个女人'。他找到古代妇女典型化的动作了。"

谈到获取细节，徐迟说："采访时你不能对采访对象说，你给我两个细节。要与被采访者建立感情，要爱上他。那时他忘了你的身份，就讲出细节来了。有时不要记笔记，只用耳朵听、用心记，要用最快速度捉住他谈话中的细节。构思完成，全部工作精力放到细节上，把别的挖去，让人物通过细节活在纸面上。"

1978年2月24日，我还去了杨沫、曲波谈赴巴基斯坦访问的汇报会。

初二时，我在校内征文比赛中获得一等奖，奖品就是曲波所著的《林海雪原》，今日居然得见作者真人。曲波很谦逊，他谈道："我是个老粗。我少年打仗，中年搞工业，业余时间写点儿东西……"

那时候，想问题比较简单，听完了讲座我就走了，也没想到上前去互动一下，拍个合影，请他们签个名。

与李瑛对坐学编诗

在人民日报社工作期间，我也常去解放军文艺社，协助评论组工作。1977 年 7 月，评论组组长韩瑞亭调我到解放军文艺社协助工作一年。

我报到后，诗歌组组长李瑛说："小胡是写诗的，到我们诗歌组工作吧。"就这样，胡世宗被"截和"了半年。我和李瑛桌对桌，一起为《解放军文艺》编了半年的诗稿。然后又到评论组韩瑞亭那儿工作了半年。

我很早就读过李瑛的诗，他的《静静的哨所》《花的原野》，都曾使我陶醉和迷恋。"李瑛有一支管用的、听使唤的笔"，这是光未然 1963 年为李瑛的《红柳集》作序时说过的话，这说出了李瑛的读者共同的感觉。

我第一次见到李瑛，是在 1965 年，解放军文艺社召集的部队诗作者座谈会上。李瑛讲了话，他讲了些什么，我已记不清了，但他那严整的军人装束，谦和的微笑，

◎ 2000年，与李瑛（右）合影

文雅的谈吐，都留给我极深的印象。从那时起，我们一直通信联系。

在我学诗的路上，李瑛是我重要的师长之一。与他面对面工作时，我就有了机会仔细聆听他的教诲。

李瑛常说："诗，总是美的。"他主张诗应该"既有教育意义又有美学价值"。李瑛善于苦心慎选既美又准的句、词、字，来点染不同的情与景。例如：夜是肌肉，我们是神经（《月夜潜听》）；远处，牧女的银镯子一亮，羊群回圈了（《巡逻晚归》）；塞外风沙"像群蛇贴紧地面，一边滑动，一边嘶叫"（《敦煌的早晨》）……应该说，李瑛的风格早在出《红柳集》时就已形成，这就是：鲜明的形象，丰富的联想，细致不流于纤巧，刚健寓于细致之中。

李瑛是很会"抠"时间的人，他说："对诗的思考，我是只要有一分钟也总要想起它。"他很少看平庸的影戏。有一次一个礼堂有一台节目，我动员他去看，他犹豫再三，最后还是被我拉去了。可这个晚会质量实在低劣，去了又走不得，白浪费他3个钟头。为这事我一直很后悔。

都说唐代李贺是有"诗囊"的。我觉得李瑛也有"诗囊"，不是口袋，而是他的小本子。有时灵感突至，小本子又不在身上，他就随手记到台历上、纸页上，甚至是报纸的空白边角上。

在解放军文艺社期间，我曾多次到他家做客，我更了解他了。他是那么文静和细心，你有时甚至会觉得他是一位阅世很深又平易近人的"大姐姐"。他是那么整洁——衣着、桌面，甚至诗稿。他总是那么文静地微笑着，但有时笑起来也很响亮。

他的人沉稳、文静，可他的诗，节奏却很迅敏，像一个不知疲倦的急速赶路的人。

与在人民日报社类似，在解放军文艺社，也经常有机会见到名家。

1977年，李瑛派我去魏巍家组稿。那时，魏巍住在北京军区西山19号楼的一楼，他正在修改长篇小说《东方》的校样。

魏巍有着典型的北方人的大块头儿和红脸膛，声音洪亮。如果不戴那副高度近视镜，他更像部队里的高级指挥员。

　　他和我聊起他入党时的介绍人、我二妹惠君的老公公张立达（原名张绍闵），聊起延安时期，朱老总晚饭后爱打篮球。

　　初见魏巍，我非常拘谨，毕竟在学生时代，他就是我的偶像。我带着他编选的《晋察冀诗抄》去从军。在书中，我初识陈辉，也背诵过魏巍的《高粱长起来吧》《好夫妻歌》。后来在我出差时，连队转移，把我的"小包袱"

◎ 1982 年，在魏巍（右）家做客

搞丢了，我难过坏了，我心疼的主要还不是军装和胶鞋，而是书——特别是那本《晋察冀诗抄》。

我告辞时，他戴上帽子送我出门，与我热烈握手，还非常周到地与司机握手。

此后，我和魏巍先生的联系就频繁起来。他创作出版的书大都题签后赠予我，我写的小书也都寄去请他指正。

1978年11月，魏巍到沈阳开会。会议间隙，我陪同他去参观周总理少年时的读书旧址。魏巍用一个蓝皮采访本，边看边听边记。他是那样细致，不轻易放过任何一个细节。从他身上我看到了自己的不足。

1999年1月，我应《沈阳日报》之约写了一篇专访，标题是《属于东方的魏巍》。《东方》这部小说，于1982年荣获首届茅盾文学奖，所以我将"东方"二字用到了标题中。

我把稿件拿给魏巍审看，他立即用笔划掉了"东方"二字，替换上"人民"二字。在他的心中，他是属于人民的，他的《东方》是人民的颂歌。

此后，我在创作中，时常会重温他的教诲：抒人民之情，为人民而歌。

协助作家浩然整理文论

1975 年，解放军文艺社副社长张文苑给我一个任务：协助作家浩然整理他的创作谈，成稿后发在杂志上。能和大作家深度接触，我当然很乐意。

3 月 6 日上午，我去月坛北街浩然家中与他接洽。浩然为人随和，著作等身，却仍朴实如一农人。

浩然和他的家人都特别热情，可我仍是很拘束，不敢多说话，只听浩然同志谈。浩然谈了 3 小时 50 分钟。

浩然谈生活与创作时说："什么叫熟悉生活？我 7 岁没了父亲，12 岁没了母亲，成了孤儿，16 岁被包办婚姻。一般的农村生活，人情往来、赶集、上店、娶媳妇、送殡、盖房子、卖地、买地……各种生活，我都经历过，这算不算熟悉呢？光经历了，还不能算'熟悉'，只能算是'了解'。对一个事物了解了，并且理解了，抓住了本质，这才叫'熟悉'。现在让我写农村，我还比较熟，但也有不

◎ 1977 年 9 月，与浩然（左）合影

熟的。让我写拖拉机手，我写不了，因为不熟、不懂。"

时到中午，我要告辞，浩然坚持留我吃饭，我只好从命。吃饭时，一粒油炸花生米掉到地板上，浩然弯腰找到了，用手指捏起来，搓碎了皮，然后吃掉了。

随后的几年里，我频繁拜访浩然，听他讲自己的创作观点，在生活中也和他真诚交往。

谈到初学写小说，浩然说："我喜欢孙犁的优美，以后又喜欢上柳青的深沉。后来我把他们二位的风格糅合起来，效果比较好。"

谈到读书，浩然说："要广泛浏览，重点钻研。重点读自己喜欢的两三个作家的作品，全面了解他们，熟悉他们。主要是学他们怎么观察生活和表现生活，学规律性的东西。不是学几个句子，学怎么描写、怎么设计结构。"

谈到写长篇小说，浩然说："写长东西，要善于'埋线'。我在《金光大道》里，为英雄人物的胜利埋下了18条线，不是一条线。写一个妇女，至今人们不大注意她有什么用，到第三部就要用这条线了。"

谈到观察，浩然说："一个文学作者，他的观察力一定要十分敏锐。首先要'敏'，就是敏捷，反应快。在生活中，一般人没有留意的现象，你一下就看到了；一般人虽然看到了，但还没有摸清头脑的时候，你一把就抓住了。同时还要'锐'，就是锐利。遇到事物、现象，像针一样，嗖的一下扎到底，触到生活的神经上。应当像透视机一样，嚓地一响就照亮，看到事物的'内脏'；他又应当像镜头那样，及时地把事物摄取下来；又如同化学分离和提纯那样，准确地把事物区别清楚——这样，就为用艺术表现生活备下了原料。"

浩然还曾把作家比作木匠，他说："写作经验丰富的同志，就如同老木匠下料一样，他会一边选择原材料一边考虑它们的实际用途：眼前是长的、短的、直的、弯的，榆、杨、槐、柳各种木料，脑子里却同时闪动着柁、梁、檩、柱以及小板凳和切菜板了。"

1976 年 7 月 27 日，浩然去通县（今北京市通州区）参加一个创作会议。次日，唐山发生了大地震，北京有强烈震感。29 日，我挂念浩然一家人，打电话没人接。我担心着，就去了月坛北街他的寓所。敲门后，我等了一会儿，没有反应，就想离去。这时门开了，开门的正是浩然。除浩然之子蓝天外，一家人都在北京。浩然之子秋川和朴桥大嫂没在屋，他们去十字路口一家商店的一层避震去了。浩然领我到避震的那个商店看了看，挤了许多人。小秋川被吓坏了，在那里无精打采地坐着。

8 月 1 日下午 4 点 25 分，我接到浩然的电话，他告诉我，他们全家搬到了长安街邮电大楼东边，北京市文化局在那儿搭了简易防震棚。当晚 7 点 30 分，我去看望浩然一家人。浩然拿出来啤酒，又让女儿春水从局食堂打来菜招待我。大嫂还洗了桃子，切了西瓜。我看到他们安然生活，虽零乱一些，却也总算让人放心了。

从 1975 年开始，直到浩然去世的 2008 年，我们建立了真诚的、深厚的友谊。我亲见了浩然的"大红大紫"和"如履薄冰"；亲见了浩然的"寒霜突降"和"沉闷彷徨"；亲见了浩然的"东山再起"和"彩虹再现"。

我自始至终把浩然当作良师益友，我们一起参加过很多文学活动。在我创作的道路上，他多次给予我很中肯、很重要的点拨。

1981 年 5 月，我陪浩然去内蒙古出席一个创作会议，他作为嘉宾要在会上作讲座。会议在昭乌达盟（今赤峰市）宁城热水公社举办。他在会上说："我主张中国作家应该写我们中国人的事，给我们中国人看好的作品。中国没有高老头，但是有梁生宝。凡是不能为中国人喜欢的作品，也就不会为世界所接受。"

他的讲话深受欢迎。送别宴席上，大家频频举杯祝酒。因席间有《春风》《草原》《百柳》几个编辑部的同志，又有在热水公社参加创作会议的同志，浩然即席说了一句："春风又绿大草原。"我马上接了一句："百柳拂动热水泉。"大家连连称妙，浩然举杯请两桌的朋友"为世宗这句好诗干杯"，大家一饮而尽。我趁酒兴又补了两句："友情更比泉水热，恰似春风留心间。"浩然建议快快记下，登在《昭乌达报》上。

在回沈阳的列车上，我和浩然住一个包厢。关了灯又唠了许久，也许是茶浓，也许是情厚，这一宿都没睡实。

浩然不慕虚荣，不讲排场。朋友招待他，家常便饭最合他心意。

有一次他来我家，我买了几块油炸糕，请他吃。没吃完，浩然嘱我："留着，下顿给我热着吃。"

还有一次他要从招待所到我家来，我想去公交车站接他。他在电话里急了："干吗呀，我认门儿，等我来敲你的门就是了。"我骑车去接他，没接到。回家一看，浩然和晓凡正在厨房里择香菜、掐豆角、打土豆皮、去木耳根呢。

当晚，浩然在我家留宿。睡前，他吃了安眠药助眠。

浩然看重人间情义，在社会各个阶层都有他的朋友。特别是到了乡村，他如鱼得水。有一天傍晚，我与他漫步在通州街头，他遇到一个农村干部，两人谈麦收，谈得有板有眼，异常投机。

浩然待人总是热诚的。有一年夏天，我去他那儿，谈得太晚，只好留宿。他为我铺床，拿出一张凉席，用毛巾蘸温水一点点擦。次日一早，我悄悄爬起想走，不料他已给我冲好了牛奶、开了罐头、备了点心。那日雷声大作，暴雨狂泼。雨小了，他仍留我，我执意要走。他拿出他的黄制服给我套上，还硬塞给我一把油布伞。

在他 50 岁生日那天，我到他乡间宅院祝贺。他和我们几个去祝寿的朋友，一人一把铁锹，在他家楼下栽种了 9

棵小毛杨。几年后我再去，小树已枝繁叶茂，长到五层楼高。

  1990年，浩然的长篇作品《苍生》获首届中国大众文学奖特等奖。我想到这些年他的辛勤耕耘，百感交集。我有许多话要对他说，又一时语塞。我忽然想到，我要说的，长弓兄已经说了，这便是我在浩然家看到的，张长弓题写的一首赠诗：

    云帆击水百川行，彩霞铺路迎好风。

    春潮助你三通鼓，人生昂奋是冲锋。

一场群星闪耀的诗歌座谈会

1979 年 1 月 14 日，全国诗歌创作座谈会在北京西苑旅社举行。座谈会由《诗刊》社召集，为期一周，有 98 人参加；光未然主持，周扬、胡乔木坐镇；主题是总结经验，解放思想。

这是一次群星闪耀的大会，许多如雷贯耳的名字都在代表名单之中：臧克家、卞之琳、贺敬之、魏巍、冰心、雷抒雁、徐迟、公木、田间、艾青、冯至、冯牧、柯岩、赵朴初、张志民、冈夫、满锐、苗得雨、袁鹰、李瑛、邵燕祥、公刘、孙静轩……我是一个末学后进，也有幸参加了此次规模空前的盛会，这多多少少得益于我曾在北京借调工作的经历。

1 月 14 日，开会的第一天，乔木同志讲了话："谈新诗的成绩，要从实际出发。不能因为权威人物对新诗说过不利的话，就感到困难、压抑、迷惘。不能因为无产阶级

◎ 1985年，在艾青（右）家做客

新文学兴起，就抹杀新文学运动的功劳……"

14日中午就餐时，我同艾青、公木、蔡其矫、谢冕同桌。

我对艾青说："当新兵时开晚会，我朗诵了您的《自由》和《有一个黑人姑娘》。"

艾青说："你好大胆啊，我那时已是右派。"接着他讲了几起因保存或谈论他的诗引起灾祸的往事。

我说："当时没敢提您的名字。"

1月17日早饭时，艾青征求我和雷抒雁的意见，他今天发言讲点儿什么好。从小卖部出来时，我和雷抒雁一人开一扇门，请艾青先走，他执意不肯，让了好半天。出来后，他给我们讲了一个小笑话："一对双胞胎出生时都是长了白胡子的，原来他们出生时，互相让的时间太长了……"

当天上午，艾青的发言极为机智、幽默。

他说道："诗人必须说真话，我不能劝别人说真话而
自己说假话。说假话一可以安全，二可以不惹是生非，三
可以升官，这么多好处何乐而不为？而真话是苦药，不好吃。
但有病就得吃，不要因苦而看成毒药。春天来了好不好？
好。但也有翻浆路，还会有沼泽地带。人民是有疾苦的，
用不着隐瞒。诗人要与人民一起思考问题。有人好像在听
天气预报写诗，手忙脚乱的，下赌注又下错了……"

公刘说，艾青的发言是笑声里含着泪的。

在这次大会上，大家的情绪是激动昂扬的，发言是真
诚直率的，很多的发言非常有见地。

冯至谈到转变时说，诗歌的转变还不够大，帮腔帮调
还是存在，廉价的乐观主义、言不由衷的歌颂还存在。需
要思想再解放一点儿，胆子再大一点儿。但丁在《神曲》
中说："走到地狱门口，这里必须根绝一切犹豫，这里任
何的怯懦都无济于事。"冯至还谈到，一首诗写出来只是
完成了一半任务，另一半任务是被别人接受、经常被人们
提起。

贺敬之强调要与人民群众站在一起。艺术的突破，首
先是思想的突破。内容决定形式，诗人要有胆有识，有胆
无识是傻大胆儿，有识无胆也是白费。

赵朴初主要讲古为今用的问题，他讲怎样吸取古典诗

的表现手法和形式。他主张僻典不可用，为了夸耀于人而用典不可取。他反对诗人有官气，他说："我是做宗教工作的，一个牧师不能'官气十足'，官气之下，念经都念不好，何谈作诗？"

在这次会上，我就像一个追星族，拿着一个绿皮小本子，逐个找那些大诗人签名。

当我到赵朴初先生房间拜访时，他正在与卞之琳聊天。朴初先生为我签了名，然后问我："你还有别的要求吗？"我腼腆地连说："没有了，没有了。"现在想想真是特别后悔，当时再请朴初先生为我写几句鼓励的话就好了，笔墨纸砚就摆在他房间的桌子上啊。

"鸟儿们"成为我的创作里程碑

1975—1978 年，借调北京使我受到全方位的锻炼，眼光、见识和思考问题的深度都有了很大进步。那几年正是社会激荡变革的时期。"关于真理标准问题的大讨论"正是那个时期的标志性事件之一。

在这次大讨论中，我写出了一组决定我的名声的组诗——《鸟儿们的歌》。

诗成于 1979 年，最先得到阿红首肯，发表在 1980 年 5 月号《鸭绿江》上。

在组诗中，我歌颂了始祖鸟，它外形奇特，兼具鸟和爬行动物的特征：

> 在现今的世界之上，
> 连我们的影子都早已消亡，
> 人们只能用远古的化石，

◎ 1979年，写《鸟儿们的歌》时留影

猜度我们存在时的模样。

那时蓝天真是空旷而又空旷，
全部生物都活动在地上。
大地呀，固然富饶、美丽，
可也难以拴住我的幻想。

我羡慕云霞自由地飘荡，
我对天空充满了向往，
我日夜不舍地追求未来，
渐渐地生出了简单的翅膀。

比起后来的天鹅和苍鹰，

我的翅膀蠢得要命，笨得荒唐。

可人们依然没有把我遗忘。

因为从我开始，才有生物的飞翔！

　　我歌颂了啄木鸟，它没有巧舌颂扬大树，却为大树捉虫疗病：

我的嗓音并不动听，

我的羽毛也不耀人眼睛，

但我有强健的、锐利的爪，

巧于在大树的躯干上攀登。

我对大树无比地崇敬，

我和大树有深深的感情，

可惜我没有那圆润的歌喉，

不能唱出赞美大树的婉转的歌声。

我有一张锥子样的尖嘴，

舌头的前端由无数短钩组成，

一旦我侦听到虫子在潜爬，

我啄破树皮也要吃掉它，毫不留情！

我的心是这样的赤诚，

我默默做树的卫士，树的医生，

你听："笃笃""笃笃"……

那是我正在履行神圣的使命！

我鞭挞专能模仿别人腔调却不知其意的鹦鹉：

我是只光会学舌的鸟，

只有声带和舌头，没有大脑。

我的耳膜似乎和声带相连，

专能模仿别人的腔调。

"笑一笑！""笑一笑！"

——不管人家心中有多少烦恼。

"小朋友好！""小朋友好！"

——哪怕站在跟前的是小朋友的姥姥。

为了能向游客们讨好，

我学的话从来都很时髦，

我会京剧道白："谢谢妈！"

这一阵，我又会用英语说："您早！"

我学的话有百条千条，
它们的含义我压根不去思考，
如果说错了，我概不负责，
因为每句话的出处我都能找到！

我鞭挞了安于笼中生活的笼中鸟：

我是久居笼中之鸟，
翅膀的功能大概早已失效，
即使把我放出笼口，
我也未必能飞得很高。

我在笼子里得到温饱，
我在笼子里左蹦右跳，
我习惯在笼子里慢慢饮水，
我习惯在笼子里轻轻鸣叫。

我害怕变幻莫测的云朵，
我害怕猛烈摇动的树梢，
我害怕飓风把我刮到天涯海角，
甚至害怕雨水淋湿我的羽毛。

如今笼子已被砸个粉碎，

我怎么办哪，多么叫人烦恼！

我是飞向森林，飞向云霄呢？

还是把新的笼子寻找？

　　这首《笼中鸟之歌》写的是久居"笼子"不能自救，"笼子"被砸碎了仍胆战心惊、不知所措、惶惶不可终日的情形。这其实是当年很多人在思想解放大潮冲击下的精神状态。

　　我还写了一首《关于鸟儿的思考》，从母亲提问幼儿的习见场景入题："门前的树上有十只小鸟，打落了一只，还剩多少？"

　　孩子答："没啦，剩下九只全都吓跑！"答对了，母亲奖给孩子一块奶油蛋糕。

　　孩子却反问："那九只小鸟哪儿去了？还能不能飞回门前的树梢？飞回来会不会被弹弓打掉？"

　　母亲被问得莫名其妙，一时不知怎么回答才好，嫌孩子钻牛犄角。孩子却不依不饶继续追问这莫名其妙的问题……

　　谢冕评论这首诗说："它把一个智力测验的命题，变成了一个关于人的命运的思考的命题，而这种思考是令人揪心的……每一个中国人都应当在这个严肃的故事面前，认真地思考一番，我们应当如何为那些'惊弓之鸟'创造和平而不受危害的生存环境？"

组诗发表后引起了广泛的反响。臧克家称之"颇有情意",高洪波称之"写得很清新",谢冕称之"写出了一代人、几代人的命运及其思考"……

我知道,这不是我诗写得如何好,只是我在诗中体现了当时人们寻求思想解放的一种时代精神。

1980 年 7 月,浩然来沈住在我家。他谈到《鸟儿们的

◎ 浩然(前右)来家做客,后立者为胡英宗

歌》，说自己是"笼中鸟"，也是"惊弓鸟"。浩然希望我继续写下去，写出一批"鸟儿"。否则如大旱，来一点儿雨，地皮湿了，风一吹又干了。

他对我说，麻雀可以写，背了那么多年"四害"的罪名，又回来了，回来后仍然是益鸟；可以写雄鹰，这鸟中的霸王，也是长羽毛的，但有时候也会残害同类；可以写燕子，写燕子的角度更多了……

浩然建议我要下两个功夫：一是要有新意，针对性地切中时代的弦。二是表现形式、角度、结构、语言，要变化多端。根据每个题材，找一个适合的表现形式。不要光是独白，还可以借用电影、戏剧、相声的手法；有的鸟也可来点小情节。可以去动物园采访饲养员，可以访问生物学专家，可以翻资料，要搞透一点儿，不要写表面的、牵强的。找个好画家画插图，拟人化的，会很吸引人。

在他和一些朋友的鼓动、激励下，我又写出另外几组《鸟儿们的歌》，使之成为阵势，成为系列，果然产生了我意想不到的反响。

《上海文学》《北方文学》《春风》《新苑》《吉林日报》等多家报刊发表了组诗的续篇。

1981年9月，春风文艺出版社将《鸟儿们的歌》结集出版，收入短诗78首。这本诗集，成为我诗歌观念转变的旗帜，成为我诗歌创作的里程碑。

在这之后，我的诗歌创作有了突飞猛进的发展，不仅在数量上，更主要是在质量上，即思想性与艺术性的统一上，达到了我前所未有的高度。

我想，这主要是因为我的心灵长了翅膀，这翅膀是改革开放的东风赋予的。

我曾经两次重走长征路，这是我人生中最为自豪的事。1975年，受人民日报社指派，我和袁鹰先生重走长征路，在多地进行了采访。1986年，我参加了解放军文艺出版社举办的"长征笔会"，从江西瑞金到陕西延安，全程采访二万五千里长征路。长征，这个充满传奇色彩的字眼儿，自此深入我的骨髓。

探索成长之路，解读智慧人生，
本章内容，扫码收听。

第十一章

两次重走长征路

3位老船工摆渡我们过金沙江

1975年，关于长征的宣传规模较大，全国的重要宣传部门、宣传单位都动了起来。9月22日，袁鹰传达了人民日报社组织作家重走长征路的决定：这次不写一般的长征路新貌，而是要用今天这个眼光看长征这个"宣言书""宣传队""播种机"。

袁鹰给大家分了工：兵分三路，两人负责一路。北路采访陕甘宁边区，过宁山、陇东、会宁县。中路采访雪山、草地、阿坝藏族羌族自治州、夹金山、毛儿盖。南路采访遵义、乌江、赤水河、娄山关，云南的金沙江，四川的会理等。

我跟随袁鹰走南路。

9月25日上午，北京下了几阵零星小雨，我们乘坐飞机前往昆明。茫茫云海就在脚下，飞机就像跑在羊毛铺就的大平川上。

◎ 1975年，我与袁鹰（右）在昆明西山龙门合影

　　昆明街道两侧多是银桦树，树干笔直，很高，但并不粗，叶子很细，像松针，又比松针宽。据说此树风大时易倒，长得是高，但根浅。

　　9月27日，出发前往金沙江皎平渡，下午到达禄劝皎西公社。当地县武装部杨开喜科长赶来给我们做向导。

　　3位当年送红军过江的老船工都还健在。一位是上坪子放牛的张朝满大爹，另外两位分别是拉干厂的陈余清大爹和李正芳大爹。

我们需要从皎西赶往上坪子，3位老船工住在那里。中途将经过沙栎、路益、皎平等地。

汽车扭秧歌般地在石头路上行走，晚7点多到达沙栎。沙栎是一个山头，山头上有一棵古老高大的沙栎树，远远就能看见。

军人在这里太显眼，司机摘下领章和帽徽，住在沙栎等我们。剩下的路就全靠步行了，杨开喜领我们拣小路走。路极为难行，大小石头铺满了所谓的路。下山又险，起初那段路还有落日的余晖，但很快就黑得伸手不见五指了，全靠打手电照路。

崇山峻岭，苍苍茫茫，有丛丛竹树，有青色的橘林，流水淙淙，田鸡鸣唱。杨开喜砍了一根竹子，削一削，砍成两截儿做拐杖。袁鹰持下半截儿，我持上半截儿。

悬崖峭壁，山沟深不见底，有的路极窄，仅能容下一只脚。这就是当年红军走的路。手电向上，不见山顶，崖壁上支出的树枝遮住了光；手电向下，不见深渊之底。水声哗哗，一条瀑布从山顶倾泻下来。

"看山跑死马"，看见了路益的灯光，就是干走不到。

下了山，几束手电光迎了上来，我们到了路益。此时已是晚上9点20分了，实在走不动了，在当地借宿。吹熄了马灯，睡得很香。

9月28日一早，柴烟弥漫。天色还未大亮，我们便趁早赶路了。一路上尽是芭蕉和仙人掌，以及各种好看的花木。

路比昨天好走，一个半小时后到达皎平大队。大队部的院子里有一株高大的黄桷桠，树干很宽实，并不圆，像是开了膛的咸鱼那样扁。休息了一阵子，直到10点半才又开拔。

中途坐在溪石边小憩，望着削陡的山峰，我和袁鹰谈要写的稿子的结构。

我们顶着烈日过了鹦鹉嘴——一个形如鹦鹉嘴那样尖利的山崖。拐过鹦鹉嘴，一眼就看见了向往已久的金沙江，那万马奔腾的喧嚣远远就传了过来。

又过了一个山谷，拐过一个山弯，就到了上坪子。我们找到了张朝满大爹家，在他家阁楼里，凭小窗隔江可见四川的雄伟大山和壮丽的金沙江。

张朝满大爹当年曾送毛主席过江。在他家里，我们唠了两个多小时，又约李正芳、陈余清两位大爹一起到江边。3位老船工，虽然都已年过花甲，但仍兴致勃勃地要为我们摆渡一次，拦也拦不住。

张大爹和李大爹在船头撑篙，陈大爹在船尾摇橹。先是把船逆流沿岸摇了一段路，过了龙头石——这块龙头石就是当年红军过江前，刘伯承作动员讲话时站的那块石头。然后拨转船头，斜向对岸，奋力前进。那绸状的江水流速极快，只几分钟就到了对岸，惊心动魄。

◎ 1975年，与张朝满等船工在金沙江畔合影

对岸山边有几个岩洞，当年红军司令部机关就设在其中一个岩洞里。3位大爹在这个洞前停船靠岸。

我们入洞细细参观之后，又划回了对岸。大家一起在陈大爹新建的房屋里歇息，吃饭。饭是大米饭，菜是清水煮豆角，有一小碗辣子末和一碗可蘸豆角的盐水，没有一点儿油星儿。

正吃着，对岸有人喊着要过江。陈大爹的儿子——一个精壮的小伙子，带着媳妇——一个十分健美的年轻女子，一起跑下山去了。我们站在门前，看江水东流，一只小船逆流而上。船头是陈大爹的儿媳，蓝帽、紫红袄，船尾是陈大爹的儿子，赤背、青裤，他们正奋力摇船过江。

同大爹们告辞，踏上艰难的回程。我们必须在晚上8点前过鹦鹉嘴，否则会有危险。我们终于在7点20分到了鹦鹧嘴。走到皎平时，已是晚9点了。大队干部都下到小队去了，住房锁了，没留钥匙。我们干脆继续往前走，一直走到路益。

在路益，几经周折，我们才借住到一户人家的羊圈棚顶。在平平的泥屋顶上，铺开两领草席和一张毯子，枕头是小板凳。我们就睡在这张"床"上了。左边是牛羊，右边是狗，前边是鸡鸭，头顶上是灿烂耀眼的繁星。

热情的主人端来热水，叫我们烫脚。这或许是今生睡得最香甜的一觉。

9月29日，一觉睡到天欲晓。公鸡跳到对面屋檐下，扑扇着翅膀"喔喔"打鸣，仿佛在召唤我们"起飞"。6点30分，我们到村头溪边洗把脸，就上路了。

袁鹰和我先走，一直到路益村口坐下，等杨开喜赶来。一个10来岁的牧羊女，长得十分好看，她和她的小弟弟给我们指路，还从陈旧的花书包里拿出一个碗口大的梨，说："你们在路上口渴时吃了吧。"我们谢绝了她的好意，送她一个橘子，便告辞了。

越接近终点，山越陡，路越难走。在翻最后一个山包时，我几次心慌，肩上的肉勒肿了。可爱的向导独自提前走了，害得我们跑错了路，在精疲力竭时，才跑到沙栎那侧的一个小村庄里。

回程的车跑得快些。宁静的群山，空旷的丘陵，远处有几声雁鸣，近处有连绵的虫叫。

贵州境内红军故事今犹在

　　10月3日，就要离开昆明了。昆明军区宣传部的徐怀中副部长前来送行。他曾写过非常美的小说《四月花泛》，发表在《解放军文艺》上。徐怀中说："洗手不干了。"意思是不再写东西了，我为此感到非常惋惜。

　　我们预订了软卧票，前往贵州。车上，袁鹰和我谈起王勃的《滕王阁序》。车过曲靖，进入贵州境内，雨水从天而降，仿佛在讲解着贵州"地无三尺平，天无三日晴，人无三分银"的老话。

　　10月4日凌晨4点25分到达贵阳，贵州省军区的同志来接站，下午乘省军区的车直奔遵义。

　　下午3点钟，我们"突破乌江"，江水在高峡中流淌，江面不宽，水色浑黄。江岸上新建了许多楼房。

　　下午4点钟，驶过遵义县。镇子里的街道上在晒粮谷，厚厚的稻草围住树木。这里的房子多是木结构。

遵义军分区院里有许多夹竹桃，满树的粉花，我以为是纸扎的。军分区政治部副主任王哲告诉我："这是真花，夹竹桃花期半年呢。"

晚上，我们在夜色中去寻访红军烈士之墓。过了一座小桥，就看到了高大的牌楼，拾级而上，天上繁星满缀，两边柏树高耸，四周蟋蟀鸣唱，更增添了墓地的宁肃。一面巨大的玉石板制成了烈士纪念碑，碑上雕刻着精致的花圈；碑上部是毛主席题写的"红军烈士永垂不朽"几个大字，两边分别刻着"生的伟大，死的光荣""鞠躬尽瘁，死而后已"。纪念碑左侧是红军坟，立着500来个大小不等的石碑。

抬头看，满天星斗；往下瞧，一城灯火。

10月5日，我们行进在前往娄山关的坡路上，撞着了大雾，白茫茫的，只能看见车前几米。小车谨慎地前行，很快就闯过去了。

天高云淡，长满林木的座座大山，似连续的驼峰般耸立。白雾像河流般在山谷里飘荡。柏油路两边，收割完的庄稼成捆地立在稻田地里，像半撑开的金黄伞盖。在高坪遇一苗实的白果树，此树岁数很大，否则是不会结果的。

上午9点半，到达娄山关战斗旧址。由396块大理石砌成的《娄山关》词碑，雄立于山垭口。山头楼堂里有一幅娄山关战斗示意图，看管楼堂的大爹是一个老红军。

自古川黔一条路，山水顺公路的山沟流下来。通过南

◎ 1975 年，重走长征路时在《娄山关》词碑前留影

溪口，有铁轨穿山而过。

　　车子甩掉里程碑 223 号后就进入了桐梓。苍山如海，那一层层山的浪峰，由近向远铺开。中午在箐角一小饭店饱餐一顿，每人半斤大米饭，一大碗豆花，油炸红辣椒，炒鸡蛋，炒笋。5 个人，一共消费 1 元 3 角 6 分。

　　访群英生产队，之后过梅溪河。当年红军在这儿打了大胜仗。

在陡峭的山坡上有一条小小的石板路，这就是红军走过的路。现在这里有了柏油大路和石砌大桥。古旧的小桥早已不用了，桥面上长满了荒草杂树。夕阳，晚风，收割过苞谷的地里又种上了荞麦，已开出一片小小的白花。

晚6点半到达习水县，住县委招待所。给我们开车的省军区敖泽均师傅有兄嫂在土城住，是开照相馆的，他要去看望一下。夜行29公里，我给他做伴。

土城公路路面高，房屋低，街里是不规则的石板路，有的房子开门就是别人家的房檐。敖大哥和嫂子有7个孩子，老二夭折。没等敖师傅坐稳，他的兄嫂已把家养母鸡抹了脖子，敖大哥做了辣子鸡招待我们，怎么说"已吃过饭了"也没用。

10月6日，雨未停，县文化馆同志介绍红军在习水的情况。土城渡口，是四渡赤水的一处名胜。当年在黄果树上，拴一根大绳连接着水上的浮桥，一个敌兵举刀跑去刚要砍断绳索，被红军一枪打倒。

土城一老农见到过林伯渠。

下午到仁怀，参观赤水河的茅台渡口，并参观了茅台酒厂。厂党委第一副书记兼厂长刘同清热情接待了我们。80岁还没退休的副厂长郑义兴，给我们讲述了厂史和红军过茅台的故事。他说："红军来时，我40岁。红军当天过河，没有歇。资本家跑了，一部分工人跑了，我没跑。我在恒

◎ 1986 年 4 月，第二次重走长征路时访茅台酒厂

昌工厂，老板姓贾，他叫我'望厂'，就是看守。飞机来炸，松树下面的红军伤了几个人。红军穿一样的衣裳，说话我们听不懂。他们在壁头上、街上写标语。我们不怕红军，怕炸弹。红军对老百姓客气得很，说：'我们打富济贫，不要怕！'红军到厂不吃酒，只用点酒，擦擦走肿了的脚。"

　　在参观时，陪同人员用勺子舀出茅台酒请我们品尝。敖师傅贪酒，喝了半缸子，喝多了。我和袁鹰出来要走时，他伏在方向盘上睡着了，他是如此喜爱茅台啊。

　　10 月 7 日，我们重返遵义，汽车盘山而上，山谷里如水波纹般的梯田田埂里，稻子已收割完了。到达后，我们认真地参观遵义会议会址。院内有梧桐树,室内有 18 把椅子、1 张桌子,吊 1 盏油灯,还有 1 个罗马数字的挂钟,以及 1 面映照历史的立式大镜子。

10 月 8 日,采访遵义印刷厂。午后 1 点离开遵义。

在南白街遇到几群小鸭,成群结队,由鸭工用长竿赶着,据说要赶到贵阳去。一路上小鸭无论怎样变换队形,

◎ 1975 年重走长征路,在遵义会议会址

都成"集团"，中间无缝，紧密无间，时而成方形，时而成菱形。鸭工赤着脚，头戴草帽，什么车都得在它们面前停下，给它们让路……

回到贵阳，住金桥饭店，我在416，袁鹰在418。干净、宽敞、舒适，在这里，正好可以挑灯夜战。

10月11日，遇上云南诗人晓雪，他向我们推荐春城饭店的过桥米线，据说这家米线最正宗。袁鹰请客。先上一盘拼盘，有生肉片，有熟肉片，有火腿片，还有一小盘豆皮，一小碟辣椒末。一大碗滚烫鸡汤，却不冒热气。一层油覆盖下的鸡汤，不动声色地热烈。把生肉片、菜和米线——我称之为"大米面条"放进去，瞬间就熟了。我一不小心就烫了唇舌。这米线，吃起来别有风味。

下午2点半，乘三叉戟飞机返京。飞机起飞迅猛，眨眼间，万顷滇池及挂帆小舟已如盆景。

三路人马纷纷返回北京，开始起草大通讯，袁鹰最后统稿。大标题是《长征路上新的长征》。

我还写了一首短诗《红军标语》，发在《人民日报》副刊版上：

　　　　一个白粉筒，

　　　　一把小板刷，

　　　　长征二万五千里，

　　　　红色标语沿途撒！

写在地主的庄园里：
"抗租抗捐，反对剥削压榨！"
写在新占领的城门上：
"打倒卖国的国民党军阀！"

写在高高的山崖顶：
"驱逐日寇，救我中华！"
写在村头大树上：
"参加红军，变革天下！"
……

一条条，红艳艳
——像春天的红山茶；
一条条，明亮亮
——像夜里的大火把！

条条是豪门的眼中钉，
条条是穷人的心里话，
一条条联成一篇伟大的宣言。
无产阶级的革命，永远生机勃发！

二走长征路，众人论长征

1986 年 2 月 8 日，这一天是农历除夕。解放军文艺出版社的编辑程步涛来电告诉我，出版社打算组织诗人、作家重走长征路，他询问我是否愿意参加。

我当然非常愿意。第一次重走长征路，我走的是南路；而此次，要走红一方面军的全程路线，这一点特别吸引我。

长征，写的人太多了。此次写长征如何立意，从什么角度切入？我遍访文友，征求大家的高见。

3 月 4 日，我拜访了辽宁省作家协会主席金河。

金河说："长征好写又不好写。说好写，是真去长征路的人不多。说不好写，是因为长征事件过去半个世纪了，人们写成了思维定式，一写就是艰苦奋斗、军民关系、官兵一致……不是说这不能写，写滥了，无新意。写长征，要敢于甩开'大道'，占领'两厢'。"

3 月 7 日，我在北京拜访谢冕。我谈了金河的创作建议。

谢冕说："为什么甩开'大道'？因为太熟悉了，主题、形象重复太多。诗人要有新鲜感。'甩开'，就是超脱一点儿。'两厢'，是世世代代人民的生活情态，当地的历史沿革和风光景物，以往是被忽略的。红军曾在这里搏斗、挣扎，取得活力，唤起强烈的革命和生存发展的欲望，战胜敌人，战胜自然。"

3月8日，总政文化部徐怀中副部长和解放军文艺出版社凌行正社长与参加长征笔会的作家诗人座谈。在我第一次重走长征路时，徐怀中副部长还在昆明军区任职，如今已经调到总政了。

徐怀中说："过去纪念长征，报刊约人写写文章，搞一点儿老同志的回忆录就算完成了。但革命历史题材的创作需要探讨、研究，有所突破，要写出一点儿新意，一点儿锋芒，做一点儿冲击。"

3月9日，我去拜访浩然。

浩然说："内容上，要写别人没看到，或看到没想到的，不是去做历史的记录；形式上，包括语言，要与过去有所变化，要张开想象的翅膀，有新的角度才会有新的高度。长征是我们民族最伟大的壮举之一，和黄河、长江、长城一样，是一种象征。长征路线，是一道新的长城，是一条新的黄河！"

3月10日，我和程步涛等人去拜访老红军、诗人魏传统。

我们刚一落座，他就说："看看《徐向前回忆录》第二卷，对西路军有新的结论和看法。每个人都有他的局限性，你们得把长征历史弄清楚。将来你们写出的东西，别光反映一方面军。长征胜利是几个方面军共同奋斗的结果。长征的主题不能缺二、四方面军。现在的娄山关不是从前的娄山关了；夹金山也通汽车了；会宁城会师，城也改观了——原来那地方水煮面条不用放盐，难吃极了，现在也有了自来水。"

最后，他嘱咐说："行李不要笨重，参考书可要带够啊。"

3月11日上午，我参加解放军文艺出版社召开的诗歌座谈会，这是对"战友诗丛"出版的小结，也是对李瑛、周涛诗集获奖的祝贺。

座谈会上，我挨着周涛坐着。我在小本子上写道："你心目中和想象中的长征该是什么？"

他写道："沼泽。"

我不满足，又写："再多写几句。"

他写下一段话："王愿坚同志的短篇小说《七根火柴》的氛围，织成我想象中的草地。后来，我读了《悲壮的历程》，听了一位老红军的故事，才感到长征路上的英雄业绩，是以惊人的恐怖和苦难为代价的。"

中午，大家在北太平庄餐厅就餐。席间，李瑛知道我们要去走长征路，他很高兴，说："我一听说谁出去，就羡慕。"

餐桌上最后一道菜是汽锅鸡，大家给李瑛一个鸡腿，另一个给了尚方。尚方给了周涛，周涛推让，尚方说："你们两个得奖的一人一只腿。"大家赞同。

尚方说："我吃鸡膀子。"

王颖说："尚方要起飞。"

接着王颖又说："给胡世宗鸡爪子，他要走长征路。"

大家都笑了。

瑞金杨大爹唱起他的《国际歌》

参加此次长征笔会的，除了我，还有陆、海、空军的乔良、江奇涛、程东、马合省、陈云其、刘方炜6位作家、诗人。

1986年3月14日，我乘1511次航班飞往南昌。漫长的长征路采访很快就要真正开始了，我热切地期待着。

临行之前，我去总后军需部给养处买了些筒装压缩饼干，又给我的妻子惠娟寄了一张明信片，上面附了一首诗：

怀着对历史的景仰，

怀着对未来的瞩望，

今日下午我将飞往南昌，

生活和创作都要掀开新的一章。

旅程啊，是那么艰辛和漫长，

但你肯定会听到我雄壮的歌唱！

◎ 1986 年，参加总政长征笔会，在瑞金出发前代表作家致词献诗。另一军人是佘开国

　　南昌这地方很有意思，一个个修表店，小小的门脸，没有名字，却都有"精修各国手表"的大字，不止一家，口气好大。天下起了雨，又开始打雷，这是今年第一次打雷，很响，仿佛当年激烈的炮声。

3月15日下午，我到71岁的老红军刘云辉家采访。

刘云辉说："我1932年正式入伍当了红军，在山上打了中央苏区最后一仗，长征就开始了，没有公开动员。从于都河过河，擦广西边界前进。过夹金山，没穿棉衣，准备了一些羊皮。在山上围一大圈，你挤我，我靠你，住了一宿。到了山顶，尽是冰雪，倒下就难办了。剩下几百米时最难，有的体弱，就用带子把他拴在腰上，拉他过去。"

这时，刘云辉在第三四七团四连当指导员，连里130多人，到陕北只剩80多人。刘云辉的亲哥哥刘良荣在师侦察连当班长，他见到哥哥时，给了哥哥一些干粮。过了草地，得知哥哥牺牲了。

这位老红军耳朵不聋，言谈流畅。谈到哥哥牺牲时，他忍不住掏出手绢，擦了擦眼角。

3月16日，省军区派了一辆面包车送我们去瑞金。车子在赣东大地上驰行着，一路上，雪白的梨花，粉红的桃花，金黄的迎春花，好似一队队小兵，摇动着花束。裸露的一块块红土，深红、紫红、褐红、黑红，深沉而庄严。农民在稻田地里吆喝着老水牛翻地。

晚6点多进入瑞金，我们落脚在瑞金宾馆。院子素朴雅静，斑鸠、八哥等各种小鸟悦耳的叫声，从朦胧的树影里传出来。

3月17日一早，信步走在瑞金大街上，雨后的街道，有一点儿湿味。一早去赶集的，有蹬自行车的，蹬得飞快，车后架上横一根短木棒，两边担着蔬菜。菜有韭菜、葱、笋、油菜，一律洗得干干净净。韭菜头切得一抹齐；葱头的须子，像白粉丝一般洁净；笋都削了皮；油菜的叶子也被修剪过了。

街上各家小吃铺、饭馆的主人都在忙着准备开张。小饭馆的窗子上，大都有一横木，垂吊五七个挂钩，钩着猪肉、大鱼、猪肝和鸡等。街头上还有支帐篷的小吃摊，火烧得正旺，大锅里油水滚滚地开。还有七八个十一二岁的小丫头，手里拿着用粉纸包的简装纸烟，打开一盒，立出一二支烟，用来招揽来往的行人。水泥高井边，几个妇女在洗衣服。

在沙洲坝，我们采访了一位老赤卫队员杨荣连。杨大爹1915年出生，采访时他已经71岁。他头戴绿棉栽绒帽，脚踏解放鞋，身穿黄呢上衣、毛蓝裤。他16岁参加少先队，1933年参军，长征时走到信丰和安源交界处被打散了，一路讨饭讨回家。他是二等荣誉军人，生活费每月15元，另外给纪念馆看房子，每月给20元钱。

他耳背，我们大声问话有时也听不见，而他讲的江西话我们又听不太懂。但他唱《少先队上前线歌》《红军歌》《共产党领导真正确》等，却唱得很清楚。时隔半个世纪了，他甚至还能准确地唱出过门儿音乐。

大爹还给我们唱了他的《国际歌》，为什么我说是"他的"呢？因为他是按照他的记忆和他的韵调唱的，很独特，有点儿像江西小调，像私塾先生背诵古诗文。他神情专注、庄重、赤诚，感动得我眼睛发酸。那时翻译的《国际歌》，和今天的不一样。杨大爹认为，现在电台广播的《国际歌》不如他唱得标准，他多次重复这一看法，还一遍遍把他认为标准的《国际歌》唱给我们听。

下午，我们还采访了73岁的老红军袁耐冬。袁老1933年从瑞金入伍到第十一军三师司令部当通信员，那年他21岁。

他说，最苦的还是过草地。过草地时他已在师直属队当特派员。走在草地上，前脚没站稳，后脚不要拿起来。天上下着雨，水猛涨，有几个宣传员被冲到河中，在一棵树边上呼救，谁也不敢过去救。最后是二师宣传科科长、后来成为书法家的舒同，带一个排掩护，加上30多个挑夫助力，那几个宣传员才脱了险。

袁耐冬说："在贵州走路，飞机天天跟着我们。一次，我们二团三营的机枪排刚上到山顶，敌机就来了，飞得非常低，就好像要碰我们的头一样。机枪排立刻躲在两块石头中间。敌机丢下了两颗炸弹，一颗正落在石头中间。那些战友都牺牲了，掩埋尸体时大家都哭了。"

袁耐冬过金沙江时，头一天上了个山，泥巴过膝，拔腿非常吃力。前面走得慢，后面的连站带坐，有的就睡着了，掉到下面去了。天黑得很，走一晚上也没走多少路。

天亮一看，两面是沟，中间是刀一般的山脊。

我们曾在电影《闪闪的红星》里，知道了当年中央苏区有"列宁小学"。3月18日上午，重到沙洲坝，我们访问了"列宁小学"。

听到外面汽车的声响，孩子们自动跑出来，兴高采烈地齐声叫喊："欢迎！再见！""欢迎！再见！"孩子们年龄太小，竟把"欢迎"和"再见"同时喊了出来。原来这是幼儿园的孩子们，难怪！我走进他们的教室，教室里顿时鸦雀无声。孩子们双手自然地背在身后，一双双水灵灵的眼睛调皮地望着我。不时有孩子像小鸟一样叫一声

◎ 1986年3月，重走长征路时，与瑞金沙洲坝"列宁小学"的孩子们在一起

"解放军叔叔"。这里一声，那里一声。当你的目光寻找到他们时，他们又腼腆得想躲。一位戴眼镜的女教师只有十七八岁的样子，她也像孩子似的躲在门边，她叫姚凤华。姚老师叫他们唱歌，一个孩子起了个头儿，他们一会儿唱《大公鸡》，一会儿唱《小牙刷》。一双双小手臂变换着动作，时而交叉在胸前，时而伸出大拇指，时而站起高高挥臂。他们唱得认真、有味。我们告别时，孩子们呼啦一下子朝我这边涌了过来，许多只小手拉我的手，抢着拉，感动得我差点儿落了泪。

下午雨停了，2点半去云石山。县委县政府和老区人民为我们送行。老乡赠我们斗笠、草鞋、米酒，我向老区人民献了诗：

瑞金曾是著名的"红都"，
从这里送走过长征的队伍；
今天，英雄的老区人民，
又送我们踏上了采访的征途！

一顶斗笠宽又大，
戴上它，凶风恶雨不可能把我们拦阻！
一双草鞋轻又软，
穿上它，我们不惧怕任何艰险的道路！

一杯水酒喝下去，

我们浑身上下热乎乎！

踩着当年红军的脚印走，

我们能踏碎千辛万苦！

辛劳淳朴的老区人民啊，

你们对我们的恩情重过父母，

我们定会捧出讴歌长征的壮丽诗篇，

报答你们厚重的期待和殷切的嘱咐！

  3月19日，我们自瑞金起程去于都。在城东门渡口的高坡上，几只乌篷船靠在岸边。于都河水滚滚流逝的声响，仿佛是当年红军队伍出发时的脚步声，这是历史的声音。

  当日晚5点，我们从于都到了赣州。次日上午，访郁孤台，此台位于城西北贺兰山上。我登台远眺，赣江大桥在烟雨之中朦朦胧胧。

  我用一首小诗记录：

清晨，细雨如麻，

我们匆匆地从赣州出发。

蜿蜒地从江西进入广东，

一路上山形奇峭、剑麻挺拔！

我们将拜访红军到过的仁化，

然后去株洲，加快步伐，

必须尽早赶到遵义，

那里有想象中的如火的山茶！

我想，此行要力争写出人生的苍凉感、革命的悲壮感、历史的深沉感和艺术的空灵感。

腊子口火烤牛皮来充饥

3 月 21 日上午，我们乘长途汽车去韶关。路两边时有野生的大丛剑麻，银灰色，十分壮观。下午 1 点 54 分进韶关，小街道很别致，一家挨一家的商店，个体的、国营的都有。人也穿着入时，不妖不俗。

街上小吃也看着干净，卖鲜面包的，用竹夹子夹，不会用手抓。街上的中年男子喜欢戴鸭舌帽，一般裤腿距脚面有 2 寸高。

3 月 22 日上午到仁化县。县里有关于长征齐备的资料，每年都请许多老红军聚会。

有一位叫易牛仔的老人，是当年的见证人。当年红军一进城，商店的老板就跑了，留下他看店门。红军知道他是店员，很相信他。红军知道他会杀猪，就请他杀了 3 头猪，给他杀猪钱，他不要，就给了他几斤猪肉。

这个县为红军带过路的有十几个人，红军给开回路条。经过这么多年，许多路条还保存得很完好。

仁化至城口间，有一恩村，恩村有一大树，树上有一古钟。清朝时村里人就给过往行人送茶水喝。

在城口，我们爬山，看旧堡和战壕。从山上望，公路如行蛇，水田如镜面，战壕里长满了高出战壕的茅草。

3月23日上午，采访老红军周相彪。

周相彪说："1931年红军从漳州返上杭，追一个土匪追到我家乡。我们怕，扒窗子看。红军约有一个连，把老乡都叫起来开会，拆石头的城墙，分田，分地，插牌子，老五的，老六的，周相彪的……有了田地怎么办呢？要保卫它。我们一个村子有3个人去参军。到了陕北，牺牲了两个，只剩下我一个。"

从1934年11月14日到1935年11月18日，周相彪参加了一年零四天的长征。他是侦察兵，因为是前卫，长征途中比较顺利。即便这样，他也曾3次"挂彩"，弹片现在还在身体里。

在大渡河，周相彪所在的侦察连找了一只破船，赶紧修。下半夜一两点钟开始突围，一只船只能载20人，除了两个船工，剩下的就是十八勇士了。周相彪亲眼看着这条船出发，那时是下半夜2点多。

过雪山要抓时机，下午2点钟以前过山峰可以，过了2点钟不行，山上风太厉害。上面规定，在山上不准讲话。

过草地更苦了。腊子口山头对峙也很艰难。领导让大家准备 10 天的粮食带在身上，大都是火烧手搓青稞米。侦察连听说草地有敌骑兵，就主动减了粮食，到了第 9 天就没粮食了。后来，周相彪厚着脸皮跟陈赓的部队要了一头小牛。牛皮可以煮着吃，或者刮了毛用火烤着吃。

打马步芳的时候，上面拨给侦察连 100 多匹马，让他们当骑兵。周相彪他们不懂马要吃盐、吃绿豆，不会喂牲口，不会上马鞍。后来，一个从东北军过来的副连长教大家怎么喂，怎么骑，怎么遛，怎么爱护马。

晚上，我们乘火车经株洲去长沙，再返回来去怀化。

3 月 24 日早 7 点 5 分，车过长沙。湘江大桥下，绿色的湘江掀起不小的波浪，两岸菜地是绿色的，在烟雨中如国画的画笔抹上去的。车窗外是湖南的山川土地，穿过了无数的长长的隧洞，田野里绿色打底，一块块黄色的菜花，像抛在绿毯上的各种形状的黄手帕。叠影远山，似在召唤。

晚上将近 6 点钟，我们到达怀化。当年红军长征途中经过怀化的多个县乡，沿途播撒革命种子。如今，这些地方仍留存着红军标语："武装起来暴动起来，实行打土豪分田地！""红军是工人农民自己的武装！""红军是抗日的主力军！""白军兄弟不打抗日的红军！""喂，农夫也要识字啊！"……

1934 年 12 月，就有几十人给红军带过路。木脚乡瑶门村贫农杨正顺，主动给红军带路，不仅带路，还跟着红军爬雪山、过草地，一路走到陕北，去了 3 年之久。

　　还有一个老乡，给红军伤病员买了一副货郎担子，让他化装成小贩，深夜出门去追赶队伍。

沉马：从一首诗到一座纪念馆

　　3 月 26 日，早饭后我们离开怀化，乘军分区的越野车去新晃县。

　　新晃县党史办主任姚世模，在他四五岁时见过红军。红军曾把他抱起来举到肩上，他看到红军一休息就编草鞋。

　　新晃县大鱼塘工矿，有许多穷苦老百姓在那儿淘沙。红军打土豪，杀地主的猪，喊淘沙工人来吃，胆小的不敢来吃，胆大的来吃。这里的淘沙工人有六七十人参加了红军。

　　在新晃县，有一位 1932 年参军的老红军江文生，人称"江老头儿"。我采访他的那一年，他 78 岁。他歪戴着一顶老式的褪了色的解放帽，穿着落满了灰的水鞋，蓝上衣外面罩着黑棉袄。他的孩子，有的在酒厂当工人，有的在工矿挖沙，有的在怀仁上班。

　　他清楚地记得，他的军长是贺龙，副军长是萧克，政委是任弼时。

他说："我要饭出身，10多岁开始要饭。刚当兵就当上了班长，第二年就入了党。长征搞动员，政委讲话：'我们要离开这个地区，到新的地区。'他没讲哪个地区。

"大小战斗，死了人，挖好坑埋了。伤员集中到老乡家，也不保险。老根据地保险，有地下组织。"

江老所在连是前卫，69人上火线，伤亡20多个，牺牲了两个班长。打湖南龙山县，江老负了伤。进云南之前，一天分一把蚕豆；进了云南就苦了，一天一夜走了240里路。

松潘渺无人烟，搞不到吃的，七八天没吃饭。

人掉进水草地里就出不来了，就像牛掉到烂田里。陷下去的、饿死的，都不少。与四方面军会合，贺龙、张国焘等都讲了话。贺龙讲了几句就讲不下去了，掉泪了，死的人太多了。

每个红军战士发了50块大洋，防止掉队时手里没钱。但有的伤病员因为手里有钱，倒被人害了，歹人为这几个钱图财害命。

在草地，江老看到一匹战马就要陷进泥沼里，马还没死，有的战士就要用刀去割马肉，另一些战士却上前制止、拦阻，有人还为此打了对方的嘴巴……

沉马！沉马！这个情景太惨烈太感人了，我要写一首诗！红军的坚韧品格和对战马——无言战友的情意，深深

触动了我最敏感的神经，给了我最冲动的灵感，让我写下
了《沉马》这首短诗：

一匹马

一匹将沉的马

将没顶于泥沼的马

在挣扎

在徒劳地挣扎

加速死亡的挣扎啊

走过它身旁的红军队伍

竟因它发生一场小小的厮打

几个饿得眼蓝的士兵

用刀子在马身上割、挖

一块块鲜血淋漓的马肉

一块块诱人的活马肉啊

篝火在远处燃烧

像救命的神火

闪现于天涯

另一些也是饥饿的士兵

冲上去制止、拦阻

有的竟动手打了对方的嘴巴

嘴里还不停地骂

"娘个皮！

没种的！

饿疯啦？"

一边骂一边抚摸

那直立的、颤抖的马鬃

痛心的泪水哗哗流下：

"它跟我们走了那么远

这马这马……"

饥饿的魔爪

使多少铁男儿、硬汉子

猝然倒下

还有茫茫远远的路

等待他们去蹚、去跨

反正这匹马已无可援救

不是没有良心

是

没有

办法

那匹马

终于整个地沉没了

泥水弥合时

竟没有一丁点声响

也没有人的喧哗

静得出奇

静得可怕

萧萧晚风

吹亮了远方的篝火

天边残留着

一片马血样

鲜淋淋的晚霞

《沉马》《雪葬》和《向着火红的小果子》，成为我两次重走长征路具有代表性的诗作。中央电视台陆海宁编导选中了这3首长征诗，以"不可忘却的长征"为题，请著名表演艺术家瞿弦和、徐涛、晏积萱进行了精彩演绎。《沉马》这个故事一下子就打动了广大观众，产生了很大的反响。在这前后，有太多的表演艺术家，如王刚和李默然等人，都加入了我的长征诗的诵读。

刘白羽、魏巍、李瑛、徐怀中，还有高洪波、晓雪、晓凡、李松涛等都曾撰文，对我的《沉马》给予极大的鼓励和热烈的称赞。

刘白羽评价说："我爱诗，但我从未评论过诗。《沉马》却以一种深沉、悲壮的豪情，拨动了我的心弦，使我感到一种极庄严、极崇高的美。……《沉马》却像一面英雄的战旗飘扬其上。它的思想价值、艺术价值在于它焕发了我们的今天，以至未来的，那永不衰竭的精神泉源。"

刘文玉评价道："《沉马》很沉，感情很沉，马沉了，诗人的激动心声，从沉马旁升华了，升华出一群真实的不可战胜的中华之魂。沉重的《沉马》，沉重的心，诗人留下了沉重的脚步！"

黄国柱评价道："这是一曲容量非常大的悲歌！而我们以往所读到的关于这一题材的诗歌则大量是较轻浅的颂歌……《沉马》显示了胡世宗对于另一种更为浑厚的诗情的追求……"

二次重走长征路，转眼间过去了 37 年。2023 年 6 月，我接到一个陌生电话，是湖南新晃的姚斌同志打来的。他说，新晃正在建设一座沉马纪念馆，已经建一半了，他希望得到我的支持。

我当然特别感激和支持了。

很快，姚斌和新晃县政协主席田新益、副主席田竑、秘书长吴长明和县美术家协会主席杨德林一起到沈阳采访我，为办纪念馆收集素材和资料。我带着他们到沈阳市档案馆，查阅到我的长征日记和《沉马》诗的最原始的草稿，还有其他一些重要资料，包括刘白羽、魏巍、徐怀中等老一辈作家对《沉马》的评论文章的报样和他们的手迹。

2023 年 10 月 16 日，红军长征沉马故事纪念馆举行了开馆仪式。蓝天白云下，沉马雕像带着无言的悲壮默默矗立；《沉马》之诗铭刻在影壁之上，与之辉映。

这个馆和红军长征半条被子纪念馆一样，都在述说和传承着红军前辈们坚韧不拔的革命毅力，以及升华了的人性光辉。

长征，人类历史上的辉煌史诗，已经镌刻在过去、现在和未来的无限时空中了。这部伟大的史诗是由千千万万个动人心魄的诗句组成的，而《沉马》只是其中的一个精悍短句。

◎ 2023 年 10 月 16 日，湖南省新晃侗族自治县举行红军长征沉马故事纪念馆开馆仪式

我曾与剧作家黑纪文、栾人学共同探讨把《沉马》改编成电影和戏剧的可能。这两位成绩斐然的剧作家，都有心有意把《沉马》制作成电影和舞台剧。目前这方面工作仍在进行着。

我期待着，《沉马》这个精悍的"短句"，衍生出更多的可能。

金沙江畔重访船工陈大爹

　　1986 年 3 月 29 日，醒来已在云贵高原，火车在山中缓缓穿行，我们于上午 10 点到贵阳。我再次寻访娄山关、桐梓县、遵义、茅台酒厂。故地重游，街市繁华大胜往昔。

　　4 月 8 日，乘火车至昆明。云南民风真好，在一个街面吃早点，这家介绍那家，那家又介绍另一家，互相谦让。我在昆明部队的给养处买了 30 瓶牛肉罐头，预备路上用。

　　4 月 12 日，我们天不亮就乘车从昆明出发。下午 2 点多到了皎西的沙栎。步行的旅程开始了，一路艰辛，很晚才到达目的地皎平渡。在皎平渡，又见到了我在 11 年前来此见过的陈余清大爹。大爹已经 75 岁了，他的儿子陈英华也有了 3 个孩子，儿媳吴月明成了皎平渡接待站的招待员。

　　4 月 13 日，在陈大爹家，我们和他谈起红军渡金沙江的往事。

　　给红军摆渡是 1935 年 4 月的事，那年陈大爹刚好 24

◎ 1986年，与摆渡红军过金沙江的老船工陈余清（右）
在金沙江边合影

岁。当时一共36个船工，6条船，三大三小，大船坐60人，小船坐40人，一次过300人。船工分两班划船，人歇船不歇，划了七天七夜。马驮着机枪和炮，骡马被拉着，人在船上，骡马在水里，过了江。红军对船工很客气，到饭点儿了，对他说："老板，你吃饭。"

陈大爹说，因为给红军摆渡过，前年他成了县政协委员，每个月给他发50元钱。以前是每月8元。

与陈大爹告别时，吴月明用背篓背了十几个糖狮子送来，这是将红糖熬稀后"浇铸"而成的，非常有民间风味。我们感动于这家人的盛情，但当然是不能收下这礼物了。陈大爹坚持要为我们送行。我们走出好远了，这家三代人仍站在那儿朝我们挥手。

返程路是上山路，每一步都是异常艰难的。走了两个多小时才到皎平乡，此时已是中午。我们大碗地喝水，吃剩下的大米烟饭，清水煮青菜叶子，加点盐面。营养补充谈不上，汤解渴是真的。还有5个小时的路程，想想就叫人害怕。

在皎平乡花7元钱雇了一头毛驴，驮我们的风衣、帽子、衬裤和毛衣。一个戴白色圆帽的小伙子，赶着那头毛驴。我连拿相机的力气都没有了，相机交给了区人武部的毕干事。

在一个小村子，我们向一个老乡讨水喝。老乡家房子

◎ 向老乡讨水喝

下面是牛圈、鸡窝，上面住人，梁柱熏得黑黑的，一个牲口槽子里有些稀汤，苍蝇赶也赶不走。我们顾不了这些了。这里的老乡在腿上搓面，你嫌他脏，冷水都不给你喝；你若不嫌他，牛、羊、鸡，有什么给你宰什么，还不要钱。我在喂牲口的槽子边喝水时，程步涛给我拍了张照片，我想这可能是十分珍贵的留影了。

我们慢慢地走在山路上，鞋底薄，硌脚。村头一个不善言谈的敦厚质朴的大爹给我们指路，他在前面带路，竟走到了村子里。原来，这里的老乡给我们熬了苞米糊糊，虽然很稀，但香得要命。我喝了两碗半，把肚子灌饱了，出一身汗。我们给热情的老乡留下了钱。

远远看见沙栎村了，直到看见沙栎村的屋脊，看见大解放车的车头，一颗心才算是放下了。

我一条腿迈上了小车副驾驶的位置，然后用双手把另一条腿费劲地搬上了车。坐在车里，我哭了，止不住地流泪。是因为自己已不年轻，仍吃这么大的苦，感觉委屈，还是对跟了我们一路的毕干事难舍？是对老乡们的感激，还是对皎平渡的留恋？那么长时间的哭，一生少有的哭。终于走出来了，太难了。

4月14日赶到禄劝，夜晚，我和步涛、合省、云其聊长征路聊了很久。过了下半夜1点，我们打开牛肉罐头，就着压缩饼干吃了夜宵。

4月15日，步涛返京。下午，我和合省、云其，按预定的时间采访张铚秀司令员。1984年我在老山前线见过他，他那时是前线总指挥，来这儿才知道他是老红军。

张铚秀1933年参军，1934年8月，他从家乡井冈山永新出发。在便水战斗时，他任第六军团十六师四十七团一营营长。过藏区没粮吃，最饿时他把自己的马杀了吃，把马毛和马粪丢掉，其余全吃，烧焦了的马皮也能啃。还有出发时带的牛皮斗篷、牛皮草鞋，破了不丢，也烧了吃。

过雪山时空气极稀薄，患有高血压、心脏病的大都牺牲了。草地气候变化无常，雨、雪、冰雹、太阳，天暖和时把身上披的羊皮烧着吃了，天冷时就没办法了。过了金沙江主要是和自然界的敌人——冷冻和饥饿作战了。

张铚秀说："过湘江时，头部负伤，还有一次骑马伤了腿，要把我寄养在老乡家，我坚决不离开队伍。部队宿营，我不停，慢慢走；部队行军，我又落到后面；宿营了，我仍坚持走。就这样没被队伍落下。有一个兄弟走到贵州时被打散了，就一路要饭回家乡了。1984年，我们才又见面。"

张铚秀告诉我们，负伤了用盐巴水洗一洗，那时候最好的东西是红汞、凡士林药膏。

雪山草地一路见证传奇

4月18日早晨，我们到达西昌，下午马不停蹄直奔冕宁。本想去彝海，可惜天太晚了，去了天也黑了，没法拍照。

饭后，我们上街散步，东西有四五百米的街巷，狭窄、古老，但不萧条。街头卖樱桃的老奶奶，同时兼卖一种树枝，老奶奶用大菜刀给切成几片。我们买了几片，放进嘴里是苦味，原来是一味中药。

县城东面是大山，叫羊洛雪山，异常耸峻，白云与山头终年不化的积雪相摩擦，傍晚时显得格外宁静。

4月19日，乘军分区的车去彝海，一个小时就到了。

山顶上，有一块显眼的不规则的岩石，被凿成一块碑，上有红字：刘伯承与小叶丹结盟处。

彝海是迷人的，类似长白山小天池，四周是叫不上名字的奇形怪状的树木，海子边的路像是棉花铺的，松松软

◎ 1986年重走长征路时，在四川省西昌彝海
当年红军的地洞子里

软。我们绕海子转了一圈，半个多小时，渺无人烟，几近原始森林。海子上面，不时有鸟飞起飞落。

4月20日，我们来到石棉县安顺乡大渡河畔，访问了著名的老船工帅仕高。当时他已是72岁高龄。

1935年，红军从安顺过时，军阀部队和地方民团把船只都收拢起来扣在对岸，还吓唬老百姓说红军见人就砍脑壳。一天夜里，红军终于从敌人手里夺得一条船，知帅仕高是船工，想让他帮忙渡河。帅仕高与红军接触过几次，知道红军待人和气，并非传言所说，决定与其他船工一起帮助红军渡江。5月25日，河面正涨水，早上7点钟，开饭后开船，又吹哨，又吹号。船一动，对面的机枪就打过来了。红军担心船工的安全，对帅仕高说："老板，后头来！"对面有炮打过来。帅仕高说："打起来了。"红军对他说："打不到你，不怕不怕！"敌人甩了五六个地瓜雷弹，帅仕高吓坏了，多亏没响。红军捡起地瓜雷弹，甩到敌人那边去，把敌人消灭了。

帅仕高说，红军买什么都给钱，喝开水也给钱，不收钱不喝水。

我们还见到一个老汉叫雷先高，红军过大渡河时他13岁。他说那仗打得烟雾沉沉，对面都看不见人。国民党挖了沟堑，3个人一个碉堡。当时水势大，比现在大三四倍。

4月22日，我们访问了另一位老红军王林。他是雅安人，参军到童子团、游击队，后到红军第三十一军。他已

◎ 采访大渡河船工帅仕高（左二）

经 65 岁，当年还是一个小红军。

王林说："那时人小，糊里糊涂，一直跑。跑了几天，到宝兴，翻夹金山。"

夹金山，九拐十三弯。"到了夹金山，性命交给天；到了新街子（小金川），抱一个灵牌子。"这首民谣形容那儿的地形地势对生命的威胁。夹金山海拔 4000 多米，现在雪不多了。当年红军爬山时，山上冰雪很厚。快到山顶时，空气稀薄得很。王林亲见一个班长离山顶还有 100 米左右时，上不去了，牺牲了。大家扒雪把他安葬了。山上没路，雪凝成冰，人一滑，掉下去就没影儿了。

解放后这里有个林运所，所长说，收了 300 多具尸体，还挖出了驳壳枪、长枪、手榴弹等遗物。现在山上栽了树，也修了路。

王林说，过了雪山，到大小金川、徐清、甘孜，又返回，又从泸河过草地。走了多少路多少天，经过哪些地方，根本说不清。记得是二月过草地，走几天看不到边。有些地方长着一米多高的刺灌木。这里有水草地和干草地之分。牧民说水草地是通海底的，尽是稀泥。部队从塔头草上过，走的人多，草皮不行了，踩不住，人就往下沉。动不动就不见人了。要试这水草地有多深？用牦牛绳，坠个石头，绳子到尽头，石头还不到底。

到若尔盖，四川、甘肃、青海三省交界的地方，钻来钻去地走，不知是啥地方。过草地之前，上级号召背 3 个

◎ 1986年，重走长征路，从草地又要出发了

月的粮食，走不动时，把粮食撂了。过大河嫌沉，把粮食扔了不少。真正到草地上，没粮食吃了。部队人太多，野菜都挖光了。过草地前，一个人发两块羊皮，自己用牛羊毛绳缝一缝，缝得就像如今的马甲。后来实在没法了，就把毛烧掉吃了。还有牛皮草鞋，吃了之后就打赤脚。王林就是赤脚过的草地。走到了吴旗镇（今陕西省延安市吴起县吴起街道，曾一度改名为"吴旗镇"），有的红军战士

穿得比讨饭的还可怜。王林的长袍，到陕北时袖子下摆都磨没了。

那时他小，怕掉队，掉队是不光彩的事情，人家说："掉队就是背乌龟！"哪一个也不甘心落后。

那时纪律严格。到了康定，王林手里剩3个铜板，他就买了3碗凉粉吃了。夜里班长找他谈话："你参加了'好吃委员会'？"王林说："什么叫'好吃委员会'啊？"班里开斗争会，大家发表意见，让王林作检讨。因为王林平时吃苦耐劳，又团结同志，检讨检讨就过去了。

中午，我们在雅安吃当地有名的砂锅鱼头。鱼是雅安鱼，砂锅里除了鱼头外，还有猪肝、猪肚、鸡块等，味道极鲜。砂锅是黑色的，古朴独特。

寄一载诗明信片：

　　　　静静的青衣江水，
　　　　像一湾盈绿的翡翠，
　　　　月下的雅安城，
　　　　少女一般妩媚。

　　　　当年红军从峭岩山奔下来，
　　　　雅安还在夜色中沉睡，
　　　　匆促中，红军只留下默默的祝福，
　　　　便又赶路，向北，向北……

4 月 29 日，雪山透出曙色，一早起来继续赶路。连绵不断的大雪山，奇峭之至。

草地上的草，刚刚冒出小尖尖，粉红色的小碎花开得极浪漫。成群的牦牛，黑色的，毛很长，骑在牦牛背上的有赤背的藏族老汉，也有光屁股的小娃子。

过草地，我们这一天经历了四个季节。上午是响晴的天，好看的云朵野性地横陈在天空上，很暖和，仿佛是春天。近中午已是夏季，大汗淋漓。下午仿佛是秋天，下起了雨，大雨点子有些吓人。不一会儿又晴了，马上出太阳，地上的雨水也全干了。过一会儿又阴起来，冻得嘴唇都紫

◎ 1986 年，在红军走过的草地访问藏族同胞

了。到了傍晚，竟下起了雪，雪花不大，横卷着，落在红柳枝上，落在地面上，随落随化。

我们借了毛皮大衣，围着烧得噼啪作响的火炉，还是冷。大家一起看地图，估算着什么时候可以到吴旗镇。

木头把铁炉子烧得通红，呼呼直响。这里的木头太珍贵了。夜里雪下得大，我冻得在被窝里直打战。

4月30日，路比昨天好走，没有险山，草地中间开出了一条公路。中午到若尔盖，水泥大道光滑笔直，牧民父女跳下马来，在水泥柱上拴马。时有"飞鸽""凤凰""永久"驰过；街上人不多，有些老人闲坐在商店外的台阶上聊着天。

我们住在县人武部招待所的房间里，地板上放着一个大电炉子，电炉丝烧得通红，似比昨天烧木头还暖和。

5月1日9点钟，出发前往腊子口。路上虽无险境，却常有翻浆路，过这种路段，像坐摇旱船。前夜的大雪已全无踪迹，只是山顶仍有银光闪烁。

中途，车的一个配件漏了，要焊。急得我们以为今天到不了甘肃了，司机小陆用肥皂涂抹上了，挺管用，凑合着继续开。

下午1点05分过白龙江桥，这是四川与甘肃的分界线。

5月2日，我们终于到达腊子口战役旧址，那里有纪念碑一座。腊子河在狭长曲折的山谷激溅流淌。峡谷险峻，

◎ 1986年，在腊子口战役纪念碑前留念

两边山壁陡峭，真乃"一夫当关，万夫莫开"之地。红军当年是怎么打下来的呢？

下午，远远看见山谷里一个飘着炊烟的小村庄，那就是在长征历史上特别著名的哈达铺。

5月4日中午到会宁，这儿的男女老少都穿军装，据说是各大军区支援了几十万套军装。我们去看会师楼，会师楼门上有碑刻：一九三六年中国工农红军一、二、四方面军会宁会师遗址。

在会宁过桥时，一排小燕子排队站在电线上，有两只飞到车窗前一掠而过，像是海英和海泉在告诉爸爸早点儿回家。

5月5日下午3点多钟，从隆德出发，翻六盘山。

六盘山，岂止是六盘？六十盘也不止。弯弯绕绕，在山上盘转。山谷里有几户人家，深深的谷底有一条线似的小道，据说红军走过。在六盘山山顶上，周围的山就显得低了许多。从山头向西看去，两三朵孤云在山峰之下缓缓地飘动。山还没绿，司机说，再过两个月，各色野花都开放了，那才好看呢。

5月6日，从固原去吴旗镇，天地空旷，路途远，天闷热，令人困倦。司机小田多次打盹儿，就在过了田园子的山坡上，让他眯了一会儿。

晚5点45分我们进入陕西省境内。从华池县到吴旗镇的路很难走，颠得厉害，把我的提箱都磨漏了。

从固原到吴旗镇，小车跑了11个小时，真够远的。

吴旗的黄昏和夜晚令人感到惬意。柴草的气味，炊烟的气味，泥土的气味，都很亲切。

5月7日，第一件事情就是参观吴旗毛泽东旧居。1935年10月19日，毛泽东、周恩来率领中国工农红军第一方面军，经过举世闻名的二万五千里长征，胜利到达吴起镇，毛泽东就住在这里。现在院门前有两棵长青的柏树，院里新栽了6株小松树。院中原有一眼井，现已枯干，井边新安上了自来水。

5月8日早上，我们去往志丹县。下午，我们去拜谒志丹陵园。这里平时没有人来，是上了锁的，我们就去找了看大门的老人打开了锁。里面荒草萋萋，静得出奇，几个翻墙进来的学生，在里面复习功课准备高考。我触景生情，写下了一首短诗《陵园》：

寂寞的是陵园
清静的是陵园
不寂寞不清静
只有清明这一天

陵园里有烈士墓
门虽设而常关
寂寞的小花儿开在草坪
清静的小鸟儿唱在林间

扫落叶的老人害怕孤独
总放进几个好学的少年
让石桌变成小码头
拴住几片五彩的帆

风吹的是花圈

雨淋的是花圈

风吹不熄雨淋不灭的

是生活的烈焰

花圈一放就是一年

到最后只剩下秃杆杆

雨是人们的泪眼

风是人们的呼唤

一个背英语单词的少女

穿一身水红的衣衫

背靠大理石纪念碑

像在复述烈士的遗言

怕寂寞冷清的

是陵园陵园陵园

怕风吹雨淋的

是花圈花圈花圈

1986 年 5 月 17 日，我重新走完了这次的长征路。

1987 年 8 月，解放军出版社出版了我的诗集《沉马》，收入长征短诗 17 首。

我曾访问过 20 多个边防哨所。冰冻界江，雪覆哨楼。在没膝的雪原上巡逻，皮毛军帽上挂满霜雪的战友们，令我惦念。惊涛拍岸，风卷小岛。与海鸟为伴，与风浪搏命，身披四道蓝杠海军服的战友们，令我怀想。我的心总是不由自主地飞到我所熟悉的、热爱的边防线：马滴达哨所、小河子哨所、乌苏镇哨所、东极哨所，大海之中的张家楼哨所、西沙哨所……

探索成长之路，解读智慧人生，
本章内容，扫码收听。

第十二章

边防哨所唱不尽的歌

海洋岛上"渔村第九户"

1978 年 11 月，我奉命前往大连市海洋岛张家楼哨所采访。张家楼哨所是黄海最前哨，这是我第一次到海防哨所采风。

11 月 16 日，我乘"老牛"船（大型民用客船）来到海洋岛。岛呈马蹄形。岛上有一座眼子山，山中间有一个大洞，涨潮时，小舢板可以穿过去，落潮时，人可以走过去。

海洋岛远离大陆，岛上的小渔村有 8 家住户，第一户户主叫魏禄，最后一户户主叫杨仁安。张家楼哨所在这个村被称作"渔村第九户"。

"第九户"的亲切称呼由来已久。1962 年 6 月 30 日，渔村全体群众敲锣打鼓送来一块红匾，上面绘着青松，匾上有"军民乃胜利之本" 7 个大字，下方是一行小字：赠给亲人解放军张家楼哨所——渔村第九户。两侧还有一副对联：秋霜难落高山松，千难不分一家人。

杨朔曾来此写下散文《黄海日出处》；八一电影制片厂在此拍过电影。

张家楼哨所只有一个班，6个人：班长杨传荣，副班长邵永敏，战士杨振勤、周爱峰、汤守敏、穆永才。

班长杨传荣是四川平昌人，喜欢看书，喜爱书法，隶书写得尤其好，性格开朗，爱说话。副班长邵永敏是大连金县（今大连市金州区）三十里堡人，喜欢画画，不爱说话。战士周爱峰是湖南韶东人，天真可爱，心灵手巧，会编小筐、制造工具，爱动脑筋搞小发明；穆永才是丹东凤城人，一笑甜甜的，敦厚寡言；杨振勤和汤守敏朴实能干。

他们轮流做饭，一个人做一个月。他们觉得，学会了做菜的手艺，将来娶了媳妇，媳妇也享福啊。

晚上，我跟随班长杨传荣在岛上巡逻。他背着长枪，拿着手电照着路，我们经过了一户又一户的房屋。一边巡逻，杨传荣一边向我介绍岛上的人和事。

刚建哨所时，没井，得跑二三里地去挑水。老乡平时接点儿雨水，或在坑里存点儿水。战士们就给老乡挨家挨户挑水，但这样长期下去不是办法，就挖了一眼爱民井。这眼井像趵突泉似的，水甜，放5分硬币能漂浮着不沉。

渔民魏喜和他的老伴儿加上他的母亲，3口人平均年龄81岁。他家的生活用水长年由哨所管着，不管冰天雪地还是刮风下雨，战士们都会去给他家挑水。

老两口儿很感激，就叫22岁的孙女小花从汽船上带回一包鲜蟹子。老两口儿挑了几个又肥又大的蟹子，煮熟了，等哨所战士来送水时给战士吃。

这天周爱峰满头大汗挑了一担水从川蹄沟回来，把水倒到缸里。刚把水桶放下，老大娘就把小周拉住了，叫他吃蟹子。小周说什么也不吃，大娘生气了，小周反复向大娘解释为什么不能吃。

岛上地稀、山高，种菜不易。战士种的芸豆，第一茬儿送给渔村老百姓，平均每人一斤；结了黄瓜也先送给渔村老百姓吃。

渔村老百姓外出，经常把自己家的钥匙送到哨所，孩子放学到哨所去拿，叫"放心钥匙"。

哨所小黑板上写着哪家需要买点儿盐、买点儿油，哪家需要中午喂猪，哪家小孩儿放学要热饭……

家家户户都知道卫生员睡觉的床位，夜里有急事就推醒他。村子里出了病号，战士们把病号背过山，送到医院。一个老乡生病需要吃鸡的内脏，哨所战士听说后，就把鸡杀了送到老乡家。

有一年的4月，村民魏传勤从金县搬到张家楼，盖房运瓦。

哨所3个战士从连队卸沙子回来看见了，尽管又饥又累，看见老乡有活儿哪能袖手旁观呢？他们3个人帮助搬、扛，往返好几趟。

魏传勤把一捆瓦放在一个战士身上，杨传荣见只捆了一道草绳，就说："魏传勤呀，你那瓦只捆一道，小心掉下来摔碎了！"

魏传勤说："不要紧的，碎了算我的。"

果然，刚走 200 米远，瓦就从战士肩上滑落，30 多片瓦碎了 13 块。战士把破瓦翻过来覆过去，好像要捏合在一起。

魏传勤说："算我的，算我的。"

杨传荣说："这得赔。"

魏传勤说："你要赔，你就不是第九户，咱们就不是一家人了。"

哨所的战士想，这样明赔，乡亲肯定会生气。杨传荣让副班长邵永敏到魏家去了几趟，看他家缺什么，折价变相赔瓦钱。小邵看锅碗瓢勺样样俱全，只缺糊棚纸。

回来大家决定给魏家买糊棚纸，但一时又买不到。出了几趟门，到大滩、南玉、红石，跑了好几个服务社，都没有。最后周爱峰发现一个地方有售，买了 25 张绿底红花糊棚纸，邵永敏给送了过去。

在这个渔村里，没有什么事能把军民分开。

刘莲香领两个孩子来哨所理发来了。

队长喊"第九户"帮助拉船。

王玉花家里的猪跳出圈跑了，她喊战士们帮忙把猪抓回来。

魏淑艳生小孩儿，哨所送了 2 斤鸡蛋过去。

柴美岩与魏传友结婚，哨所拉来石灰，帮着刷墙、抹炕、收拾屋子、写对联、贴窗花……

张家楼当年本没有楼，首长说，没有楼咱们盖一个楼。1964 年，盖了一个坚固的哨所小楼，同时修建了一个炮阵地。

这个岛上有个三八女炮民兵班，第一代女炮班班长是王书琴，瞄准手是张书英，战士有王玉花、杨金荣。炮班成立不易，阻力主要来自家庭：婆婆不让去，父母不让去，丈夫不让去。王玉花是 6 个小孩儿的母亲。这些母亲级的战士，把大衣铺在操场上，让孩子们在上面玩，她们参加训练。有一个独臂女民兵，开田时一只胳膊被炸掉，仍坚持练炮。女炮手中，有奶孙炮手、姑嫂炮手。

岛上没有什么娱乐，战士们就安了一个篮球架子。为防止球掉到海里，从沟里抬黄土，到海边挖海泥，再拌些炉灰，成了三合土，砌成了一道长 40 米、高 3 米、宽 1 米的围墙。战士又向渔民学习织网方法，将破渔网改制成排球网、羽毛球网。哨所战士还请连队的小木匠，用废旧木板做了乒乓球台。

在张家楼哨所，遇到好天气，肉眼可见丹东的大孤山；还可用望远镜远眺韩国的白翎岛。

海洋岛上，自有它的可爱、美丽之处。

山上有小刺猬，走路像小老头儿似的，咳嗽起来也像老头儿似的，灰色的滚成一团，轻轻拿，捡起来。你拿它，它不跑。

山上还有野兔子、野鸽子、猫头鹰。

山上还长着黄花菜，到了 8 月，一片片，金黄金黄的。秋冬日，野荆棘、不落的小红叶，在风中颤抖。

紫红色的牛毛菜，附在岛边岩石上，可以食用又可以用来做糨糊。

马牙子菜，在船帮、船底上生长，只能做肥料。这种菜易生虫子，腐烂船板，每过一段时间就得用铲子把马牙子刮下来，用火烧。

有一种海谷草，能吃，但吃多了令人浮肿。

11 月 19 日，两个战士用小船捕了一盆黄鱼，用大饭锅煮了。我和战友们一起吃，不盛饭，满碗是鱼，特别鲜。

即将离去了，杨传荣让我在哨所留言簿上写几句话，我看到前面有胡奇等名人的题词，就写了一首顺口溜儿：

英雄张家楼，

军民同把守。

黄海最前哨，

祖国大门口！

九访"东方第一哨"

1980 年 5 月，军区批准搞一次诗歌作者吉林边防行的活动。名单是我拟的，有辽宁省军区的胡宏伟、安造计，沈阳军区后勤部三分部的柳沄，坦克五师的孙旭辉和六十八军的陈超、宋曙春。

5 月 24 日，我们乘火车从沈阳出发，过吉林市，到延吉，经威虎岭、亮兵台、明月沟。一路景色奇丽，诗心大动。

我在车上看见一个看上去也就十七八岁的女孩儿，怀里抱一小孩儿，想不到这女孩儿是那小孩儿的母亲：

她还是个孩子，
却已经有了孩子！
她和孩子一块大哭，
她和她的孩子抢糖吃……

山里的孩子，低头剜野菜，火车开过来，他们也没把头抬起来；不时见到路边一些养蜂人在忙碌着。

一个小站，车窗外，雨中，有钢轨丢在道旁。我沉思着：

> 道旁，雨中，
> 一节钢轨因湿润而发红。
> 他的青春曾何等光亮，
> 载托列车曾立过大功！
> 如今，他被裁减下来。
> 已完成了属于他的历史使命……

6月6日上午，我们乘车到达吉林省珲春市的马滴达哨所。中苏陆路在此交界，两国之间只有一条18米宽的打火道。打火道是着火时为了阻止火势蔓延清理出来的没有树草的隔离带。

打火道这边是我们的观察哨塔，那边是他们的哨塔。两国士兵都站在哨塔时，互相讲话都听得清，连对方腕子上的手表都能看见。

6月7日一早，天还未亮，我就起来到哨所去，和值勤的战士一起看东方的太阳一点点地升起来。光芒忽地照射到国界这边来，金光铺洒在哨兵身上，铺洒到哨兵身后祖国的土地上……我灵光乍现，一句诗情不自禁地脱口而出："我把太阳迎进了祖国！"

在那一刻，我的精神世界和持枪守卫在哨位上的战友们完全融为一体，思他们所思，想他们所想；也是在那一刻，我发出了"我持枪向太阳致以军礼，请它也带上我的光、我的热"这样真切的恳求。

我兴奋起来，云霞飞动，鸟儿鸣唱，我的思维活跃起来，我由日出东方的景象，又联想到了"东方第一哨"——佳木斯市抚远县的乌苏镇哨所。哨所恰在雄鸡版图鸡嘴顶端处，那是祖国大陆上最早迎接太阳的地方。内地的人们不会知道，在黑龙江的乌苏里哨所、东极哨所，夏季时节，常常凌晨 2 点钟太阳就从东方地平线上升起来了。

我要写一首有新意、有独特发现的，歌颂祖国、歌颂边防战士的诗。灵感及时凝固下来，我的成名作《我把太阳迎进祖国》诞生了：

在祖国边防最东端的角落，
耸立着我们小小的哨所。
每天，当星星月亮悄悄地隐没，
是我，第一个把太阳迎进祖国。

无论风雪弥漫还是大雨滂沱，
朝阳照样升起在我的心窝。
就在这个时刻，决不会错，

太阳肯定从我头上走过。

每天我把太阳迎进祖国，
太阳把光热洒给万里山河。
我持枪向太阳致以军礼，
请它也带上我的光、我的热……

这首小诗经李瑛之手，编发在《解放军文艺》上，此后被不断转载。

1984 年，《我把太阳迎进祖国》被收入北师大版初中语文课本里。

铁源、士心、陈枫等多位作曲家，把它谱成不同风格的歌曲。蒋大为、阎维文、郁钧剑、任丽蔚、朱晓红等多位歌唱家演唱过这首歌曲。唱得最多的，是陈枫作曲的那个版本。

这首歌曾被东北边防线诸多旅、团、连、哨所定为旅歌、团歌、连歌和哨歌；这首歌在乌苏里哨所、防川哨所、东极哨所影响最大，至今仍被那里的官兵所钟爱。

1996 年 3 月，"东方第一哨"原哨长孙远征来信说，希望在他的婚礼上用《我把太阳迎进祖国》这首歌作婚礼进行曲。接到他的信之后，我立即到辽宁电视台复制了一盘音乐电视带寄给他。我们的官兵用这首歌作婚礼进行曲，我比获得任何大奖都高兴。

◎ 1996年，在抚远"东方第一哨"乌苏镇哨所"我把太阳迎进祖国"标语牌前

2000年7月，"东方第一哨"原哨长李军在哨所举办婚礼。战士们列队鼓掌，把新娘子顾立伟迎进哨所。太阳升起的时刻，新郎新娘与哨兵们一起参加升国旗仪式，一对新人向国旗敬礼，向太阳鞠躬，共唱《我把太阳迎进祖国》。

2001年9月，我作词、陈枫作曲的《我把太阳迎进祖国》荣获中宣部第八届精神文明建设"五个一工程"奖。

迄今为止，我9次访问"东方第一哨"，去那里感受"我把太阳迎进祖国"的豪情。

在2010年元旦前夕，我第八次去访问"东方第一哨"。11年没来了，黎明时分，车子行驶在苍茫的雪原之上，大地如此沉静，可我的心跳却像擂鼓一般。

终于到了！"第一哨"变化可太大了。

走过一人高的乌苏镇碑石，迎面是一面铜质浮雕墙：两个战士警惕地坚守哨位；上有鸽子、祥云、朝日，下有丛林、碧水、炮艇；左上方一行大字：我把太阳迎进祖国。

进了哨所的院门，最显眼的是红色雕碑，它像燃烧的火炬，像飘扬的旗帜，更像挺进的船帆。雕碑上书金色大字"英雄的东方第一哨"。

雕碑后的护坡上，"我把太阳迎进祖国"8个红色的大字被圆圆的白底衬托得格外醒目。我走近一看，才发现那是用水泥浇铸的。

新建的哨所用上了太阳能，有了许多高科技设备。

边防团团长贾伦告诉我："咱们第一哨是爱国主义教育基地，每年都有众多宾客前来参观访问。2008年10月，上海宝钢的一位女总裁来到第一哨。原哨长尚奎峰为客人演唱《我把太阳迎进祖国》，竟把具有钢铁般意志的女总裁唱哭了。"

我发现，这儿的官兵手机彩铃响起的时候，都是《我把太阳迎进祖国》这首歌。边防团政委曲道成说："今年刚刚离队的200多名老兵，手机彩铃都是这个曲子。"他们团"东极之光"业余电声小乐队还编成了钢琴版、吉他版，几种不同版本的哨歌曲子，哪一种都好听啊。这是全哨乃至全团官兵齐心合力、心心相连的象征。

2022 年夏天，我女儿胡海英和女婿段承钧自驾边防行，计划先到鸭绿江，然后到珲春，再到乌苏里江、黑龙江。我听了之后非常高兴，叮嘱他们一定代我访问"东方第一哨"，看看我想念的年轻的战友们，看看哨所的新变化。他们去了，代我拍了好多的照片。

边防部队的领导特意让他们给我捎回了一份无比珍贵的礼物，这是一面"东方第一哨"的国旗，用木匣隆重盛放。我想象着：这面五星红旗曾经受国境线上的风霜雨雪，留有哨兵温热亲切的手印，凝聚着边防指战员最忠诚的目光。这是边防官兵给我的最高奖赏，这是我在人生和创作路上获得的终身荣誉啊。

南海西沙椰子树下

1980 年 12 月至 1981 年 1 月，我与陈广生、朱光斗、王刚等 29 人，组成沈阳军区文工团演出队，赴南海慰问西沙官兵。

12 月 10 日早 8 点 15 分，海军航空兵的专机来接我们演出队一行人。沈阳前一天还落了雪，我们穿着棉衣棉裤、毛皮大衣。

飞机是 781 号安 -26 运输机。机舱内，有两排靠窗的座位，类似电影《加里森敢死队》里面的旧式电车。过道上，摆放着大道具箱和行李，堆得挺高，大家面对面坐着。

蔡鹏在飞机上练劈腿；李玉娟在飞机上吊嗓子，仿佛是在和飞机的轰鸣声进行较量。

晚 5 点 26 分，飞机降落在三亚机场。嗬，人家这里的士兵们在椰子树下用凉水冲澡呢。我喜欢这些椰子树，我和椰子树照了合影。

◎ 1980年12月，在海南崖县（今三亚市）椰子树下

12 月 13 日，在去导弹快艇大队的汽车上，我写下了我的代表作之一——《椰子树像什么》：

椰子树像什么？
像芭蕉？像棕榈？
芭蕉没有它高，
棕榈的质地比它细腻。

椰子树像什么？
不像芭蕉，也不像棕榈。
椰子树就是椰子树，
太像别人就没了自己。

我们去参观军港。海军战士正在操场上看电影，他们的海魂衫肩披上有四条蓝杠，代表着祖国的东海、黄海、渤海和南海。从队伍的后面看过去，一条条蓝杠连成了一片波浪，特别壮观。

12 月 15 日早晨 6 点，我们乘护卫舰直奔西沙"首府"，也是西沙最大的岛屿——永兴岛。

阴云低垂，怒浪汹涌，衣服被雨水打湿又被海风吹干。护卫舰从阴云下的海行驶到阳光下的海。阳光温暖宜人。海水不是蓝的，不是绿的，而是苍墨色，如波动着的玻璃溶液，有凸鼓的峰脊，也有低陷的谷地。只有在强烈的阳光下，水色才变蓝。

演出队里绝大多数人都晕船，有的呕吐不止，有的在船上"失踪"。大家紧张得要命，唯恐被晃落到大海里。只有我和王开春不晕船。摄影师歪着头在一边躺着，我们把两架高档相机"缴获"到手里，一人挎一台，从船头跑到船尾，又从船尾跑到船头，你给我拍，我给你照，那个得意啊。

晚上6点35分，护卫舰接近永兴岛，一二盏灯，时隐时现。总指挥所的雨棚在风里啪啪直响，通信员爬上舷梯，反穿着雨衣，用信号灯向永兴岛报告，永兴岛用灯语回话。

亿万人牵挂的小岛，就在眼前了。

舰顶上的航行灯左红右绿，主桅上的雷达也开动了。岛上的灯渐渐地显现得多了，连成了一条线，像漂在水面上的一串明珠。

在船上，歌手崔京爱通过广播，演唱《边疆的泉水清又纯》，嗓音甜润而洪亮。刚才就是这个崔京爱，晕得不行，然后不知去向，全队都在寻找她。船上政委冯清现紧张坏了，以为发生了什么意外。

夜宿永兴岛，好像仍在海上漂，晕船的感觉挥之不去，似睡非睡，似醒非醒，还像在船的甲板上，在船的吊床上。

天亮了，新水兵们在操练。操场周围环绕着毛茸茸的银毛树、叶子像羊耳的羊角树、只有主干没有枝丫的抗风桐。滩头阵地的水泥碉堡上，爬满了厚厚的藤子。

岛周围一圈浪花，浪花外是深海，浪花里是礁盘。农历初一和十五退大潮，晚上用手电一照，可以在礁盘上捡到许多珍奇的贝壳。

首场演出定为 12 月 16 日晚 7 时，刚到 6 点钟就聚满了观众。许多干部、战士、民兵、渔民拎着录音机，要录下这场难忘的演出，回去反复听，或给没到场的人听。

12 月 26 日，我们在琛航岛拜谒烈士墓。烈士纪念碑是用红白两色水磨石砌成的。不知何时何人，在碑前献上了一枚金黄色的广柑，那么的明亮、那么的耀眼。

12 月 27 日，访金银岛。此岛在永乐群岛西南角，长约 1000 米，宽约 400 米；四周高，中间低，最高处约 7 米。

岛上有一片抗风桐，一棵棵如倒立的巨蟒，银白色的躯干蜿蜒上升，从根部到梢头长满了绿叶。林中的落叶不知铺了多少层，踩上去十分松软。满地折断的枝干，都已风干了，这是与强风搏斗的记录。

在北京入伍的"老金银"、十连指导员刘中宪告诉我，岛上有 40 多只羊，有黑有黄，不用喂，也不用放。它们吃岛上的树叶，成了野羊。原来有狗，狗吃小羊，就把狗处理掉了。还有 10 头大肥猪，20 多只鸭子，鸭子一天下十几枚蛋。

战士们把岛上的木瓜当蔬菜吃，用生木瓜炒菜。菜地周围用石头垒起来，防风。每年 10 月到次年 3 月，是西沙的种植黄金季，种小葱、白菜、辣椒等。

岛上水质好些，一群一群的白鹤，冬来春走。涨潮时井水深，落潮时井水浅。水浅时好吃，水深时有些咸。

岛上烧油不烧柴。战士们把空油桶放逐到海上，练习枪法。

12月28日，我们到珊瑚岛慰问战士。岛上有一古刹，名为金沙庵。我在岛上写了一首小诗《小庙和大炮》。

珊瑚岛上，缺水又缺土。守备战士用从陆地带来的一包包黄土铺成地，播下了第一代绿色植物。

12月30日凌晨，珊瑚岛上紧急集合。尖利的警报声响起，钟、哨齐鸣。褪去炮衣，战士们进入了战备状态。拂晓的小岛静悄悄，不静的是小岛四周的波涛。

当天早晨9点钟，我们乘坐651号猎潜艇离开珊瑚岛，这条艇参加过西沙海战。

1981年1月2日，我和部分人乘08号炮艇去东岛慰问。船颠簸得厉害，演员们晕得不行。歌手崔京爱，一上岛就在连队的乒乓球案子上躺平了。连队集合看演出时，演员们又全都精神了，演得十分精彩。

东岛是有名的鲣鸟之岛，几乎每棵树上都有鲣鸟窝。在绿树丛中，停落的鲣鸟像一个个白色的棉桃。我捡拾了一根鲣鸟的羽毛，夹在我的采访本里。

下午返程，遇大波大浪，还有凶险的大涌。波峰有几层楼房高，在波谷看着就眼晕。船一直偏斜着航行，如果偏到45度角，就有翻船的危险，当时偏到了43.30度。我们谁都不说话，也不敢乱动，怕增加了哪边的分量，造成难以挽回的后果。

谢天谢地，终于平安地回到了永兴岛。

1月4日，演出队进行小结。

王殿学说："刚来时爱吃酸辣菜罐头，才几天就吃不动了，海军战士长年累月吃这个，不易。喝了过滤的海水，回家可得珍惜自来水了。"

郁宏新说："在琛航岛烈士墓前，我想到，牺牲战士葬在这么远的小岛上，亲人都不可能来这里看一眼，心里很难过。"

王开春说："到西沙，什么都是学习。捡一个贝壳、扯一片树叶，也是学习。"

我此行写出短诗82首。1981年8月15日，《人民日报》发表了我的组诗《南海行》。

陪张志民"七月走关东"

1982年盛夏，我与张志民有了密切接触。

那一年，总政文化部邀请一些地方作家到部队走走、看看、写写。张志民是受邀到东北部队的客人，沈阳军区首长安排我全程陪同。

张志民是一位老革命、老诗人。他12岁投身革命，14岁参加八路军，15岁加入中国共产党。志民的青少年时代，是在战火硝烟里度过的。他的《王九诉苦》《死不着》等诗作脍炙人口。

6月27日，我陪同志民夫妇踏上关东之旅。此行重点是要走访一些边防哨所。

当天乘火车到达长春，参观长春第一汽车制造厂。厂内的工人诗人王方武陪同参观。志民鼓励王方武："东南西北中，什么风都刮，写你自己的，不要看行情。"说到中国的文学传统，志民说："不当守财奴，也不做败家子！"

◎ 1982 年 7 月，陪同张志民（右）"走关东"

6 月 28 日，出发去黑龙江。在车上，我与志民交谈。志民说，1973、1974 年那会儿没事干，老战友也不来往了。苦恼，闹心。家里有缝纫机，儿媳妇的活儿志民也会做。缝补衣服时，志民写诗明志：

学诗学剑两无成，如今改行做裁缝。

愿为人间添新袄，不给烂世补窟窿。

7 月 1 日，中午到同江，当晚到抚远八岔，访问驻八岔的五连。连长叫宿忠余，指导员叫黄忠才，副指导员叫裴忠达。有意思，3个连官儿，名字中间都是"忠"字。

在八岔，老乡在家里做饭，女的烧上水，男的拿一挂网出去，一小会儿就能网上鱼。把鱼头、鱼肠丢江里，再回来下锅都赶趟。

鱼有小白鱼、黄姑子、白漂子。名气大的有大鳇鱼、鲟鱼（七里浮子）。

志民向连队干部提出了"特殊化"的要求：给他做顿高粱米饭吃。连队真的给做了，他吃得很香。

7月4日下午，我陪同志民访问了抚远四连和边防会晤点。

四连排长朱友良是从云南过来的。志民嘱他："从南疆到北疆，哪儿都是祖国需要的地方。"

在这么偏远的班排，毛巾搭成三角形，被子叠成四棱，上衣叠得板板正正，人造革腰带摆成一条线。志民特别高兴，亲手提了提八二无后坐力炮。

7月7日到富锦县，富锦县有三金：金豆子（黄豆）、金疙瘩（甜菜）、金叶子（黄烟）。今年大旱，蜻蜓乱飞，松花江水特别瘦。这里有炮车，炮管向天，想打下雨云，人工增雨。

天热且干燥，我们早早躺下了。我迷迷糊糊将睡未睡时，门被轻轻推开了，志民端着盆进来了，他说："有水，洗一把吧。"因为知道水极缺，我脸都没洗就睡了。人武部的同志给志民弄了点儿水来，他刚洗过，让我也洗洗。

志民这么大年纪，身体不佳，长途奔波，累极了，乏极了，有一点儿水，还想到我，还给我端进屋来。

7月11日，我们采访了保兴山雷达观察哨，见到了30岁的李香根连长。

这个哨所建哨8年了，初期得到山下背江水。山高坡陡，3个人背一桶，背到山上只剩一半。长年洗脸用露水、雨水，冬天用化开的雪水。这里还有一条叫"哈利"的小狗，它可以看家，主人不回来，它就不怎么动。

李连长给我们讲了一件事：这一年2月17日巡逻，冻死一位军犬员齐国斌。

齐国斌是辽宁北镇兵，脸红扑扑的，是个人见人爱的小伙子。那天，一辆拖拉机越界开到我方来了，司机发现越界了，跳下车就跑回去了。指导员陆崇山受命带4个人去核实情况。嘉荫县这一天零下45℃，江上零下50℃。雪深难行，两个半小时走到江边。齐国斌体质差，出汗特别多。大家在拖拉机周围照相、画图、量尺，停了20分钟。这一停，齐国斌棉袄里的衬衣变成了冰衬衣。核实完了，大家顺江向20公里外的南大东村走，4个小时能到，到那儿能吃点儿饭、暖和暖和。才走了四五里路，齐国斌就走不了了，一走一个跟头，鼻孔前冻了一个大冰坨。指导员用手把冰坨抠下来，一边一个人架着他走。后来半步也走不了了，指导员派一人快速前进去求援；其他人原地笼火，用树枝、蒿草点着了篝火。烤火也不行，这样下去全得完！

又决定快走。大约 2 小时后，生产大队的拖拉机赶来，把齐国斌接到了老百姓家的炕头上，这时他已经没气了。赶紧把他送到县医院，做人工呼吸。他一肚子全是冰，一摁，冰咔咔响。全连人，从干部到战士全都痛哭流涕。齐国斌才 21 岁啊。

再说他的那条狗，齐国斌牺牲后，别人喂它它不吃，别人牵它它不走。军犬的名字是保密的，不是谁都能叫的。后来没办法，换了个军犬员。3 天后，叫它的名字，它才吃了点儿东西。再后来，就让它提前退役了。

我和志民听了这个故事，久久说不出话来。

7 月 13 日，志民和我谈他的创作体会。志民不崇拜名家，喜欢生活气息比较浓的诗，抗日战争时期读 20 世纪二三十年代的诗。入城后，先看的是老舍、郁达夫的作品。

他说："《死不着》是民歌体，有民歌成分，也有旧体诗和新诗的成分。我散曲看得多，散曲自由、俏皮、通俗，生活气息浓厚。文学作品最怕牵强。这就像雕刻，若让人看到刀痕斧迹就失败了。"

7 月 18 日，行程已近尾声。志民主动送给我一首小诗，他用毛蓝色的签名笔在我的采访本上飞快地写了四句：

> 七月走关东，小诗赠世宗。
> 海内存知己，情义古今同。

东北之行结束后，志民出版了诗集《七月走关东》。

1983 年 8 月，我出版诗集《雕像》，志民热情作序。序中说："哪怕只有一分钟，他也要掏出那只巴掌大的小本子，把自己的见闻记下来。常常是随着车子的起动，他还在写着最后的一个字。几天工夫，小本子的边角，便已经磨圆了……从这种精神上，我仿佛看到了，世宗同志创作道路的前景。"

这是志民对我亲切细致的观察，并给予我的鞭策和期望。

我是熟悉战士的，然而，我并不熟悉战争，尽管我小学时就认识"战争"二字。1984 年，对越自卫反击战，我军收复老山、者阴山，我得到了奔赴前线采访的机会。在南方边境那片无数次被炸翻的焦土，掺杂着闪光的大砂砾和山岩石片；倔强的茅草发怒似的生长；时有惊雷骤雨，雾霭沉沉。在压满汽车轮印的泥泞里，搅拌着无数生满黄锈的弹片，犀利的、扭曲的，大的、小的，谁也无法数清。多少战士永远长眠于此啊，我见到了太多的壮烈与死亡。我的心，如同翻滚燃烧的岩浆，最终它们凝固下来，化作带血的诗行。

探索成长之路，解读智慧人生，
本章内容，扫码收听。

第十三章

老山前线血与火的诗行

我闻到了硝烟的味道

1984 年 8 月 11 日，总政治部组织部队作家赴老山前线采访，指定作家 24 位，军令如山，命令中专门说不征求本人意见。我荣幸地名列其中。

军区相关领导考虑到我担负着文化处副处长的工作，不想让我去。我坚决要去。我当了 22 年兵，还没参加过真正的战斗，这是上前线，正在打仗、流血的前线，我一定要去。我的处长朱亚南全力支持我去，他对首长说，世宗的活儿，我接着。最终，我得偿所愿，迅速赶到昆明集结。

8 月 13 日下午，刘白羽和李瑛到昆明给大家开会。

显然，白羽对组织这次活动十分兴奋，他回忆道："解放战争南下时，从零下 40℃的松花江，打到零上 30℃的长江。飞机在上面炸，下面的桥梁炸断了，修桥，千军万马，非常之壮观。"

白羽转述了总政领导的指示，派出的作家队伍要精

◎ 1984 年，在老山前线

悍，一是要能承受现代战争环境的，二是要有创作水平的。

白羽说："战争中的人，每一个动作都是一个最美的雕塑，最美的旋律。通过战场可以反映整个民族、社会、时代、历史。前线有雄伟的长江，也有夺目的珠穆朗玛峰。"

他回顾了军事文学发展的几个"浪头"，嘱咐大家避免公式化、概念化的倾向，写人的命运、人的内心，写人的悲欢离合。文艺一定要自由竞赛，让观众和读者自己选择。

根据志愿，来前线的作家分了 3 个组，叶楠带一组，朱春雨带二组，我带三组。三组成员有郝中术、戴俊、江奇涛、庞天舒。

8月14日，晨雨。我们与前线英模报告团成员座谈，我闻到了硝烟的味道。

硬骨头战士吴东海，跳下防步兵壕，钢钎插进大腿10厘米，让战友踹他的屁股，这样两根钢钎才拔出来了，鲜血把裤子浸透了，他消灭了3个敌人，最后牺牲了。

有一个班长一时激动，动手打人，班长职务被撤了，牺牲前说："请把我的处分撤销吧，让我再当一回班长吧！"

某团五连副连长张大权，家里那栋小土房一下雨就漏，他对妻子说："一切困难都是暂时的。"这回刚要回家探亲，来了命令上了前线，上了前线就牺牲了。他家的困难不再是暂时的了。他的妻子范华敏正拖着两个孩子在责任田里忙碌着。

一个战士冲上高地，举起冲锋枪喊："我们胜利了！"一颗子弹把他的手臂打穿了。战场上真是不能学电影里的动作。

这一天在前线，昆明军区作家苏策乘坐的车被打坏，另一位作家彭荆风是背着氧气袋上去的。

8月16日早6点，我们出发去玉溪外籍军人收容所——这里不叫战俘营。所里领导要求我们对采访对象的真实姓名保密。

战俘们的住房，三人间、四人间、五人间都有。他们

2002 年 5 月，我参加为期一个月的原沈阳
军区政治部第五期政治干部军事培训班，参加
生存训练，上战略大课。在这次培训中，我用
6 天时间学会了开汽车，用两天时间学会了开
坦克，还参加了多次打靶实践。唱着军歌，走
在整齐的队列里，我仿佛又回到入伍初期在连
队生活战斗的那青春多彩的岁月，我和战友们
肩并肩、自豪地齐声高唱着《我是一个兵》！

2002 年，在原大连陆军学院射击训练场

对伙食满意，天天有肉；喜欢看电影、电视，有专人给他们翻译。

所里允许我们单独采访俘虏。在翻译的帮助下，我和另外两个作家采访的是一个上等兵，名字省略，入伍前在茶场工作。

他说，在这儿生活比在那边好得多，只是饭菜不符合越南人口味：吃辣椒，不习惯；豆角，越南人喜欢白水煮，凉拌，这里用油炸，太浪费；另外蒸饭太硬。这里的日用品、衣服用不完，布料也好。收容所里经常看电影，他最喜欢看《霍元甲》和《自古英雄出少年》。

我让他在我本子上留言，他用越南文字写道："越南人民十分希望恢复越中两国人民的古老友谊。"

在这里，我有感而发，写下了一首《下棋》：

> 两个民族在边界打仗
> 两国士兵在这里下棋
> 你支士我拱卒
> 你跳马我走车
>
> 两个民族在打仗
> 两国士兵在下棋
> 你点烟　我有火
> 你皱眉头　我哼小曲

杀一局　再杀一局

赢也可以　输也可以

没有死亡　没有流血

没有枪子儿　没有弹皮

你们若不举枪侵犯

谁打仗　何必呢

你年纪轻轻

我轻轻年纪

将来两边不打了

我送你回家去

你也种地　我也种地

有闲空儿　再凑一块儿下下棋

　　8 月 17 日，赴前线采访的作家飞往战区。昨晚雷鸣电闪，下了一整夜的暴雨。早晨有细雨，阴天。

　　我们分乘 3 架直升机，飞往前线指挥部。直升机到达前线磨山，分数辆小车到暂休地。

　　我们的司机是个四川大个儿，这辆小车的右窗玻璃被弹片打碎，还未修复。他说："月月有战斗，天天有枪炮声，经常有伤亡。"

车到新街，我们一点点地接近了战争，一点点地接近了前线。

总后勤部司令部装备处叶京桓处长给我们介绍了一些情况。

前线战士从三类灶改为四类灶，战士每人每天加 2 两猪肉罐头，2 两蔬菜罐头，2 两黄豆罐头。上级下发了刮脸刀，因为有的战士胡子太长了。一个作战人员由两个人保障。

实际上最苦的是运输分队。有一段被敌人机枪和炮火封锁的地带，有 300 米，被称作"死亡线"。连续夜运炮弹，把仓库装满。有的运输车只开了一下灯，就被炮打着了。弹药车上的灯线和喇叭线都拆掉了，免得出光出声；用手电低低地照明，引领车前行，照一下、熄一下。不许猛加油门，轻轻加，慢慢加。

每个包扎所都有直升机降落场，下大雨、下大雾，运重伤员，都是副队长亲自开飞机，不靠视线，靠经验。

战争打的是后勤，打的是钢铁。炮弹打得多，炮管打红了，用小锤子敲一敲——防止炮管变弯。

云南省体育慰问团来到后勤前指，带着体育表演队。我们坐在主席台上。对面穿着蓝白条衣服的观众全是伤病员。在舒展的音乐声中，体育慰问团表演了单杠、木马、男女柔道。对面拄着双拐的伤员，入情入境地看着、看着。

8 月 18 日晨起，大雾笼罩着群山。这里白天热得要命，晚上却要穿大衣，冷得很。

有的战士在冲锋之前，让人拍照："给我照一张！"他并不认识摄影师，也不说自己的名字，也不想得到这张照片。这是什么意思呢？是留给祖国，留给人间的啊！

有一个部队处分了3个战士，只因他们在向烈士遗体告别时，违反规定鸣枪。

在前线打第一仗最紧张，气氛、心情和外界都不一样。往前去的部队越多，气势越大，胆子也越壮。枪一响，就什么都不想了。

一个城市兵，不怕枪，怕炮。因为他亲见一发炮弹落在指导员身边，指导员牺牲了。这个城市兵上去时非常勇敢，追着敌人打，背了3支冲锋枪下来。他把枪交给支前老百姓："你们保管好，不要搞丢了，丢了，你们负责。"说完自己走到医院去包扎，他的手臂负了伤。

一个排长负伤，他的父亲是个老红军，担任成都军区后勤部副部长。小伙子的腿是气性坏疽，必须马上割掉，割慢了会死人。他清醒后大喊："步兵没腿怎么上战场？你们心怎么这样狠？"给他发残疾补助费，他不要，喊道："我不需要钱！我的腿不行了，要钱有什么用？"

有一个伤员王金明，在死人堆里躺了两天。在拉烈士遗体去掩埋之前，卫生队长逐个检查，摸、看、听。这个伤员说不出话，用手使劲儿捏队长的手，眼泪直淌。在医院里，班里8个战友来看望他，集体给他敬了军礼。

令人心情沉痛的是，某团阵亡和失踪的人数较多。

炮连烈士唐梦岩的父亲来部队。这个老人 1950 年当过兵，四川会理农村的。他头天晚上来，次日早上就走了。

他在部队只问了几句话："我儿子是不是牺牲的？"

"是。"

"什么原因牺牲？是事故，还是被俘？"

"是向主峰冲锋时牺牲的。"

老人说："我知道这一点就心满意足了。"

牺牲的连排干部抚恤金为 850 元，相当于 10 个月的工资；战士是 800 元。有小孩儿的，政府抚养，家在农村的，小孩儿每人每月 10 元，在中等城市的 15 元，在大城市的 20 元。

来部队的烈士家属，有的要求过高，有的要求恰如其分，有的竟没有什么要求。

听说我们第二天要去铁厂——铁厂不是炼铁工厂，而是一个地名，驻地的庞参谋长说了一句话："你们为什么要去铁厂？那里很空虚，兵力弱，敌人特工队活动频繁。"他的话，令我们心情沉重。

晚上，我们小组 4 个男的住在一起谈天说地，我要求每个人讲自己 3 次死里逃生的故事。

我讲的是：两岁时掉到海里；1972 年冬雪地翻车；1981 年黄海游泳遇险。

江奇涛讲的是：一次溺水，两次翻车。

戴俊讲的是：滚原木好悬一块儿滚下去；开江险些被淹死；伐木差点儿被砸死。

郝中术讲的是：14 岁误钻炮弹仓库；骑自行车飞车险被车撞；墙倒险被砸在下面。

大家说墙倒不算，他又补充了一次手榴弹爆炸。

讲完了大家的心情轻松和坦然多了，我们都有临危没死的经历，都是大难不死的人，必有后福。

者阴山前线的残酷与壮烈

8月19日，离开新街，我们来到群山环抱下的西畴烈士陵园。陵园四周新栽了许多万年青，一个个小小的土堆，窄窄薄薄的木牌，上面写着一个个烈士的名字：康玉明、李明、蔡勇、乔汝林、苏玉昌……

王占平烈士的坟前，有点过的烟头儿、放黑了的香蕉和青梨、双喜牌香槟酒，在黄了针叶的松枝上，系着1朵纸花。

罗小金烈士的坟前，有2支红烛、4个小酒杯、1个苹果、2支纸烟。

周再才烈士的坟前，有1个罐头瓶子，里面栽着1束青草。

何启强烈士的木牌裂开了，用藤绳系了两道。

这些木牌都是临时的，要重新刻石碑。路边，一个盲人艰难地凿着石碑。在寂静的山谷里，一声声敲打，震颤

◎ 1984 年，与郝中术（左二）、戴俊（右二）、
江奇涛（右一）在烈士墓前

着人们的心灵。

　　一群从芭蕉坪退下来的战士从这里路过，他们自豪地
说："我们团到现在没人倒下，这仗是我们打的！"

　　我们到铁厂的这天正是赶场日，男女老少，皆背着大
小新旧背篓，放下就是"柜台"，里面有杨桃、芭蕉、青梨、
旱黄瓜、土豆。一家小饭馆的墙上贴着对子：烛影结成福
寿花；香烟篆就平安字。一列罩着伪装网的军车从这热闹
的集市通过。

　　在铁厂，我们访问了某团三营教导员江世成和八连指
导员张建科、九连指导员李金祥。

　　九连是主攻连，战斗中打得最苦。那天下起了倾盆

大雨，全连官兵都湿透了，失去了指挥，失去了联络，但依旧按计划向预定目标发起攻击。突破前沿后，阻力较大，伤亡数目不断上升，最后还是拿下了阵地。

有的战士第一次负伤后，又第二次负伤，不幸牺牲了。九班班长赵春勇，在打 1 号无名高地时，他中了弹片，在打 2 号无名高地时，又加入战斗，昏迷过去。他身边没人，醒来后提着冲锋枪向 23 号高地行进，牺牲在这个阵地前沿。

从军队农场转来的莫铭宗，在打 11 号高地时，中了一发炮弹，从头到脚，中的弹片有 120 多块。

一个连队有 15 个烈士。战士们把他们身上背的雨衣、挎包、水壶解下来，该上交的上交，该掩埋的掩埋。眼睛未闭的，抹一把，让他们闭上眼睛。前 1 分钟、前 30 秒，战友还在身边，还在眼前，端枪冲锋、战斗；1 分钟后、30 秒后，倒下了，一生的路走完了。

三排打得只剩下 7 个没"挂彩"的了，要他们撤下来好难。战士们围着烈士哭，不下阵地。这个阵地是用战友的生命和鲜血打下来的。

有一个卫生员，在自己负伤的情况下，还坚持包扎了 40 多个负伤的战友。

副班长刘向东眼睛受伤了，他母亲从四川来看望他，母亲回去后，他一上火，双眼竟然失明了。

烈士周再才的母亲和哥哥来队，全连集合，请老人家讲话，她替烈士交出 4 元钱党费。

贵州习水一个名叫袁永好的新兵，矮胖矮胖的，圆脸，很白。他是火箭筒手，戴钢盔的头部中了弹，牺牲了。他家来电报，告诉他父亲已经故去了，家里人还不知道他在前线已经牺牲。

清点烈士遗物，大多数是决心书、遗信、手电筒、口琴、钱包、照片、书籍。

当年刚入伍的新兵李芳明、南华林、卜发根，非常难过、非常悲伤，上哪儿汇报、向谁汇报都流泪。

在战场上，枪声一响，新兵也就是老兵了。

战士说，头顶上的炮弹像呲花一样。

山上有压缩饼干，只是没水喝。桶里有水，不敢乱喝，怕得病。太阳烈得很，猫耳洞里的被子和衣服却都是湿乎乎的。

许多战士"衣冠不整"，连衬裤都开线了。一个炊事员，裤子整个剐开了，屁股都露出来了，司务长赶快找条裤子给他穿上了。

8 月 20 日，我们向者阴山的主峰进发，汽车在半路上遇到两声炮响，路况不好，我们弃车徒步上山。

天酷热，全身都湿透了。我们跟着向导走，不敢往边上随便走，生怕草中有地雷。只有前面的人踩了的那个脚印，才是安全可靠的。

到达主峰，我看到水管直通到山顶上。战士们一色的国防绿裤衩，他们正在冲澡。还有几个战士正在用白线搓背包绳。

山上有借山势、岩石和几棵树桩搭起的坡形的棚子，三面有炕席、蚊帐；小桌子上摆着白色塑料小录音机，还有一个玻璃瓶，瓶口上插着半截蜡烛。某团七连103人驻扎在这里，他们连续三天三夜搬运弹药，每天睡眠不足5个小时。第一晚卸16车，100多吨。摔跤最多的战士，摔了150多次。有战士说："如果是我妈叫我干我都不会干，但我是军人，就干了。"

李兴书指导员带我们到主峰堑壕里，看了8号、11号、23号高地和无名1号、无名2号高地。

阵地一片废墟，弹痕累累。钢板，弹片，炸残的工事，一片焦土。没有一条可用的战壕，也没有可走的大路。一不小心踩松了石块，就可能滚下去，就可能滚爆坡上的地雷——坡上有上千颗地雷。

平时表现一般的战士，战斗时都表现得勇敢、坚毅。

这里，山头，就是祖国的尊严。

我们的战士在猫耳洞里写诗，在门前挖菜地、栽花。也许花开得茂盛时，就可以下山了。

回到铁厂已7点多了，我走夜路没带手电，把脚崴了，疼痛难忍。戴俊扶我去看脚，外科医生给我抹了松节油。

战地医院里的伤病与死亡

在前线，根据受伤轻重，伤票颜色分为红、蓝、黄、白四种。伤票放进伤员口袋里，伤员送到后方去。前接、后送，路上不准牺牲一人。

1984 年 8 月 21 日，我们见到铁厂兵站救护所手术组的司药杨天元、外科军医张福寿、协理员赵福恩。

他们刚到前线不久时，相邻驻扎的战士们，受命去拔据点，走时还与医生们开玩笑、道再见。那天雾大雨大。仗打起来了，第一个伤员下来，正是吃饭时间，大家扔下饭碗都上去了，将 4 个手术用的双层帐篷（外面是帆布，里面是白布）同时展开。

伤员全身都是泥、血。第一个伤员是复合伤，被炮弹炸伤，主要伤在四肢、腹部、头部。他头脑清醒，没叫一声，也不埋怨。医生告诉他："你到六〇医院了！"他笑了。

有的伤员不大清醒了，说胡话："我在战俘营吗？在战俘营我不活了！"

医生告诉他："你在六〇医院！"

"好！你们治好我，我还要上去！"

这个伤员不知道，他的右下肢断了，左下肢粉碎性骨折，右手骨折，全身是伤……

年轻的护士们平时都是乐呵呵的，但她们见了伤员都哭了。护士长催促她们："不要哭！赶快做！"

帐篷里一共有6个手术台，其中一个是防特殊感染的。本应两个医生一个台的，但现在只好一人一个台。

手术中牺牲两名战士。写清姓名、单位、遗物等信息，移交安葬组，送烈士陵园。战士的领章后面都有姓名、单位和血型。

手术帐篷外，一个电工，抱着一支枪，带着一只狗。他靠在椅子上，守着发电机。发电机在手术过程中，一秒钟都不能停。

轻伤员换换衣服、擦擦澡，转院去治疗。重伤员原地住院。

有一个17岁小兵，他的腿没有了。

在病床上，他问邻近的班长："班长，你怎么样？"

班长说："我腿不行了。"

小兵说："我腿也不行了。"

班长说："回去咱们一块儿安假腿，政府会照顾的。"

小兵说："我知道，我知道……"

"唉，我的腿没了。"

"没了。"

"轻飘飘了。"

"轻飘飘就轻飘飘吧。"

"咋办？"

"快吃罐头吧。"

我拐着脚到外科病房，看望了伤员，我的心情极为沉重。

下午4点，告别铁厂兵站供应点，从八布，经老街回到新街。回来时通过8公里"暴露地段"。这8公里曲曲弯弯的山路，是在对方军队观察和射程之内的，时而有矮树遮掩，时而暴露无遗。隔着一条沟，那边高大的山顶上，就有越军火力点。在车上，我们谁也不说话，静静地感受这趟危险的旅行。过了这8公里，我们都大大呼出一口气。

崇山峻岭，真正的苍茫。在路边，时而有三三两两的战士，或散步，或聚在一起站着谈天说地，或打扑克，或听广播……这是从阵地上撤下休整的部队，他们给孤寂的大山，给边境的村寨增添了生气。

山里人朴实可爱，一些少女，有的在小溪边洗浴，有的在牧牛，有的背柴归来。

8月22日，总后三〇四医院的王副队长看了我的片子，说我有三分之一的可能性是骨折，要打石膏、架双拐。他将云南白药糊在我脚面上。后来证明是扭伤。

8 月 23 日，暴雨刚过，到文山。某医院政委陈宪斌介绍情况：一个医生一个月的手术量，顶他平时一年的。

在这里，一个消灭了 17 个敌人的"孤胆英雄"，用手表交团费。中国人民革命军事博物馆来人，给他买了块新手表，换走了他那块旧手表。

在不到 3 个月里，这个医院收治了很多伤员，每个门口都堆着血衣、血裤。流血过多的伤员要水，不能给喝。

有的伤员 3 个多月没理发、没刮胡子。

8 月 25 日，昨夜大雨，早晨雨止。我们告别了文山，返回新街，路上赶场的人络绎不绝。

在新街有坡度的石子路上，卖青蔬的人们、卖木材的人们都早来了。部队司务长们都来买菜，边界的老乡淳厚，不会哄抬菜价。

在这儿我听到一件事：某团一个班长带着 4 个战士，潜伏在敌人打水的井边。等了很长时间，敌人没来。他们觉得空手而回太"冤枉"，就主动出击，找了 3 个山洞，没有人。在第四个洞里遭遇敌人，发生了一场战斗。一个战士的手臂负伤，班长背他，没走多远，班长的脚跟又被打坏了。我方发现后，用炮火支援，敌人退了回去，才把他们救了下来。

8 月 26 日，我们冒雨奔赴南温河。盘山路两侧，有野竹数丛。沟底，水流湍急，浑黄之至。我们的车过了南温河大桥，不远处就是要去的医疗所。

伤员们住在用粗竹竿搭起的帐篷里，帐篷是上下两层的，能凉快一点儿。帐篷下面，四周用炕席围着。宽叶的斑茅草和细长的丝茅草，生长在帐篷四周。

这里气候炎热，上午猪肉 1 元 4 角 1 斤，到了下午就 9 角钱 1 斤了。采访时，我测了一下这个帐篷里的温度——38℃。

各种表格贴在战地医疗所的墙上：休克伤员输液数量表、输液滴数参考、青霉素配制法、平衡液配制处方、重伤病员一览表……

医疗所里有一个用 3 层隔板搭成的架子：最上层是各种滴注用药，第二层是各种药片，第三层是大卫生箱、卫生包。

祝世敏分队长说，战壕里水深、蚊虫多，战士们的胯部烂了，治皮肤病的药不足。

录音机里播放着朱明瑛的《田野之歌》和《大橡树上的红丝带》。晚饭后，一些男女青年出寨串走，对山歌，谈情说爱。

8 月 27 日，我们去猛洞，沿途是我军炮兵阵地，伪装网遮掩着各种火炮，土石掩体里放着成垛的炮弹箱。130 火炮的炮管又粗又长，炮弹壳金黄锃亮，弹壳和弹头分开放置，加在一起有 150 斤左右。

眼看还有 3 公里就到猛洞了，路上发生大塌方，严重堵塞，只得回转南温河。

南温河粮管所装粮食的大仓库，变成了大病房。医院里酷热，床头有绿色立式电扇，打开时，如一团淡绿的抖动的雾。

伤员们爱玩扑克，谁输了就戴钢盔，再输，加上一个钢盔，再输，就在钢盔上挂一个壶。炮兵刘占龙，就是这样又戴又挂，"收获"很大。

夜晚降临了，帐篷里的灯光透射出来。天上缀满了星星，山上的丛林幽暗幽暗的。军用伪装车前面，小乐队演奏着动人的乐曲，围了不少的人。伤员三三两两，或坐在病房门口，或散步，或聚堆谈天。几个不能动的重伤员躺在床上，时而有几个轻伤员帮助他们去解大小便，一个人背着，一个人扶着，另一个人举着吊瓶。

值班的医护人员忙忙碌碌，不时揪回一个该打针或吃药的伤员。

8 月 28 日上午，我们经麻栗坡来到落水洞七二医院。七二医院这次上来 120 人。

在落水洞，听到一个喜讯：敌东山观察哨，昨夜被我军拿下。

一个伤员，到达这里几分钟后停止了呼吸。手术室外，护士在洗手、消毒。运输烈士遗体的汽车在等待出发。

战地卫生员钟惠玲

8月28日，在落水洞，我采访了18岁的一等功荣立者、卫生员钟惠玲。在接下来的几天，我连续采访她。

钟惠玲瘦小白皙，瓜子脸，眼睛灵动，扎着一条马尾辫，有一点儿"奔喽头"。她说起话来表情十分生动，还常常配合以丰富的手势。她是1月份入伍的，兵龄8个月。

有一次，一个轻伤员给小钟打饭，对她说："听说你们医院有个84年的女兵，立了个一等功，我们阵地战士太不服气了。"

小钟说："是啊，我也听说了，我也不服气呢！"

过了几天，这个伤员对小钟说："我若是你们领导，肯定给你记功。你干得太好了，我服你。"

这个战士，一下大雨就往山上跑，说班长在山上等他呢。其实，他的班长早就牺牲了。

他出院后才知道，正是这个小钟立了一等功，就捎口信来道歉。后来，他又买了罐头、水果糖、瓜子，特意来看小钟，他对小钟说："太对不起了……"

钟惠玲是云南大理下关人，高中毕业后待业了 3 个月。她样样都想玩想学：乒乓球、羽毛球、篮球、画画……到部队后还进了美术训练班学了 3 个月呢。她订阅的杂志有《写作》《美术》《文化与生活》《辽宁青年》。为了订杂志，把伙食费都搭上了。

她给伤员洗血衣，边洗边落泪。

她在病房和几个伤员"吹牛"。大家知道她辛苦，让她去睡。她说："不会睡，不困，不会睡，不困。"说着说着，就坐在门槛上睡着了。等她猛地醒过来、站起来时，觉得身上沉了许多，原来她那个白大褂的兜子里装满了苹果和糖，都是伤员们放的，问谁谁都不承认。

伤员们重返前线或转到后方医院，就集合来到小钟面前，让她唱歌，她就唱《一条大河》，唱《年轻的朋友》。

伤员里的一个代表站出来说："我们都是'无产阶级'，没东西送给你，也给你唱支歌吧！"说完起个头儿就唱："少林，少林……"不能动的，就躺在床上唱；能站着的，都围在小钟身边。

小钟说，那歌声太雄壮了！

到了开饭时间，她把茶缸里剩下的茶水倒掉，又用清水涮了一下，放回原处，才离开我们的帐篷。

一个小战士是个工兵，因猫耳洞塌方被压伤，有点儿头昏。当天晚上有个车回师部，他要随车子回去，把橙子放下后对小钟说："小钟，再见了，有空来玩！"过了几天，又打一小仗，几具烈士遗体被送下来，其中有这个小战士。小钟就想，如果第二天再走，也许他就不会牺牲了，太可惜了。

有一个小战士，当兵才几个月就成了伤员，他觉得憋气，不打针、不吃饭。要出院了，他向小钟借东西留纪念，小钟将一把漂亮的小跳刀送给他，这是平时给伤员们削苹果用的。他说，打不死就还你。后来，这个小战士没来还跳刀。

还有一个伤员私自跑回部队，师长又把他送了回来。一天晚上，小钟值班，上面交代："注意这个人，他会跑！"小钟见他睡着了，把灯闭了，转身出去了。没想到这伤员钻出蚊帐跑了，抓回来，又跑，又让哨兵抓回。他差点儿被当成敌人的特工。

她见几个伤员跳的、拐的，凑一块儿讲牺牲在炮弹下的指导员。这个指导员既知心，又会做针线，他们谈着谈着就哭了，她也跟着伤心落泪。

一个瘦瘦的伤员，下肢关节脱位，臀部负伤，他要上厕所。小钟要背他，他不让，说："你背不动。"他下了床，挂着拐杖刚走出门就没力气了，脸色也不对了。小钟抢上前背起他，两手撑着膝关节，否则承受不起。她自叹道："我太小了，太瘦了！"

80号床的伤员要解小便，小钟拿便盆给他，他解不出来。小钟后悔没学会导尿，就打了半盆水，用缸子往盆里倒水。缸子一放下，伤员就尿不出来了，马上喊："快点儿倒，不要停！"

伤员们给小钟的信最多，都讲她太善良、太勤快了，能做个贤妻良母。伤员们打电话给她的也多，有时值班室半夜来电话，以为有什么急事，原来是走了的伤员找她"吹牛"。

有一个胃出血、脸色蜡黄的伤员，吃不了大米饭，小钟给他买了奶粉冲着喝。别的护士提意见说："你这是让我们下不来台！"小钟马上检讨："好好好，我检讨，我以后注意，下次不这样了。"下次，她照样悄悄地给伤员冲奶粉喝，只是不让别人知道。

有人劝她："你得改改性格了，要不然到了社会上要碰个头破血流的。"

她说："我有一颗赤诚的心，我不信长时间真心对别人，别人对我还不好！"

小钟平生第一次去作报告。人家诚心诚意地请她去讲，她说："不行，不行。"

领导说："这是你锻炼的好机会。"

她说："我干的事情，都快忘光了，几个月了。"

领导说："有材料，给你一份，赶紧看看。"

中午把她接了去，她的手发抖。台下那么多的人，手拍得太响了。她上了台，立即静悄悄的了。时间一秒一秒、一分一分地过去，她一句话也说不出来。突然她站起身就跑下台了，哭了好几分钟。别人写好的讲稿，她读不出来。她想到那么多的伤员都应该立功而没有立功，却给自己立功，还让自己来讲……院长、主任来劝她，可是她哭得真的很伤心。最后王干事只得拿着材料替她读了一遍，介绍了一下。

钟惠玲坐在用炮弹箱临时搭起的床板上说着话，她的两只穿着 34 码鞋的脚，一前一后悠荡着。她像战争阴影笼罩下的一个快活的小天使，给每天有人流血、经常有人牺牲的医疗所带来了新鲜的生活的气息。

钟惠玲做梦也没想到能立个一等功，她以为顶多得个嘉奖就到头了。她立了功后，处事难多了。

一天，要给几位病号做面条，小钟告诉了炊事班。那天恰好军区有几个人来，炊事员误会了，说她是拍马屁，不给煮。小钟为此哭肿了眼睛。病号们知道了这事，买了瓶酒，大喝、大哭、大闹，把事情搞大了。小钟说，这事你们别掺和，你们养好你们的病，别的事不用管。可她自己却躲起来哭了一场。

钟惠玲的哥哥也上了前线。她曾梦见他们两兄妹被埋在麻栗坡烈士陵园里。

9 月 2 日上午，我的脚痛得厉害。我开始构思写关于小钟的报告文学。下午 1 点多，炮声像炸闷豆一般不

◎ 1984年10月，与中央电视台顾问戴临风（左二）、中央人民广播电台军事部记者任永发（左一）、解放军画报社社长林庭松（右一）集体采访钟惠玲（左三）

停地响起来，是在远远的山那边，真想到近前看看，可惜没有车。

9月18日晚饭后，我与同上前线的部队作家周涛在昆明的细雨中散步交谈，既没披雨衣，也没撑雨伞，任细雨淋在我们头上、肩上和衣襟上。

我们是到昆明采访英模大会的。在这里，我又见到了钟惠玲。拉大家去看电影的车引起了她的注意，司机开门车灯就亮，关门车灯就熄了。钟惠玲好奇地也要试试。

周涛说，她就是一个娃娃。

战争与和平的咏叹调

　　在战争中，我的心时时刻刻激荡着。火线的消息、战士的脸庞，哪怕是最普通的生活场景，都带着血与火交织的诗意。

　　8月30日，回新街的路上，我看见一垛弹药箱，上面盖着雨布，一个战士荷枪实弹靠在那儿。紧挨着弹药箱的，是一个杂货摊，摊主是一个姑娘，齐肩辫，戴着蓝套袖，静静坐在那儿。

　　在一个病房的窗台上，一个个铁罐头盒里长着兰草，青绿、坚韧。我向伤员们请教这是什么品种的兰草，有的说是扣林兰，有的说是老山兰，有的说是者阴兰。这种兰草不名贵，在山野里默默盛开。

　　阵地上有淡蓝色的和黄色的小喇叭花，有小米兰一样的万年青，还有山菊花。清明时，有一蓬一蓬的火把果，战士们摘下插在瓶子里，很好看。

到处可见鸟笼，精制的、粗糙的，笼子里有各样的画眉鸟。不论在前线指挥部，还是在医疗所、在兵站，甚至在炮兵阵地上，都能听到鸟儿美妙的叫声。战士在打炮前，要把鸟移到不受惊吓的地方；炮声过后，取下防炮声震荡的耳塞后，再把鸟笼取回来，听听鸟叫。

85加农炮、130加农炮、122榴弹炮，都是脆响，只有152榴弹炮是闷响。炮兵的耳塞被震飞了，甚至有的瞄准手耳朵流血，耳膜被震破，他们也管不了那么多。打得齐，一个声音；打不齐，乒乒乓乓。

人们说这儿是80年代的"上甘岭"。在阵地上，白天可抽烟，夜晚不允许抽。夜晚抽，火光一闪一闪的，会暴露目标。

有的平时关系不是很好的战友，上了战场，一个负伤了，另一个也会把他背回来；一个牺牲了，另一个也会抱着遗体哭。

新兵用的铁把冲锋枪，微声的，响动像气枪，比空枪声还小，只能听见弹着点的"噗噗"声。

山上的战士养狗，站岗时可以壮壮胆子，有点儿动静狗就叫了。

有时站岗的战士听到脚步声，问口令，没人回答。原来是小穿山甲，2尺长，4只脚，身上披着甲片，打洞后想跑，却又跑不快。

战士潜伏时，蛇经常从身上爬过去，有黑色的眼镜蛇和绿色的竹叶青。有的战士，不怕枪炮，就怕被蛇咬。

战士们把萤火虫捉来，放在塑料袋里照明。十几只即可，捉太多，就太亮了，会暴露目标。

蛐蛐很讨厌，叫声很大，干扰战士侦听敌人的动静。

一种黄螃蟹，开水一烫就可以吃。

喝水喝进了蚂蟥，用手把它抠出来。

阵地上小收音机多，听广播是一种享受。

一个叫王喜林的战士，他的口琴被炮弹炸坏了一半，他洗了洗，修了一下，又给大家吹奏起来。战友们说："等打完了仗，我们一定给喜林买一个新口琴。"有感于此，我写下了《高亢的琴声》：

　　　　阵地上唯一的一支口琴

　　　　低音部全部被炸完

　　　　……

　　　　也好，就让我们吹奏高亢的调子

　　　　直到最后凯旋

火箭班副射手段学柱会弹吉他，会拉小提琴，会吹口琴，他唱的《骏马奔驰保边疆》颇受战友们的欢迎。这天，他刚拿起一片干粮，还没吃到嘴里，就不幸被敌人的穿甲弹打穿了钢盔，牺牲了。

有一个排长，冒着炮火到连指挥所去取一封老婆寄来的信。但更多的战士，收到的是对象写来的分手信。

我写下了短诗《一封"吹灯"的信》：

在前线堑壕里

指导员给全连念一封信

一个班长的未婚妻

提出来和他"吹灯"

全连同志

都哭红了眼睛

这班长没有在场

这班长已经牺牲

他已经不知道"吹灯"不"吹灯"

只记着未婚妻以往的柔情

或者早知道那个人变心了

可他对战友一句也没有讲呵

他那么勇敢

像神话里的勇士

他活着

会有好姑娘跟他一辈子

他死了

人们会记他一辈子

前线堑壕里

指导员读了这样一封信

全连同志都哭红了眼睛

一双双哭红的眼睛

在默默地

鉴别两颗心灵

阵地送饭，常常一锅饭，一半米饭，一半泥水。

把竹子破两半，中间掏空，搭棚子，凉快。

猫耳洞盖着弹布或油毛毡，防潮。我方猫耳洞是圆的，向里拐进去。敌方的猫耳洞，洞口是双"工"字形，里面是"A"字形。

英雄的汽车连，上山以来，每个人跑 1 万公里，全连 50 万公里。驾驶员说："炮弹的叫声和狼差不多。"

医院干事刘志兰说，昨天战士向他要歌本，说死了也要唱歌。今天的伙食是冬瓜海带、罐头咸菜、白米饭。

一连 3 个兵从芭蕉坪来看负伤的三连战友。他们士气高昂，对三连不服气地说："让三连狠捞了一把！"他们下山时，与我握手告别，带着立功求胜的急切之心走了。

有时生命的丧失就是一瞬间。有战士拎着干粮筒到河里去提水，就在他提水的当儿，一颗子弹射穿了他的头颅。战士牺牲了，他的手表还在走字儿。

我写下了《一块日历表》：

一块日历表
曾戴在烈士手腕上
直到他心脏停止了跳动
这块表在主人牺牲后
曾刚强地又走了几个小时
最后还是悲哀得走不动了

就这样
它成了一个见证
忠实地记录了
那个凝固了的时刻

它也许要成为永恒的纪念
或许振作起来投入新生活
当它的新主人戴它的时候
一定会感受到
烈士血脉强有力的搏动

这年的 9 月 10 日是中秋节，战士们在前沿阵地，用弹
壳摆出了"誓与阵地共存亡"的口号。司令员用脚把"亡"
字踹了，改为"誓与阵地共存"。

我想象着他是用手把几个弹壳捡起来的，我写出一首短诗《一句口号》：

硝烟还未散尽，
首长就把阵地登临。
战士们正用发烫的弹壳，
排出文字，表达坚守的决心。

"誓与阵地共存亡！"
每个字、每个笔画都力抵千钧。
战士们愿用生命和鲜血，
捍卫前进中的祖国的青春。

首长摇摇头，把那个"亡"字拣出，
于是，口号便成了"誓与阵地共存！"
首长把弹壳抛向了敌阵，
说："这个'亡'字属于他们！"

某连利用大雨里敌人听不到响声的机会，修筑工事，埋设了800多颗地雷。

一个右手和腿部负伤的战士，用左手给战友们压子弹。

在检阅时，钢盔闪闪发光，十分威严。在阵地上，钢盔上抹满了黄泥，经常用来接雨水、烧饭，或者当成板凳坐在屁股底下。把它顶在竹桩上，下面挂一件军上衣，可以迷惑敌人。它比帝王的冠冕有用得多。

神枪手到了战场上，也许一个敌人也没打到，就阵亡了。

我写下了《机遇》：

> 他是百发百中的神枪手
>
> ……
>
> 谁料想
>
> 谁料想
>
> 一颗流弹飞来
>
> 他还没来得及放一枪
>
> 就倒在了开进的路上
>
> ……
>
> 一个强者平凡地死去了
>
> 他的才华还未得到施展
>
> ……

排长马平，在前面观察，掏出一支烟叼在嘴里，再掏出火柴，火柴全被汗水浸湿了，他懊恼地把手里的烟捏碎扔到一边去了。他牺牲后，战友们把一支支烟插在他坟前，一支支点燃，一片淡蓝的烟升起来了。我写下了《墓地，升起蓝烟一片》：

雨夜的傍晚，

出发之前，

排长很想吸一支香烟，

可是一盒火柴都被雨水汗水打湿，

没有一根能够划燃。

排长气恼地把香烟攥碎，

先捧到鼻子底下狠劲儿闻闻，

然后，一把甩进壕堑……

这是一个响晴的天，

全排战士来到烈士陵园，

捧出各种牌子的香烟：

"石林" "春城" "大重九" "红塔山" ……

一人点着一支，

排着队插到排长的坟前，

顿时升起蓝烟一片，

使整个墓地都显得肃穆、庄严！

战士的悼念，

有时候，

不亚于隆重的大典！

英模大会上颁发了许多锦旗、收录机、照相机、手表、金笔、《辞海》。一个烈士的母亲捧着一部《辞海》，一个双目失明的英雄也捧着一部《辞海》。

10月5日，刘白羽、李瑛抵达昆明。在接下来的几天里，他俩组织赴前线部队的作家，陆续开了几个汇报会、总结会。

白羽说："你们作品里的光彩，是前方战士的鲜血和生命通过你们的笔散发出来的。"

李瑛说："大家完成了一次'作战'任务。战争是心灵成熟的催化剂。军事文学是最能代表一个民族精神的

◎ 1984年10月，出席昆明两山（老山、者阴山）战斗表彰大会并与总后领导交谈

文学。"

　　10月12日，我从燃烧的战场上下来。怀着一颗沉甸甸的心，写下了薄薄的一本《战争与和平的咏叹调》。李瑛把这诗稿要去，用了3天时间认真审读，并参阅了我以前的几本诗集，为我写了一篇题为《爱，在这里燃烧》的7000字的长序。

　　1985年，组诗《战争与和平的咏叹调》获《解放军文艺》优秀作品奖。

　　如今，硝烟早已远去了，消散了。但是，我，怎能忘记亚热带丛林那特有的炎热与潮湿，刻碑的盲石匠如同复调乐曲般的敲击，医护人员染血的白大褂；那些死去的、伤残的、幸存的英勇战士们的一张张年轻的脸，还有那默默无声，摇曳着的者阴兰……

　　什么是战争呢？如今我亲历了。我写下一首小诗，题为《战争》：

　　　　　　万花筒一般
　　　　　　动一下就一个样儿
　　　　　　五彩缤纷的

　　　　　　多像放大镜呵
　　　　　　一个人的长处也放大
　　　　　　一个人的短处也放大

在战争中间
人的思想成熟得快
像赤道上的庄稼

我这一生与文学结下了不解之缘。我的朋友们，多是职业作家和业余作者；我参加的活动，多是笔会和文学研讨会；我的工作，要么是写作，要么就是在组织大家写作。我曾有那么短短几年，囿于行政工作，即便如此，也是与文学有关的行政工作。撷取几个小小的片段，可窥见我日常的文学生活。

探索成长之路，解读智慧人生，
本章内容，扫码收听。

第十四章

我的文学生活片段

尽我所能扶助军中作者

1982 年 11 月 13 日，我收到一封李瑛的信，他在信中说：

本拟回京后休息一下，未料到我在美时，总政变动了我的工作。我回京后，即催促我报到上班，每日的繁忙，远超过在文艺社……看来，我实在难以再写一个字了。可能是要和诗歌告别了……

"宣文合并"的事，如今，也只好如此了。不知南京军区、广州军区如何做法？我刚上班，仍在熟悉情况。

你要去创作组？到创作组自然是有十分优越的条件，我很羡慕你。但还是根据工作需要服从安排吧，你会处理好的，我想领导也会给你妥善安排的。对执拗地要组织服从自己的人我是不喜欢的……

信中所说的"宣文合并"，是指总政的宣传部与文化部合并。此时，李瑛由解放军文艺社社长调到总政文化部任副部长。

信中所说的我想去创作组之事，是当时沈阳军区新合并成立了文化处，组织上希望我去任副处长；而我一心想去创作室从事专业文学创作。李瑛对此提出了自己的建议。

我向李瑛学习，按照李瑛要求"根据工作需要服从安排"，去做文艺行政工作，一时不能如愿地从事专业创作了。

李瑛曾多次与我单独长谈。他了解我、关心我，我们从诗谈到诗人，从创作谈到生活和工作。李瑛写给我的信件有 138 封之多。李瑛当然给很多人写过很多信，但给一个人写的信超过 100 封的，一定不会很多。由此可以看得出，我是何等幸运。半个多世纪以来，李瑛对我关注、关心、厚爱、偏爱，我怎能不尊重他的想法呢？

1983 年 3 月，浩然得知我被提为副处长时，给我写了一封信：

> 工作问题，组织既然已经那样安排，只好先做一段时间。但你得灵活些，想方设法挤出写作时间……广大读者和时代需要你的作品。春节的晚上，我们全家人坐在电视机前，见田华同志出现

在春节晚会上，听她说："我接到部队一位青年
诗人胡世宗的诗集《鸟儿们的歌》……我来朗诵
其中一首……"连你大嫂都为之兴奋起来。可我
把你当了处长的消息告诉全家人时，几乎全都无
动于衷，可见谁都知道你存在的真正价值是什么。
这种关系重大的事情，你要清醒……

他这是在提醒我，无论何时都不要丢了创作。浩然
还预见到我做行政工作可能发生的问题，一一都被他言
中了。

浩然如师如兄，我们彼此相知太深。浩然曾说过，我
是他的"人间知己"，他又何尝不是我的"人间知己"呢？

从这时候起，我做了好几年的行政工作。

军区政治部文化处负责开展军区业余文化活动，培养
业余文艺骨干，以及文工团的建设。在抓文工团和业余文
化队伍建设时，我提出三条：第一条，正确对待青年人成
才的愿望，不要动不动就批"名利思想"；第二条，正确
对待文艺骨干的缺点，有的人本身会有毛病，不要因为他
是人才就姑息他的毛病，也不要因为他有毛病就鄙视他、
远离他；第三条，正确对待骨干之间的矛盾，手心手背都
是肉，都是党和军队的"宝贝"，不要厚此薄彼。

文化处朱亚南处长走到哪儿都说："胡世宗同志提出
的这三条，对于做好文化工作十分重要。"

我第二次重走长征路，走到成都时，从沈阳军区调任成都军区副政委的李硕专门找我，请我充分谈谈这三条。我汇报时，讲了一些例子，李政委认真地记在本子上了。谈了两个多小时，我才与他告别。

1983年3月27日，李瑛同志又来信询问我的近况，关心我：

> 知道你也做起文化行政工作了，我可以找到一个甘苦与共的同伴了。希望以后听到你的经验，得到你的支持。你年富力强，又懂文化工作的各个方面，是一个好的人选，希望你在自己的岗位上做出优异成绩来。你们有好的做法，告诉我们，我们可以向全军推广。

我按照李瑛部长的指示，把我们军区历年来在组织创作上的经验归纳为：推动"专业"和"业余"两个轮子共同前进，用"办班"和"评奖"两个轮子推动创作。我们向总政文化部作了汇报，李瑛部长及时向全军转发了这个经验。

1986年，我调任沈阳军区政治部创作室副主任。在这个职位上，我从事专业创作的愿望终于实现了。

浩然得知后，非常高兴，他又写来一封信：

> 你该一心一意地伺候你的笔了。说句实话，

搞写作的人都是不喜欢别人管的。管多了，费力不讨好，甚至让人讨厌。你这副主任撒开手，让创作员们都自由自在地去创作，你也自由自在地去创作。如能这样，你会创作丰收，同志们也会创作丰收。你觉得我这些观点对吗？

在文化处工作时，我最关心的是军中专业作家和业余作者的发展与成长——我对他们，天然有着感情啊。特别是业余作者，我也曾经是业余作者，也曾得到过师长们的关爱与帮助，我怎能不把这份关爱与帮助传递下去呢？

1984 年春天，张秀梅还是长途电话连的一个新兵，在夜深人静的时候，她借着手电的微光写诗，写了一本又一本。1987 年，张爱华连长带着张秀梅敲开了我的家门，张连长对我说："我给你带来一个学生，她爱写诗，我不懂诗，你来教她写吧。"就这样，张秀梅成了我家的常客。她只要写出了新作品就拿给我看，我把她写得好一些的诗推荐给军内外报刊。逐渐地，张秀梅发表的作品越来越多，并出版了多部诗集和散文集，成为军内外闻名的上校诗人。

俞进军是从皖南入伍的警卫连战士，他爱好写作，便想到创作室当公务员。他写了一封信，没有勇气直接给我，悄悄把信从我家门缝塞了进来。有战士爱写作是好事啊，我经过协调，成全了他来创作室的愿望。俞进军的习作，我和室里的同事给他指点，并向外推荐发表。后来他成长为武警部队专业作家，不仅出版了小说，还写出了几部影视剧本，拍出来后反响很不错。

作家杜守林在 2003 年曾给我统计过：主办和协办军区业余创作学习班 12 期；筹开军区作者研讨会 5 次；编辑业余作者作品集 6 部；为军内外业余作者出版的作品集作序 51 篇；为业余作者写推介文章 30 余篇……

杜守林在文章中写道："22 年前，我的报告文学《瘦虎雄风》作品讨论会在哈尔滨举行。胡世宗提前赶来了，他像老百姓置办年货那样，忙前忙后，不亦乐乎。不知情的人还以为是开他的作品讨论会呢。"

曾任军区歌剧团团长兼政委的颜廷瑞是一位才华横溢的老作家。有一次，他写出了 30 万字的长篇小说《汴京风骚》初稿，悄悄送到我手，征求我的意见。他说如果我看不行，就不拿出去了。我用一周时间拜读了这部新作，给他写了 3000 字的回信。颜老十分感动，在这部书出版之时，在赠我的新书扉页上，他写了四句诗：

> 霜染华发功业空，
> 世情心境两朦胧。
> 蛎滩笔耕谁怜我？
> 文心相通赖胡公。

能得到颜老这样的称颂，我深感荣幸。

黄海笔会游泳遇险

1981 年 7 月，春风文艺出版社组织了一次黄海笔会，地点定在大连的长山岛。我和浩然、林斤澜、邓友梅、张长弓、金河、王栋、吴文泮等多位作家受邀参加了此次笔会。

7 月 19 日下午和晚上，我和浩然在一起，我们有说不尽的话。

7 月 21 日，林斤澜的发言很有意思，他评价几个期刊说，《收获》是老旦，《十月》是刀马旦，《花城》是青衣……

7 月 25 日一早，浩然在窗外喊我出去散步，他起得可真早。我们登上了有守岛纪念塔的那座山。浩然对自己的身体状况非常满意，他坚持游泳后身体越来越好。1966 年，他曾被拉到什刹海游泳，一下去就不行了，得了肠道炎，因为水脏，那是死水。再往前数，1961 年，他在北戴河作家协会疗养所，下水两次。

这一天的中午，我约吴文泮、战士许维刚一起向深水区游去。游走之前，刘明德给我和浩然在浅水处拍了合影。

我们奔着远处停泊着的大木船而去。游到 100 多米时，我突然因这是深海而惊悸——因为我不会在水里换气。往回拐弯时，我的手臂用力过猛，人一下子沉下去了。

在清清蓝蓝的水里，我陆续看到同伴的上半身、下半身和脚……我一下子没了顶。喝了一口海水，我更加慌张，觉得自己不行了。

小许赶来救助，扶我，但也不行。文泮也全力以赴。我 3 次下沉，3 次憋气浮上水面。我心里时而慌乱，时而镇定。我想，人怎么能这样就完了，我还有许多事没做呢。

我在水下憋着气，露了头就猛吸一口。但由于紧张，不能踩水，又下沉。小许和文泮紧紧围着我，拉我的胳膊要背我，我把文泮打下去两次，我抓小许的手臂和腿脚……

终于又一次浮出水面，这时，刘明德和王志超也赶了来，警卫连两个戴游泳帽的战士推来了救生圈。我把它死死压在胸下，猛蹬水，这才望见滩头坐着的王栋、长弓，站在水里眼巴巴张望的浩然。浩然的脸色都变了。

我也越想越后怕。我已似无望了，想到一瞬间生命的泯灭。我从内心感谢文泮、小许的救命之恩，他们稍微一疏忽，我就没命了。

回到岸上，我讲了遇险过程，浩然听后紧张得说不出话来。

走回宿舍，心也在慌跳着，好似仍在水中下沉。浩然陪我在房间说话，他说："如果出了事，就有预兆了。你3天来一直要往深水去，奔那个目标。前天就说，昨天也说，今天又说要去深水。而且上午改好了一组诗，又一定要在游泳前合照一张相……"

大难不死！晚上招待所所长陈剑刚加了菜，又拿出了散装酒，浩然拿出了他从北京带来的酒，为我压惊庆祝。笔会的作家大哥们，一一与我碰杯，浩然和林斤澜和我碰了两次。我一连喝了12盅酒，我想反正没淹死，不会喝死的。我向吴文泮敬了3杯感激救命之恩的酒。

饭后，浩然、金河、祝乃杰、修玉祥和恩人吴文泮陪我又一次去那个差点儿要了我的命的海边。我心有余悸。他们说，一定要顶回去！把这个事顶回去！金河陪我在海里练踩水。

回到宿舍前，坐在台阶上又说到后怕。浩然嘱我不要告诉家人。老祝说，一旦出了事，浩然、金河和他，无法回去见惠娟了。

许维刚是招待所的战士，我专门找到他向他道谢，还有战士王志超，我在他们那里唠到半夜11点才回。

回来一宿未睡，直到天亮。中间几次开灯看书，想来想去都无法回神入睡。

7月26日早饭前，吴文泮又与我谈起昨天的危险情景。

王栋和浩然走了过来。

王栋说："横事（祸事）不能老是降临到善良人的头上。"这句话似千斤的重砣，使人的心一下落了底。

浩然换了布鞋，怕塑料鞋磨脚。浩然说："王老弟这句话说得再好不过了，是对这一件事的总结。"我听了心里更踏实了。

回到宿舍，浩然看我的《小岛散诗》。他看得很仔细，而且提的意见很具体。他说我的短诗，问题是浅尝辄止，没有深入的联想。《雾中巡逻》里，他建议把两个"珠"字改一个，韵脚不一致为好；《夜海笛声》里，哨兵是从哪儿来的？从草原或别的什么地方……越具体反而能引起更大的共鸣；《赶鸡》中，他建议把"叨"字改成"叼"；《小蟹》中，"尚未开始"，太"文"了，改成"还没开始"为好；《水》还可以写得更深远些，像一幅水彩画，看了之后，好像才开个头儿，好像还有话没说呢……

我说，除写诗之外，我还想搞点儿诗评。浩然很赞同。他让我做好计划，诗评可以写两种：一是知识性、指导性的，给初学写诗的人看；二是对诗人和诗作的评论。

浩然说："你很可能写得很好。连人带诗，评别人的同时带出自己的心得。可以写两批人：一是老诗人，给人们留下点儿史料性的东西；二是新成长起来的诗人。东北的老诗人，如方冰、公木，加上沙鸥。方冰有《二小放牛郎》，公木有军歌，奠定了他们在文学史上的地位。方冰这老头儿多好，连小战士的诗都看。二流的诗人也可评，有的人的诗可能以后站不住，站住站不住无所谓，主要是借题发挥写自己对诗的认识和感受。这种文章积少成多，就成阵势了。"

午饭后，下了点儿小雨，王栋、金河，特别是浩然，坚持去游泳。我不大想去，他说："不去游泳，那干什么呀？去！"吴文泮、祝乃杰也去了。

今天大落潮，还没涨上来，大船搁了浅。绿色的海菜一片一片地裸露出来了。我们先脱了衣服，穿鞋走到石子滩，再慢慢往水里走，走了好远好远，水还没有没到胸口。金河捧着我的头，教我仰泳。

游罢泳，浩然补充说："用最准确的语言把诗人勾勒出来，用散文、散文诗的语言，要有诗情，当然最好也有画意。"这次谈话使我动了心。

恰好上海《文汇月刊》约我写诗人李瑛。于是，我写出了"诗人剪影"的第一篇：《满山满谷的红花》。

在这之后，我陆陆续续又写了三四十篇，都是我与诗人交往中、阅读他们作品时，留下的对人的印象和对诗的印象。

1985 年、1990 年，我相继出版了《当代诗人剪影》和《当代诗人剪影（续集）》。

如果没有浩然的点拨，或许不会有这样的两本书问世。他熟悉我，了解我的长处，出的点子非常正。

丁玲鼓励我"水滴石穿"

1985 年，一个偶然的机会，使我得以拜访作家丁玲。

沈阳军区有一个战士发明家张文龙，获得了国家专利。丁玲出席先进青年典型座谈会，被张文龙的事迹感动，便委托冯夏熊（冯雪峰之子）采写了一篇报告文学，发表在她主编的文学丛刊《中国》上。丁玲见张文龙身体瘦弱，心生怜悯，请这个战士到她家吃饭，还给了这个战士300 元钱，让他买点儿好吃的补补身体。

这样的一个大作家，对我们军区的战士如此关爱，让我们军区的领导和同志们十分感动。军区委派我和小张单位的组织科科长王耀光，代表军区首长、机关和全区指战员，专程到北京去表达感谢之情。

1985 年 1 月 21 日一早，我们赶到木樨地 22 号楼丁玲住所。

丁玲和她的丈夫陈明都在家。丁玲戴着眼镜，她说自

◎ 1985 年 1 月，在丁玲（左）家做客

已患了白内障，这是一副遮光镜。

落座后，我向丁玲同志转达了军区的感谢之意，并将我们带去的一点儿小礼物——两件军大衣、蘑菇、木耳等，还有军区作家、画家、书法家的作品一一拿出来了。丁玲再三说她没做什么，部队同志太热情了。

她把军区作家的书翻看了一会儿，又让我们展开朱寿友的字，她对李秉刚的油画最感兴趣。那幅《苏醒》，林间冰雪未化尽，一条小溪刚解冻，水中有两条游鱼。她说："这两条鱼正好是我们俩（指她和陈明）。"

回到招待所后，我把看望丁玲的情况，打电话报告给相关首长。军区领导跟我说，在军区范围内，要办一个"两用人才"大会，让我邀请丁玲夫妇光临。

第二天上午，我再次拜访丁玲夫妇。那幅《苏醒》已挂在她家很显眼的位置上，丁玲和陈明夸这幅油画清新细腻、寓意深刻。

丁玲身体欠佳，不能到会，但她想表达祝贺之意。

我说："那您写一句话，我带回去可好？"她欣然同意。

陈明很快铺开了宣纸，摆放好了笔墨。丁玲从容地写着，她发现笔画写得细了，陈明说："女同志的纤细嘛！"

丁玲写了"人才可贵"4个大字。她写着写着腰就不行了，两手扶着大桌子的沿，陈明在一边给她捏腰。

接着，丁玲为我写了一幅草书"水滴石穿"，陈明给

◎ 丁玲题字：水滴石穿

我写了一幅隶书"更上一层楼"。

丁玲看着陈明的字，笑着说："陈明的字高我一筹，也就一筹。"陈明一边接舒群打来的电话，一边眼看着丁玲写字："'丁玲'两个字拉开些！""落款字要小些！"他不断地叮嘱着。

雨滴何其柔弱，却架不住长年坚持，竟然可以把石阶穿出眼儿来。"水滴石穿"这4个字对于我是极大的鞭策，我始终是"水滴石穿"精神的信奉者和践行者。

写完字，我要告辞，丁玲和陈明热情地挽留我多坐一会儿。陈明给我倒了一杯茶，我们坐下来聊天。

说到《高山下的花环》，丁玲说："看电影我哭了三次，读小说我没哭。但这不一定是说电影比小说好。我觉得小说更为感人。看'祥林嫂'你会哭吗？不会。但印象永远存在。旧时代的中国妇女就是这个样子。哭，不是衡量文艺作品质量高低的唯一标准。"

说到"创作自由"，丁玲说："自由不能没有边，打排球、踢足球，就那么大的球场，在四条线里，没有边线，怎么打？怎么踢？当然，创作自由的范围会大一些，但不能没有边线。"

如何获得"创作自由"？丁玲说："一是领导要宽松，二是作家自己思想不解放，或不了解人民的生活，没有正确的判断，他不可能是自由的。不是只有创作的自由，而没有批评的自由。"

说到这儿，丁玲深深地自叹了一句："去日苦多，慨当以慷。我80岁了，处于改革的年代，人生仍是灿烂。老迈只是年龄的老，在人生征途上，都是在起点上，都要继续往前走，和年轻人一样。"

我被她这以80岁为起点的精神所震撼。

说到新老作家中间是否有"代沟"问题，丁玲说："'代沟'两个字不好，没有什么'沟'，都是一条战壕里的战友嘛！"

我说："老年人与青年人接触少，互相缺乏了解，老同志应该多到青年中间去。"

丁玲立即反驳我："不对！无论年轻同志还是老同志，都应该到人民群众中间去！力量的活源在那里。"

她说得那样肯定、有力、果断，令我感到她是那样的敏锐。

丁玲说："与敌人之间才有'沟'。老作家与年轻的作家只是经验不一样，对新事物感受不一样。一个青年作家出来，谁都高兴，我们老同志不高兴？才不会呢，他成才了，我们因此又多了一个战友，为什么不高兴？相对地说，有的老一点儿的同志迟钝了，保守一点儿。老同志要不服老，多到群众中去，去了感觉就不一样了。"

丁玲说："东北部队有人才啊，大东北，大风雪，能产生力量感强的作品。"

说到军人，她想起李又然的两句话：要让人们在危险面前想到军人，不要让人们在军人面前想到危险。

丁玲兴致很好，她领着我在她的客厅和卧室参观了一下。一边走她一边讲，哪幅字、哪幅画是谁写的、谁画的，为什么那样写、那样画。

有两幅画是丁玲的头像画，一幅是刘宇一画的，一幅是艾轩画的。丁玲说，刘宇一比艾轩画得像，但艾轩神态画得好，他画了我的一生。

屋角有一大石膏像，雕的是少女时代托腮静思的丁玲，这是女雕塑家张得蒂的作品。张得蒂读了丁玲的作品，将丁玲所有的照片都找去了，从 1982 年到 1984 年用了两年时间，塑了 3 座。丁玲说："睡觉前和醒来后，我在被窝里也要端详一下这个雕像。"

有一幅漫画家胡考的作品，是胡考的爱人送来的。胡考说："丁玲会理解这幅画的。画面上是雀子，有枝可栖，准备再飞。"

这时，丁玲接一电话，来电者询问一个会议的参会人员名单。丁玲说到冯至、吴祖缃时，对方说，要有名的，他俩应该省略。丁玲说，不能省略，他们都很有名。

放下电话后，丁玲说："怎么电台的编辑还有不知冯至、吴祖缃的？"

陈明说："现在的年轻人读书不多。"

高玉宝半夜包饺子

高玉宝是我尊崇的一位战士作家，早在 1974 年，我就和他结识了。1985 年 11 月 25 日，高玉宝给时任沈阳军区政委的刘振华写了一封信。他向首长汇报，自己因心脏病住院 3 次，另因意外，造成过 2 次脑震荡。如今，他写作遇到了困难。

刘振华政委批示："派有关同志去帮他审稿，并考虑如何出版。"随后，军区安排我赴大连处理此事。

我到大连后，接连数天阅读高玉宝的书稿，写出了阅稿意见。

高玉宝及其夫人姜宝娥，非常重视与我的谈话，他们借来一个大录音机，把我们的谈话录了 3 盘带。

他们留我在家吃饭，为了让我吃上他们包的饺子，又不耽误听我谈意见，这两口子竟然凌晨 2 点起来给我包饺子。

以前只听说过"半夜鸡叫"，还没听说过"半夜包饺"的！

他们的诚挚、热情和谦逊令我感动。

从大连回到沈阳，我写出阅稿报告。

我认为，应该让高玉宝将《我是一个兵》改为《高玉宝续集》。这是走向成功的重要建议。

我汇报了我对这部作品进一步加工、修改、推敲、提高的具体意见。我说："如再修改，作者精力有限，建议抽调专业创作人员予以帮助；如实在无合适人员，我自愿承担这项工作，直至《高玉宝续集》出版为止。"

一周后，首长批示下来了，领导们都同意我的意见。

从此，我承担了协助高玉宝修改书稿的工作，先后4次到大连与高玉宝探讨修改稿子的问题，并请解放军出版社的编辑尚方一起研究故事的走向，以及重要的人物和情节。这部书稿从原来的13万字增至40万字，又增至80万字，再缩减到58万字。全过程，我都很用心地帮助高玉宝进行调整和修改。

1986年3月6日，我还没从长征路上回来，高玉宝就写信给我："您和军区首长对我的关怀，我非常感激。更让我感动的是，您在长征路上，不顾疲劳，百忙中还多次打长途电话，关心我的病情、关心我的创作工作。"

这部《高玉宝续集》，于1991年由解放军出版社出版，大部头，693页。我很荣幸地与尚方联名做了这本书的责任编辑。

◎ 1994 年，高玉宝（中）来家做客

2005 年，解放军文艺出版社再版了这部《高玉宝续集》。

高玉宝和我交往渐深。他每次到沈阳，都要到我家做客。我每次到大连去看望他，他都热情相待。

1992 年 1 月 27 日，这一天是小年。高玉宝来沈阳，我陪他逛了商场，陪他在军人俱乐部招待所食堂吃水饺。热气腾腾的水饺，很香。吃完了，他想起几件往事，与我谈起来：

"1947 年 11 月 17 日，我当兵的前一天，父亲把土地改革分到家的'胜利果实'——一只母鸡宰了，还从邻居家借了粉条子炖给我吃。他却不吃，就在一边看着。晚上睡觉，醒了时，我发现父亲还站在那儿看着我，这是父爱啊。

"后来我进了城，在北京人大念书。父亲去北京看我，在北海后面的一个小饭馆，我请父亲吃饺子。吃了 3 个，父亲就流泪了。他说，现在你请我吃饺子，等你到我这岁数时，谁来请你吃饺子？这是为我娶媳妇犯愁呢。这时，我和宝娥已经相识，但关系尚未确定。总政文化部有两个女孩子来帮我抄稿子，她们活泼可爱，又伶俐。她俩领我父亲上街，给他打洗脸水。父亲手指头破了，她们还带他去上药。她们都曾向我暗暗表示爱慕。父亲看好了其中一个，说她不错，人好。我推脱自己没文化，年龄大，不般配。我心里有自己的主意。"

高玉宝还讲了一个印象极深的教训。

他那时15岁，弟弟13岁。他俩去理发，叔叔给了4角钱。弟弟非要拿这钱去街边押宝。"押宝人"在两石块底下贴红纸，然后两手紧倒腾，倒腾完了，让人猜哪块石下有红纸。弟弟押上钱，指着人家一只手，手张开，没有红纸。弟弟输了。本来想赢，赢了就可以在理发之外吃个冰棍。这下完了，没理上发，弟弟挨了打。叔叔又给了3角钱，让去理发。从此，他们兄弟再不赌博。

高玉宝还讲到吃对虾的往事。

一次，父亲领他们兄弟几个上街，看见卖熟对虾的，父亲来回转圈，就是不走，连说这对虾真好看，不说好吃。其实父亲很想吃对虾，但没钱买。后来，高玉宝、两个弟弟和父亲一起过年。高玉宝买了8只对虾，一个人两只。

高玉宝想到了父亲当年围着摊床转的情景，了却了父亲的一桩心愿。

拜访"飞碟迷"流沙河

　　1986 年，第二次重走长征路，到了四川，我非常想去成都，到了成都，非常想去拜访流沙河。

　　4 月 25 日清晨，我找到了流沙河住的大院。守门人走出小屋为我引路，在一幢大楼前，他仰面指点着很高的一层，说："窗子敞开的那家就是。"

　　我极快地扫视了上上下下、左左右右，整个楼面的几十扇窗子。的确，唯有流沙河的窗子是敞开的。

　　我和流沙河第一次见面，是在 1980 年夏日的北戴河。他那瘦嶙峋的身躯、强烈的烟瘾，给我留下了很深的印象。

　　这次去拜访他，他正在为香港一家出版社赶稿子。他的写字台上铺着一页 20 行、每行 15 字，很美观的、狭长的小稿纸。桌上还有一盏大罩台灯，以及各种各样的药瓶子。

书稿是《诗歌报》已连载过的，香港出版人说不必抄，就用那剪报完全可以。可流沙河宁可晚出两个月，也要再改一遍，他跟我说："任何文章，写完放一段时间，回头再看，都会看出问题。"

他用像字帖一样工整的楷书抄改书稿，我十分惊诧。他说："港台诗人都很谨慎，他们写的信，很难找到一个涂改过的字。我们也该谨慎一些。"说完，他翻找出余光中那写得十分规整的信，韩素音用英文写得十分整洁的信。他说："人做什么事，都要细致一点儿才好。"

他以这种精神提出写"实文"的主张。近年来，他对自己的诗不满意，诗也写得少了，他认为诗写得太老实，不好。他接连写了一些回忆性的散文，纪实性很强。

他的椅子边有一只小方凳，上面只放一个烟缸。靠墙左边有一个大书橱，五层格子，几乎全是台湾省的现代诗资料。墙上有一大幅照片，那是他与爱妻何洁的合影，照片上两个人那满面的红光，使这个小写作间充满了暖意。

1949年，流沙河跳级考入四川大学。他考的可不是中文系，而是农业化学系，与文学似乎风马牛不相及。

1979年，流沙河重新开始发表作品。他的大好光阴，他的精力最充沛的年月，都是在非常封闭的环境中度过的，但他的心却向往着外界的广阔天地。

写作间里还有一张四四方方的桌子，上面摆着一架75倍的简易天文望远镜。望远镜就在他伏案笔耕的座椅后面，扬起的镜头对着窗外的天空。

他是四川省 UFO 研究会理事。他的书桌上、柜子里，有一本本港台出版的关于飞碟的书刊、剪报。香港的朋友只要见到报刊上的飞碟资料，就剪下给他寄来。他不打牌，不下棋，不串门，却偏偏爱上了飞碟研究。他曾写过一篇《飞碟过成都》的文章，发表在《科学文艺》双月刊上。

他怀着"有朋自远方来，不亦乐乎"的欣喜之情，写了一首又一首关于飞碟的诗："快速惊心，奇光炫目，一个飘空的谜；造成恐慌，引起怀疑，一个飞旋的谜；从哪里来，到哪里去，一个哑默的谜。"

对飞碟之谜的研究，使他的心灵更趋开放："突然而来，飘然而去，撒下满天疑问。绿色的光，橙色的光，炫花人类眼睛。飞碟是真？天外有人？实在难以置信……肉眼看见，雷达看见，偏偏说是幻影。陈腐教条，过时理论，死死当作圣经。外星来客，驾乘飞碟，轻轻敲着大门。我们是蛙，躲在井底，迟迟不敢应声。"

一个诗人为何如此痴迷于飞碟的研究？他憨笑："说不出什么道理，唯一原因是喜欢自然科学。"

油画《九级浪》显然得到了流沙河特别的喜爱，否则不会悬挂在望远镜后那面朝阳的墙上。原作是俄国艾伊瓦佐夫斯基的，这件复制品是一位与他相知的美术编辑为他临摹的。

我久久地站在这幅画前。这是描绘海上惊心动魄风浪

◎ 1986年，与流沙河（左）在成都

的一幅油画，浑滔滔黑茫茫的海面，掀起巨大的白浪，如同张开的鹰翅一般；天空布满了滚烧着的浓重阴云。一只船，一只向后倾着的多帆船在这天海间航行着，奋力地航行着……我由这幅画自然地想到了流沙河坎坷的经历。

我同流沙河愉快地交谈了两个小时。临别时，我说："我们一起照个相吧。"

他说："好啊。"边说边穿衣、系扣、穿鞋。他提议从五楼走下去，到室外去照。

而我，盯准了那幅画。他略一寻思，立刻表示赞成，并上楼请下来一位邻居小伙子。我们并肩站着合了影，在那《九级浪》前。

老爷岭上最后十九小时

1994 年的冬天对于东北人来说，几乎可以算得上是一个无雪的冬天。

沈阳城，从入冬到春节，偶尔喂鸡撒米似的飘几场小清雪。

1995 年 1 月中旬，全国第八届冬运会在吉林省吉林市拉开帷幕。高山滑雪场雪的厚度还不足 5 厘米，根本盖不住大块碎石，不少运动员使用的价格不菲的滑雪板因此被磕坏。组委会不得不雇用当地老乡，从山上林间收集积雪，用编织袋一袋子一袋子地背到场地。

1995 年 2 月 7 日，过年时，我去看望离休的沈阳军区政治部副主任白文仲。他向我谈起，去年年底，在长白山老爷岭上，在狂风暴雪中，冻死两个 19 岁的通信兵，应该有人去好好写一写。

我内心触动很大，决定立即去采写此事。

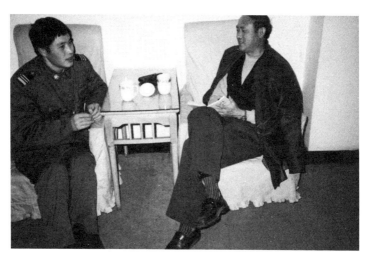

◎ 1995 年 2 月，采访长白山老爷岭护线小组幸存
班长仲伟任（左）

2 月 9 日，我前往吉林市，近中午到达二总站三营营部。晚饭后，我与老爷岭小组唯一幸存的人——仲伟任班长在关东宾馆长谈。屋里人多且嘈杂，我与小仲到走廊里，坐在沙发上，隔着茶几交谈。我们谈得非常详细，他谈的是第一手材料，十分宝贵。

仲伟任是江苏泰县（今泰州市姜堰区）人，1990 年入伍。

1994 年 12 月 27 日早晨 6 点 50 分，老爷岭地区，约 1286 杆处发生单断故障——单断不会阻断通信，但通话质量会受到严重影响。

6 点 55 分，正在吃早饭的老爷岭通信线路维护三人小组接到排查任务。王继光个子虽小，但有山东人的犟劲儿；刘云阁也不是个"省油的灯"。单断故障不属于技术难点，三人几番争抢任务后，仲班长就让他们两个去了。

7 点 10 分，刘云阁和王继光带上工具、水壶和食物出发了。身高一米八大个儿的刘云阁走在前面蹚雪道，王继光紧紧地跟在后面。随他们跑去的，还有小组养的 3 条狗：黑狗大力、黄狗美玲和它们的儿子小黑。

刘云阁和王继光顺着线路，在浅处没膝、深处没腰的积雪里呼哧带喘地走了 6 个小时，走过了 224 根线杆（两杆间隔 50 米），到达了 1286 杆处，发现断了的电话线接头。他们很熟练地用检修工具排除了故障。

下午 1 点 30 分，刘云阁套上脚扣子爬上 8 米高的线杆，用单机同时向小组和连队报告了结果。

在老爷岭当过兵的人都知道老爷岭有三个险要地段。一个是"三瞪眼"：离小组 20 多根杆远，陡坡有 200 多米，三个山头一个比一个高。人空手走，走一个坡，得歇三气，又咬牙又瞪眼。第二个是"一线飞"：距小组 40 多根杆远，是一处百十米的大洼兜，冬天往下滑雪要翻跟头，往上则几乎走不动。最后一个险要地段是"劳力克"：距小组 110 根杆，是一处 1 平方公里的平坦山顶，无树，十天里有九天刮风，有风即有雪，自然形成了凶猛异常的大风口。

刘云阁、王继光返回路上经过"劳力克"时，狂风嗷嗷呼啸着，裹挟着漫天的雪雾，劈头盖脸地向他们扑来。

此刻，他们体力消耗已经很大，不要说踏着滑雪板前进，就连喘气都困难。事后得知，这天是入冬以来最冷的一天，零下40℃，风有七八级。刘云阁和王继光，全身从头到脚都披挂着白白的霜雪，但他们还是拼尽全力，一步一步走出了每一秒钟都有可能把人吞噬掉的"劳力克"大风口。

死神始终追逐着他们。他们身上的热汗都变成了冰碴儿，腿脚开始不听使唤了。往常"噌噌"几下就能爬上去的几米高的线杆，此刻已是遥不可及。他们硬是咬紧牙关，又前行了60来根杆，那是3000多米、积雪深深的路程啊。

这时，王继光瘫倒在雪地上，实在走不动了。刘云阁坚持着拉起王继光，两人并排向前走。走了没几杆，王继光再也走不动了。脚上15斤重的滑雪板，要坐下就得卸掉。等他们小憩片刻，起身要穿滑雪板时，却再也穿不上了。两脚和棉鞋连在一起，梆梆硬，完全失去了知觉。他们不得不遗憾地甩开可以使他们减少陷雪次数的滑雪板，同时甩开了可以支撑他们身体的滑雪杆。接下来，他们的每一步都要踏进积雪的深处，最深的地方都没到大腿根了。

刘云阁拖拉着王继光，吃力地又走了不到一杆。他们把身上携带的所有物品，包括工具、挎包和水壶，统统卸掉了。

此时，王继光已经奄奄一息，连话都说不出来了。

刘云阁背起了王继光，连滚带爬地又向前走了60多米，便一头栽倒在雪窝里。过了一会儿，刘云阁又清醒过

◎ 1995 年 2 月，到长白山下某通信连机务站采写
《最后十九小时》报告文学（右二为胡世宗）

来。他想找人快点儿来救王继光，向前走了没多远，便跪在那里动不得了。

天渐渐黑下去了。

仲伟任焖好了一锅大米饭，炖了一锅猪肉、粉条、酸菜、冻豆腐。另外还煮了 6 个咸鸡蛋。他在急切地等待战友的归来。

以往几条狗跟着上线路，人快到家里，狗先跑进屋。可今天，大力、美玲、小黑，怎么都没回来啊？

他心里发毛，拿着手电，边走边喊，顺着线路不顾一切地朝前闯。走了几十根杆，没见到人影，没听到犬吠。影影绰绰那矮矮的是什么？他忙用手电一晃，啊，是他俩！

他赶紧奔过去，只见刘云阁在前，跪在那儿，王继光在后面不太远的地方，趴在雪地上。两个人如同雪雕出来的塑像一般，白白的，一动不动。大力和美玲两条狗，默默地忠诚地分别蹲在两个战士身边，也一动不动。

他急了，手电也甩一边去了。他俯下身，想把刘云阁扶起来。刘云阁对着班长的耳朵说："班长，我们回来时，走到大风口……"

仲伟任哽咽着说不出话，他分别给两个战友喂了点儿热乎水。刘云阁还吃了点儿蛋糕，王继光一点儿反应也没有。

他硬是用比刘云阁、王继光还瘦弱的身躯，轮流倒换，背负着两个战友在雪地上爬行，身后留下了一道深深的雪痕……

代理指导员张怀柱率领救援小组终于赶到了。

严重冻伤的班长仲伟任，被人们抢救过来。他半清醒半昏迷，脑子里不断浮现那惊心动魄的一幕。可他的两个可爱的战友却永远离开了。

2月11日午饭后，开路上老爷岭，午后近3时到达。张友良排长及全体巡线员——姚联平、孙文迪、马志刚都在。

天还晴着，我请他们帮我绑了绑腿，套上了滑雪板，与谭干事一起去看线路和线杆。没走多远，我就呼哧带喘了，不一会儿，就栽倒在雪地里了。栽倒后，自己根本站不起来，滑雪板非常沉。

晚上 7 点，外面阴云密布，天空昏暗，风力发电机的响声始终未停止过。我提议大家一起走出房门，对着混沌的远天，一边流泪一边呼喊着烈士的名字，把酒洒向凝冰结雪的大地。我的脸都冻麻木了。

晚上 9 点，大雪纷飞，后窗拥满了雪，如一面厚厚的雪墙。

回到沈阳，我开始写这篇报告文学《最后十九小时》。我强自按捺住沸腾的情绪，从无雪和缺雪缓缓写起。

我的经验告诉我，越是急切想歌颂的，越是要慢慢将之露出来。箭在弦上，引弓不发，读者才能体会到其中的张力，才能感受到那两位烈士的伟大。

陪同刘白羽巡游东北采风

我最早见到刘白羽先生，是在 1965 年 11 月出席全国青年业余文学创作积极分子大会时。

真正与白羽有更亲近的接触，是在 1977 年解放军文艺社举办的研讨活动中；以及 1978 年，刘白羽作为总政治部文化部部长，来沈阳主持沈阳、北京两大军区的文化工作会议上。

我与刘白羽先生更为亲密的交往，是在 1984 年，在他和李瑛组织的 24 位部队作家采访对越自卫反击战活动中。

1986 年，他对我的诗集《沉马》给予了亲切的关注，他不但仔细读了，还专门写了评论文章发表在《人民日报》上。

1991 年 1 月，刘白羽先生写信与我商议："夏天想到东北来，有没有可能？除了因为病，还因为我写的回忆录就要写到东北解放战争了。很想回来看看，会引发一些

◎ 1991 年 7 月，陪同刘白羽（左）东北之行

情思。"

　　于是，在 1991 年夏天，75 岁的刘白羽携夫人汪琦重返东北，巡游采风两个月。我非常荣幸，全程陪同，形影不离。

　　这次故地重游，白羽随身携带着一些包裹。其中最沉的是两个提包，里面装的全是书，竟有一二十本。他翻看最多的是巴金译的赫尔岑的《往事与随想》，还有《川端康成掌小说百篇》、《希腊罗马神话一百篇》、屠格涅夫的散文诗……无论采访怎样累，他都保证每天静静地读一会儿书。他对我说："我从接受新文学到现在，可以说没有停止过读书。书摆在桌子上，没这个氛围，不能生活。"

白羽的东北之行，用时最长、走的地方最多的是黑龙江。解放战争时期，白羽在哈尔滨住了 3 年。

在前往哈尔滨的火车包厢里，白羽夫妇向我打听马迭尔，都怪我孤陋寡闻，当时我连马迭尔是人名还是地名都不知道。

白羽告诉我："中央大街那个马迭尔，是一家西餐馆。"

汪琦大姐微笑着向我介绍："马迭尔的西餐地道，比北京的莫斯科餐厅还要好。"

白羽兴奋地说："到了哈尔滨我请客，咱们悄悄地去吃一顿马迭尔的西餐。"

白羽在哈尔滨时就住在马迭尔。在轻轻晃动的火车上，白羽和汪琦给我讲述了神秘的马迭尔往事。白羽说："那时国民党特务多得很，我在二楼住，夜里一楼就响起了枪声……"

我们到哈尔滨后第二天，由于我向黑龙江省作家协会主席贾宏图说了白羽与马迭尔的关系，黑龙江省的几位领导同志宴请白羽夫妇的地点便定在了马迭尔。白羽在 40 多年后重访马迭尔，喜悦之余书写了"我来寻归梦，今日胜当年"10 个大字。

白羽对昔日和当今的英雄都十分崇敬。在哈尔滨，白羽在一曼街看见赵一曼的塑像时，让车停下，疾步前行到这塑像前，为之拍照。在火车上，白羽听说我掌握了赵一曼相当多的素材，热情地建议我写一部关于赵一曼的长篇小说或传记。

白羽年轻的时候与萧红有过交往。那天去萧红故居，白羽一进院，顾不上与谁说话打招呼，从夫人手中接过照相机，匆匆踏过雨后的湿地，走到白色的萧红塑像前，连着拍了两张照片。白羽站在萧红塑像前，我和贾宏图为他拍了照。这一天，他兴致特别高，为当地的萧乡诗社题词："呼兰河上全是诗"；为县文联题词："萧红是呼兰河的灵魂"；为纪念馆题词："萧红的一生是抗争的一生，正因如此，萧红是不死的，她的灵魂永远燃烧在她的作品中，为后代人埋下火种，唤起希望。"纪念馆的一位专家取出一本研究资料给白羽看，其中一页记载着萧红逝世前已不能言语，但仍拼尽最后一丝气力写下的一段话："我将与蓝天碧水永处，留得半部《红楼》给别人写了……半生尽遭白眼冷遇……身先死，不甘！不甘！"

这段话深深触痛了白羽的心灵。归途车上，他于郁郁中写了一首诗："呼兰河水送幽香，默默沉思天地长。争抗平生求索苦，临终一语恸心肠。休怜孤冢香江冷，已惊文华震八荒。战火识君曾一面，今来重拜费思量。"

那天晚上，我们落脚在黑龙江省军区八一宾馆。白羽捧着《萧红全集》，对汪琦大姐和我讲起萧红的小说《手》：一个洗染工，上学时被别人瞧不起，因为她的手是深色的。白羽说，《手》是萧红的成名作，又说："1936 年是进步文学的高潮，萧军、萧红、端木蕻良、罗烽、白朗、舒群，我们这些人都是 1936 年出来的。"白羽深情地回忆起 1938 年在山西临汾见到萧红的情形。我才明白"战火识君曾一面"这句诗的背景。

那时全面抗战爆发，白羽赴山西前线临汾之前，冯雪峰和胡风让他给萧红捎一封信。那时，白羽 22 岁，萧红 27 岁，白羽刚见到萧红，敌机就不断地轰炸。他们躲在防空洞里交谈，萧红没有架子，像大姐姐对小弟弟一样对白羽，她很赞成、也很羡慕白羽去延安的决心。这时她跟萧军感情破裂，萧军去延安，她就不能到延安去了，她要跟端木蕻良走。这就是白羽与萧红的一面之缘。

萧红去了西安，后来病逝在香港。白羽 1956 年去香港，还专门请新华社香港分社的同志带路，和老舍一起到浅水湾去找萧红墓。白羽说，那是个很小的地方，有几棵树，很荒凉，看了很难过。萧红很不容易，死得太可惜、太悲惨了，她后来实际上是很孤单的。白羽指着茅盾为《呼兰河传》写的长序中的一段话，这段话他刚刚用红笔画了标记："经过了最后一次的手术，她终于不治。这时香港已经沦陷，她咽最后一口气时，许多朋友都不在她面前，她就这样带着寂寞离开了这人间。"我看到白羽眼镜镜片后面的两眼汪满了泪水……

位于哈尔滨霁虹桥附近的黑龙江日报社，前身是东北日报社。解放战争时期，汪琦大姐随白羽来到哈尔滨，在东北日报社做记者，住的就是报社的宿舍。我随同两位老人重访他们的旧居，竟真的找到了他们曾住过的那间房子，并同现在的主人——一位上了年纪的妇女亲切地唠上好一阵子。

之后，我们便走上霁虹桥。75岁的白羽亲执相机，要给73岁的老伴儿照张相。桥下列车隆隆驰过，吐出白汽黑烟；桥上车水马龙，人声嘈杂。白羽像个影视导演一般，让汪琦对着镜头一次次做挥手状。白羽告诉我，当年每次他上前线执行任务前，汪琦都是到这霁虹桥上为他送行，久久地向他挥手，默默地望着他走远，直至消失在人海之中。

1994年2月，汪琦大姐被心脏病夺去了生命。我赶到白羽家吊唁，他们的儿子京华和女儿丹丹也赶回来了。白羽亲自拍的霁虹桥头送别的照片保存在他家的小影集里。我给京华和丹丹讲述了这段往事，他们才知晓这张照片蕴藏的深意。

在黑龙江的日子，白羽还去了大庆、齐齐哈尔，又在牡丹江镜泊湖住了些时日。在雨季的镜泊湖，他高兴地恢复了每日几百字的写作。他曾经跟我说过，这次出来，尽量不要安排他参加会议，他也不在聚会的场合讲话。但当贾宏图恳请他同黑龙江作家们见个面时，他还是很高兴、很痛快地答应了，可见他在黑龙江是多么舒心。

那一次他讲了很多很精彩的话，他说："作家应是思想家。并不是所有的作家都是思想家，但伟大的作家一定是思想家。文学像大浪淘沙一样，无数人努力奋斗之下，从中出现群山中的高峰。应该从这个角度考虑，把自己的写作融入社会向前推进的洪流中，一片涛，一个浪，旋转着，前进着。仅有抽象的思想不能算是思想家，还要有他自己对人生、生活、世界的理解，多少年曲折的探索、追寻、思考，才能产生作为作家的思想。"

贾宏图问："您写回忆录，要不要查材料？"

白羽答："不需要。我知道的、了解的，我写；不知道、不了解的，不写。大事查一下时间、地点。"

在这一路上，刘白羽对我言传身教，我吃了不少"小灶"。

他对我说："作家最重要的是沉思，沉淀并思考周围的生活。萧红的那个塑像就是沉思的形象。每个人的人生体验只是沧海一粟。伟大作家们的作品应该经常地学习借鉴。写书的人不读书就会入不敷出，这是最可怕的。欣赏水平只有五分、七分，让他创作出十分的作品绝不可能。有十分欣赏水平能创作出五分的作品就不错了。"

他还对我说过："《长江三日》，我写的长江是我的长江，不是李白的长江，不是孟浩然的长江，不是陆游的长江。这是我长期革命工作锻炼形成的人格、风格的体现。作品的灵魂从这儿来。《长江三日》中写的是激流勇进的美。年轻人让我题词，我就写'激流勇进'4个字。这就是我在我热爱的生活中捕捉到的最感人的东西。这就是时代的最强音，这就是主题，这就是美学，这就是诗意。一个作家的一生，实际上是锻炼自己品格的一生。"

我听到了，并记在心上，他的话流露着深沉的爱和信任，是我这个晚辈终生受用不完的法宝。

他曾嘱咐和指导我如何写好抗日女英雄赵一曼，写好世界速滑名将叶乔波。他还传授我一个经验：写哪类题材，就先把这类题材最顶尖的作品找来，精读。

在结束东北采风之行后，我沉下心来，写出了《赵一曼传奇》；编辑整理并出版了叶乔波的日记选《未来不是梦》；我还写了关于叶乔波的报告文学《酣梦于冰》，发表于《人民文学》，后被《新华文摘》全文转载；后来又写了叶乔波的长篇传记《冰魄》，遗憾的是，《冰魄》由于种种原因未能出版。

编辑眼中的"快枪手"

　　报刊、出版社编辑经常向我约稿，我不惧怕时间紧迫的约稿。完成这种急稿，就像作战中的短促突击。那种感觉很有意思，很有挑战意味。写急稿，很对我的脾气。编辑们也都知道我是"快枪手"，有急稿时总会想到我。

　　沈阳日报社不断给我锻炼机会。

　　1964年春节时，解明老师来信，约我急写一篇散文，让我把自己到部队一年多的成长情况，向沈阳的家乡父老亲人作个汇报。我接到约稿信时，时间已经很有限了。我把稿子在邮路上走的时间算计好，赶在约定的日子之前邮到报社。这篇急稿发在1964年1月30日"万泉"副刊上，标题是解明老师起的：《汇报进步贺新春》。

　　王占喜接替解明担任沈阳日报社文艺部主任时，有急稿他都会想到我。1997年12月31日，占喜给我打电话：他们本来组织了一个版面的报告文学，准备发在1月6日的报纸上。领导审读后，"毙"了这个版，需要我紧急写一篇人物特写，至少 5000 字。再加几张图片，这样才能撑起一个版面。

我当即与高玉宝通话，聊了好一阵子。当天我就在 500 字一页的大稿纸上紧急赶写，次日中午送到报社。编辑王辉一直在报社大门口焦急地等着我。他把稿子拿到手上大概看了一下，笑道："您可救了驾了！"

2011 年 12 月 11 日，著名诗人柯岩大姐逝世。第二天，我追忆着柯岩大姐生前的一些事情，她的爽快，她的成就，她的笑容……这天晚上，我接到时任沈阳日报社文艺部主任杨春燕的电话。春燕说，报社编委佟丽霞知道了柯岩去世的消息，她们商量后让我写一篇关于柯岩的文章，至少 4000 字。稿子需要明天下午交给他们，后天配照片见报。我答应后，便奋笔赶写到凌晨。14 日，《沈阳日报》副刊只发了我这一篇文章：《柯岩：山岩上一棵常青的树》，配了 3 张照片。春燕还给拟了几个小标题，让文路更加清晰和鲜明。

于勤担任沈阳日报社文艺部主任之后，这种紧急约稿更多了起来。国庆 70 周年、长征胜利 80 周年等，于勤都约了我来写。这些都是要求在极短的时间内完成的。于勤说："一到特别紧急要稿子的时候，就想到了胡老师！"

我为能给编辑留下这样的印象和信任颇觉欣慰。

我在"万泉"副刊开辟了"诗家剪影"栏目，肖瑛编

◎ 在家赶写稿子

辑有时会发微信给我说："近日急用一篇。"我按照"万泉"关于选材、立意和新闻体裁的独特要求，每次都按时完成任务。

这种应急写作的本领，后来应用的范围有所扩大。

2019年，《文艺报》和中国作家网，为纪念茅盾文学奖的设立，举办纪念和庆祝活动。陈泽宇编辑通过魏巍之子魏猛找到我，急约我写一篇关于魏巍的稿子。因为魏巍的《东方》获得了首届茅盾文学奖。我用最快的时间完成了《魏巍：大时代的司号员》一稿。

同样是在2019年，《文艺报》明江主任向我急约一篇庆祝新中国成立70周年的稿子。根据两次重走长征路的经历，结合我们国家飞跃式的发展，我急速写出一篇《在长征路上寻找我的祖国》。明江主任给发表在报纸突出的位置上，还配了一张图片。

2021年9月18日快到时，《中国艺术报》邱振刚主任紧急约我写稿。我立即到"九·一八"历史博物馆，采访了范丽红馆长等多人，又自驾到沈阳与辽阳交界处，拜访乡居的"九·一八"残历碑设计者贺中令先生。我迅速完成了散文《沉思在残历碑下》，发在9月18日《中国艺术报》副刊头题。

久经锻炼之后，写急稿成了我的特长。无论时间多么紧迫、篇幅多大，我都能做到心中有底、应对自如。这真得感谢那些信赖我，让我进行"短促突击"的编辑朋友们哪。

我能成为"快枪手"有一个重要原因，就是我将"素材"都记在了日记里。那些往事，时间、地点准确，细节清晰丰富。

人生当中，有许多明确的节点，比如说出生、入学、结婚、生子、获奖、入伍，以及退伍……我于 1962 年入伍，2003 年退伍。人虽退伍，但我的战士之笔永不退伍，诗人之心永不止步。我的创作，我的编辑工作，我的文学活动，在肉身退伍之后，进入了一个崭新的阶段，更加的自如灵动，也更加地趋于成熟和圆融。

- -

 探索成长之路，解读智慧人生，
本章内容，扫码收听。

第十五章

战士之笔永不退伍

"三个永不衰减"主导我人生

2003年5月19日，我正式退伍。一晃在部队工作了41年。这41年，多少风风雨雨，多少苦乐悲欢，往事历历在目。

我感谢部队，把我从一个懵懂的文学青年，培养成一个部队干部、一个军旅诗人。党和部队给我的太多，而我虽然为党和部队做了一些事情，但总的来看，我做得还是太少。这不是客气话，对党和部队说话，是要掏心窝子说真话的。这句看似平淡普通的"感谢部队"，有无数令我永远难忘的动人故事。

我找出当年的"入伍通知书"和"退休命令"，放在一起做个纪念，同时翻出来的还有一张"五好战士"奖状。我于1962年7月来到部队，这张奖状是对我到部队第一年各方面表现的一种肯定。看到它，我忆起我当年的拼搏，忆起青年时代炽烈的激情。

我当时写诗明志：

> 远近高低看人生，满天星斗一盏灯。
> 灯光强弱凭心火，应将此光照苍穹！
> 人生之路有尽头，事业前程无尽休。
> 做鸿毛乎做泰山？愿为砖瓦筑高楼！

20岁，获"五好战士"称号，是我漫长军旅生涯一个良好的开端、崭新的起点啊。

如今退伍了，却并非我军旅生涯的终点。学习陈辉，做战士诗人——我要终生奉行。我要求自己：对生活的热爱永不衰减，创作的激情永不衰减，身上的肌肉永不衰减。

要想实现这"三个永不衰减"，唯有"坚持"二字。

我曾有幸两次重走长征路，我从长征精神中体悟得比较深，运用得比较普遍的两个字，就是"坚持"。

坚持，就会胜利；放弃，就将失败。

坚持，其实是挺难做到的一件事，不想坚持，想放弃，理由是很多的。要坚持跑步，呀，夏天太热了呀，没动弹就一身汗，算了！冬天寒风刺脸，冻得难受，算了！晚上看书，看两行，觉得一天太累了，就把书放下了……我们在学习和生活中，把许多不该放弃的东西放弃了，这种放弃，就是放弃了许多可以成就自己的机会，其实就是背离了红军长征的精神。

大约是在 1981 年，我的牙出现了问题，主要是牙龈胀痛，时不时就出血。我请一位朋友带我到一家部队医院找专家曹主任看病。曹主任细心地给我诊治了。她说治好你的牙需要你用心配合。我问怎么配合？她说，你得按我的方法，每天"三三制"刷牙。她这个"三三制"是一天要刷三次牙，吃饭后三分钟之内刷，并且要刷三分钟，后面这个"刷三分钟"，带有对牙及牙床的按摩作用。当然了，曹主任还说要正确刷牙，就是该横刷时横刷，该竖刷时竖刷。

几十年来，我每天坚持这个"三三制"刷牙，没有犹豫过，没有耽搁过。我还领会了这个刷牙方法的要义，那就是时刻保持牙齿的清洁。有时外出执行任务，没有条件刷牙，就在饭后及时漱口，及时清理饭菜碎渣，保持口腔卫生。甚至平时在什么地方吃半个苹果，或喝了一杯橙汁，也要及时刷牙或漱口，不让苹果渣子或饮料汁停留在口腔里腐蚀牙齿。

用"三三制"的方法刷牙，我坚持了 40 多年。在我80 周岁之后，我去检查牙齿。牙医从电脑屏幕里看我放大后的牙齿，惊喜地告诉我，这牙很结实。这是把"三三制"坚持下来的结果啊。

2005 年秋天，我听人说，坚持用中医方法揉腹很有好处。每天早上醒来、起床之前，我和老伴儿就先做这个推腹：平躺在床上，两手从胸部到腹部推 300 下；绕肚脐逆时针按揉 36 下，顺时针按揉 36 下；在两肋从上到下推 36 下；两臂举过头顶，向左右伸懒腰各 1 次；之后就是扣手，正面、侧面、反面各 36 下，两手背击打 36 下，拍掌 36 下；右手击打左臂弯 36 下，左手击打右臂弯 36 下；右手拍打左腋窝 36 下，左手拍打右腋窝 36 下；两手拍打大腿根 36 下，拍打腘窝处 36 下。我和老伴儿无论是在家还是在外，每天雷打不动都做这一套操。我们坚持了 20 年，感觉对身体很有好处。

我离开了工作岗位，同时我的新生活也开始了。我的事业是创作，不会因为一纸退休命令而中断，它将会伴我走完整个生命的旅途。我可以在身体健康的前提下，把它做得更加从容、更加游刃有余，更加非命题、自主化。

我退伍了，但我的心和笔永不退伍。凡是在部队里当过兵的人，都会有这样的体会：在前进的路上，只要是在队伍里，一般都能够坚持下来，无论多么艰难困苦，都能挺住。

我刚参军不久，有一天拂晓，我和战友们睡得正香，紧急集合的警报骤然响起。大家在黑暗中快速起床穿衣，默不出声地摸索着打背包，把挎包、水壶、手榴弹袋左肩右胁、右肩左胁地背好，扎紧腰带，按序号从枪架上取枪，跑出去列队。

天亮了一点儿，连长在曙光里看手表，统计各班各排用了几分几秒；同时检查是否有人丢三落四，水壶是不是

◎ 1980年12月21日，在南海西沙中建岛哨位上
替哨兵值班

空的、是做样子的。

　　一切准备就绪后，队伍悄没声儿地出发了。队伍走在大道上，走在乡村小路上，走在起伏不平的山路上。队伍开始走得很慢，渐渐走快了，前面不断传来口令："跟上！"之所以传"跟上"的口令，是因为有人快跟不上了——每个人都是几十斤的分量在肩头啊。越走天越亮，越走人越乏。有的人袜子或鞋穿得不对劲儿，或者鞋垫在鞋里皱巴了，这时脚就起泡了。如果是一个人在这路上，是无论如何也走不下来的。可是，大家都在队伍里，看着身边的战友都在走，自己也就咬着牙走了下来。有的人眼看就要掉

队了，马上有体力比他强的人走到他身旁帮他扛枪，甚至连他身上的背包都抢了过来，加到自己的背包上面。

刚下到连队，我是个体力较弱的新战士，但是，在这紧急集合之后负重的长途行军中，我没有掉队，我坚持了下来。在几十年从军的经历中，我参加过无数次这样的急行军，我都坚持住了。这是因为我在队伍里，我在战友中间。战友来自五湖四海，亲如兄弟，无比温暖，让你掉不了队。

一颗水珠也许是渺小的，但当它们汇成小溪、汇成江河、汇成大海的时候，那就力大无穷了。

这是有形的队伍。在我们的生活中，还有一支无形的队伍，这支队伍也在集结和前进。它不像部队急行军那样一目了然，但它在生活中、在我们的感觉里，是的的确确存在的。

我这个老兵，永远在这个无形的队伍中，永不掉队。

北戴河重逢王蒙、邓友梅

中国作家协会在北戴河有一个创作之家，每年都组织会员到这儿疗养、写作。2009年9月，辽宁省作协的同志征询我，是否愿意带家属参加这个活动。我当然非常愿意。那年夏季，火车票难买，我和夫人干脆自驾前往北戴河。

我的中国作协会员证，证件号是0892，入会时间是1980年6月。转眼之间，我入会40多年了。

辽宁作家一共来了3家，田永元、董俊生也都偕夫人按时到达。中国作协的工作人员告诉我们，在这儿就餐10人一桌，饭菜可口。

早上，大家列队学习太极拳，老师是一位戴着眼镜的小伙子。我前边是惠娟，左边是王蒙。

王蒙戴着一副宽大的眼镜，灰白色的头发浓密苗壮；穿着浅色衬衫和有许多兜的流行短裤，深色袜子，褐色凉皮鞋。他与我打招呼，我双手抱拳对他表示敬意。

◎ 2009年，参加中国作家协会活动

　　早在1980年，我就在辽宁省作协举办的座谈会上，听过王蒙的发言。当时，他关于"让文学成为文学"的大段论述十分精彩："不是一首诗就可以亡国、一篇小说就可以兴邦的。不能说人们精神面貌不好是唱歌唱的。唱一首邓丽君的歌就变成台湾同胞了？唱一首美国歌，就变成美籍华人了？听柴可夫斯基就变成沙皇臣民了？不是呻吟导致肝炎，而是患上肝炎而后呻吟。文学毕竟是文学，官僚主义、房子、排队买菜，不是小说能解决的。替群众说说话，舆论上多少起点儿作用，但实际社会效果不是一两句话就能说清楚的。"

　　王蒙学太极很是认真，教太极的小老师认得他，称他

"王老师"，在纠正他的动作时却又称他"王部长"。太极拳整整打了1个小时，到7点半开饭时才结束。

我们住的那层客房走廊里，挂着王蒙题写的"青春万岁"。王蒙早已青春不再了，他的作品却是青春永驻的。

上午我在房间里读书，读的是随身带来的袁鹰寄给我的《师友风华录》。开篇他写的是叶圣陶，第二篇写的是沈雁冰，第三篇写的是胡愈之。袁鹰的散文，惯常的写法是从小事中看出"大"来。我正读得入神，外面忽然阴云密布，少顷便是大雨倾盆，声势颇为浩大。

◎ 与王蒙（左）在北戴河

我与田永元去看望王蒙，王蒙机敏而犀利，深入而浅出。王蒙翻看我带去的、我选编的《爱的月光——精美军旅爱情诗200首》。他见我没在扉页上签名，便问我："送我书为什么不题签呀？"

我说："不必带回呀，知道您书太多，就是请您在这儿翻翻。"

他忙说："别别，别别，我要带回去。"

他翻看得很仔细。看到关于张志民的诗时，他说，他跟张志民特别熟；当他看到关于峭岩的诗，马上说，峭岩在军艺（解放军艺术学院）待过。

我们聊到早上打太极拳，我说："您肯定不是头一次打。"

他说："是的，我学过。我笨，相当笨，离老师的要求差得远。这个老师非常严格，他是在大学里教太极的。上一期我就跟着做、跟着学，我是'留级生'。"

此次疗养，邓友梅也参加了。

我和邓友梅是在1981年的"黄海笔会"上结识的。那次我游泳出了险情，邓友梅与诸位作家朋友专门为我置酒压惊。1999年6月，为提高长篇小说的创作质量，我们沈阳军区请来多位专家"会诊"，这其中就有邓友梅。

这次是我与邓友梅第三次相见。

我到邓友梅住处去拜访他，他停下正在电脑上进行的工作，与我交谈。邓友梅身着深红色的圆领衫，右手挂着一根拐杖。我发现他电脑显示屏上的字非常小,他的眼神真好,能看五号字。

他说,他常在网上读到我的文章,他还指出我哪篇博客写得有点儿意思。我很惊异,他这般年龄还如此熟悉网络。

邓友梅的记忆力特别好,连小时候读私塾时老师教的课文,都能大段大段给我们背诵。他讲到,他只有小学四年级的文化,到了文工团之后文化水平才得以提高。文工团里小孩儿多,演员在台上演戏,他在侧幕提词,点支蜡

◎ 与邓友梅(右)在北戴河

烛照着本子念。剧本里好多字他不认得，就请人先教会他，他再提词。大家演一个戏，他念一个剧本，演10回，他念10回，几年下来，他得念多少个剧本啊。他的文化就是在这无意中提高的。

邓友梅说，现在年纪大了，小说不写了，写点儿随笔，没有固定的题材，一时兴之所至，想到什么就写什么。看见一个事，引起联想，就用一两千字把它写出来。

我问起小说《那五》在国外翻译的情况。邓友梅说，法、德、英、意等国家都翻译过。他怀疑这种翻译的质量，西方国家的文字他看不懂，可是他稍懂日文。邓友梅看过日文版的《那五》，事件和故事都行，但韵味就不行了。生活中的语言，那种味道是很难翻译过去的。

我们又谈起《那五》电视剧，这是谢添导演的。

我问："这个剧能打多少分？"

邓友梅没有正面回答这个问题，他说："咱们文学创作的原则，是能写5000字绝不写6000字。拍戏往往是能拍30集，绝不拍20集，他们是尽量扩张。剧本，剧本，往往注水。"

在响亮的蝉鸣声中，我们交谈着。我看邓友梅的精气神很好，拿出相机要给他照相。

他笑道："早知道你要照相，我去理个发好了。"

此次北戴河之旅，欣逢故人令我惊喜，放松身心倒在其次了。

写不尽的长征与雷锋

　　从青年时期到现在，我有两个始终不变的创作主题，那就是雷锋与长征。当我还是一个新兵时，就开始在连队的黑板报上创作关于雷锋的作品。至于长征，我对这一历史事件有着深刻的感情，更有着切身的"体验"。

　　2016 年，是红军长征胜利 80 周年。人民日报社和中国作家协会联合主办"红色家园"征文活动。我把长诗《延伸，我们的路》发到了征文邮箱里。这首诗本是应白山出版社社长焦凡洪之邀写的。投稿 5 个月没有任何消息，我以为石沉大海了。

　　没想到 5 个月后，2016 年 8 月 31 日，《人民日报》竟然以将近整版的篇幅发表了。我在这首诗里深情地回顾了我们党、我们军队从无到有、从小到大所走过的艰险、曲折、光芒耀眼的道路。我在诗的开始部分写道："我们的路，／起点在嘉兴南湖，／那条倒影美丽的游船，／聚集

2014 年，我的家庭被沈阳市妇联评为"沈阳十大最美家庭"，被辽宁省妇联评为"辽宁省五好家庭"，被全国妇联评为"全国最美家庭"和"全国五好家庭"，被中国新闻出版广电总局评为全国"书香之家"。一个个荣誉接踵而来，我和家人知道，我们只是尽力做好自己，我们和所有家庭都一样，努力和睦相处、乐观向上。

2014 年，在沈阳市妇联举办的"最美家庭"颁奖会上

◎《沉马》，解放军出版社 1987 年 8 月出版

◎《雪葬》，白山出版社 2016 年 3 月出版

◎ 《延伸，我们的路》，中国大百科全书出版社
2024年8月出版

了中国十几位最重要的人物，／收割的明镰，／开路的利斧，／成了这条船的标志之符。／我们的一切，／都是从这里起步。"

这首长诗，我写到我党我军重要的历程，写到英雄前辈奋勇前行的英姿，写到在这条漫长的路上涌现出的可歌可泣的英雄人物和模范事迹，也写到向中国式现代化进军路上奏响的一曲曲凯歌，"千斤重担，／我来挑起；／苍茫大地，／我主沉浮"。

这首诗发表后引起了强烈反响。中央电视台在甘肃会宁举办的"心连心"艺术团纪念红军长征胜利80周年的晚会上，由刘劲、丁建华、马少骅、温玉娟4人朗诵了这首诗的节缩版。辽宁广播电视台李潇和陈婷婷作了配乐全诗朗诵，并对我作了专访。

当时已经92岁高龄的贺敬之亲自给我打来电话，他说："我读到了你的《延伸，我们的路》，很是高兴。已经多年没读到这样好的长诗了。这首诗概括了一个时代，你的诗能够帮助读者理解长征精神。红军长征，可歌可泣啊！"

有人说，《沉马》《雪葬》和《延伸，我们的路》是我的"长征三部曲"。我有点儿暗暗赞同。

2021年即将迎来中国共产党成立100周年。

那是在2020年夏季的一天，我接到外文出版社曹晓娟编辑的电话，我之前并不认识曹编辑。她几经辗转才与我取得联系。为庆祝党的百年华诞，外文出版社将出版一套"中国共产党人系列"丛书，向国际社会介绍中国共产党人，其中有一本是写雷锋的。外文社的编辑们找到十几本写雷锋的书，其中就有我主笔的。他们认为我与外文社的编写思想很合拍，想请我来写这部书稿。

听了曹编辑的这一番话，我立即感到自己肩上的担子好重好重。这是向国外读者介绍雷锋，一定得考虑国外读者的口味。我接下这个任务后，便躲到远离繁杂事务的海南，专心构思，写作了两个月。

出版社给我这本书定名为《信念之子：雷锋》。这个书名一下子打开了我的思路，明确了对外介绍雷锋的价值和意义。

《信念之子：雷锋》是我参与及独立写作的第七本关于雷锋的书，也是我首次出版的外文版书。我的写作生涯又向前迈出了重要一步。

在这本书中，我挖掘了一些雷锋身上新的故事。例如，我特别写到一个叫王文阁的孩子，他是个家庭困难、自卑的孩子。当雷锋知道他对科学技术感兴趣时，给他买了一套当时挺贵的《十万个为什么》。雷锋对他说："这套书一定要结合课堂所学用心看，对你一定会有很大的帮助。"王文阁接过这套沉甸甸的书，眼泪止不住地流下来了。

雷锋还在扉页上写道："愿你插上幻想的翅膀，去探索大自然的奥秘，长大成为一名科学家。"王文阁不负雷锋叔叔所望，长大后真的成了一名科学家。

《信念之子：雷锋》备受海内外关注，多家媒体进行了评论。海军原副政委、雷锋生前战友冷宽中将评论说："这是继《雷锋的故事》之后，系统地向国内外介绍雷锋事迹的权威性著作……对于在国外更广范围内传播雷锋精神，将起到积极的助推作用。"

在写雷锋的路途上，我有一位重要朋友，他就是辽海出版社社长兼总编辑柳青松。柳社长有着厚重的雷锋情结。他在北方图书城担任总经理时，就曾邀约我写歌颂雷锋的诗。他还曾助力辽宁美术出版社，出版了我的诗与

◎ 1963 年 3 月，在连队时的日记本扉页

◎《信念之子：雷锋》，外文
出版社 2021 年 7 月出版

◎《洪流放歌——我写雷锋
60 年》，辽海出版社 2023
年 2 月出版

报告文学集《雷锋，我们需要你》。

《信念之子：雷锋》出版之后，青松向我约写雷锋主题的书。我感觉自己所掌握的雷锋素材，好像已经山穷水尽了，便想婉拒。

青松笑笑说："我约您写的，和以前您写的不一样。2023年，是老一辈革命家为雷锋同志题词60周年。这60年里您一直坚持写雷锋，您接触过哪些'雷锋人'？遇到过哪些'雷锋事'？有哪些值得告诉世人的经历？您看是不是可以从这些角度写一写？您慢慢想，不必马上回答我。"

不用慢慢想，经青松社长这样一提醒，我立即觉得可行。我纳闷儿，他怎么比我自己还了解我？他怎么晓得我脚底下有什么矿？这可真是一语点醒梦中人啊。于是《洪流放歌——我写雷锋60年》这部作品应运而生，就连书名也是柳青松社长起的。

1963年，我在报纸上发表了《雷锋活着》《一面鲜艳的红旗》《雷锋的胸怀》《雷锋的方向盘》等多首诗歌……从那时起直到2021年外文出版社出版我的《信念之子：雷锋》，我没有停止过对雷锋和雷锋精神的歌唱和传扬。我写过雷锋团的报告文学，写过雷锋的电视剧本，写过学雷锋的专题片，写过陈广生和张峻这样对宣传雷锋作出重大贡献的老同志，写过此起彼伏的雷锋潮。60年来全国军民学雷锋波澜壮阔的图景，就像一条洪流始终向前奔腾着，我幸运地追赶着这支洪流，为她鼓掌，为她歌唱。

我是渺小的，洪流是伟大的，可是渺小的我，有义务、有责任、有能力，把我所亲见的这条洪流描摹出来，奉献给经历了这个时代的读者和后代的读者。

想起来就激动，写起来就顺畅，很快我就写出了初稿。

在《洪流放歌——我写雷锋 60 年》纸质书即将出版之时，辽海出版社又与辽宁广播电视集团（台）辽宁之声联手，请陈红和富馨两位主持人制作了这部书的有声版。

新书发布会那天是 2023 年 3 月 3 日，有声版也从这天开始同步开播，连播了 45 天，好多朋友每天一集不落地收听。此时刚过完我 80 岁的生日，我暗暗庆幸在这个岁数，我仍然在自己喜爱的文学道路上前行着，我并未止步。

2023 年 6 月，在第 29 届北京国际图书博览会上，辽海出版社分别与巴基斯坦、埃及、蒙古等国家的出版社签约。《洪流放歌——我写雷锋 60 年》的外文版将在这些国家推出。

雷锋精神再次走向世界，这更令我意外和惊喜了。

轻松小照配清新小诗

从 2020 年开始，我几乎每天都要在微信朋友圈发一个"小照配小诗"，即一幅轻松的照片配上一首清新的小诗。这是我在海南博鳌住处读书写作之余的一项即兴创作活动。这完全是我"强加"给自己的，没有编辑约稿，也没有旁人督促。

"曲不离口，拳不离手"，一个诗人不能长时间不写诗呀，哪怕这段时间是在完成其他体裁的写作任务。但如果长时间不写诗了，那我还是诗人吗?

我用我的肉眼、我的心去观察，然后拍下我认为有意义的景象，或者请老伴儿给我在有意趣的背景之下拍照。接下来，把拍照时的印象俏皮地写出来，那就是顺理成章的事了。

"小照配小诗"是我在时间的夹缝里做的一个有趣的工作。这些小照、小诗，都是我晚年生活的真实写照，是我在这个年龄段生活、心情、诗思的原生态记录。

比如，我在微信朋友圈发布的第一首"小照配小诗"，是一张我荡秋千的照片，小诗是这样写的：

> 一把年纪也来打秋千
> 会想到遥远的童年
> 我庆幸我的童心依然
> 追寻新奇并始终乐观

蹲下与三只白羊雕塑合影，我写道：

> 我属羊
> 崇尚柔和、温顺的模样
> 我爱草和阳光
> 做我的朋友一定要心地善良

诗是抒情的。即使是叙事诗，也要抒情，不应该使叙事诗成为分行押韵的小说。因而在进行诗的构思时要十分重"情"，要始终保持饱满的激情，要有真情实感，特别要珍视自己最初动心的那一刹——那一刹是稍纵即逝的，它像一粒火种，可以点燃一盏油灯、一灶柴草或一炉煤块。往往那最初动心的一刹所记录下来的东西，可以成为一首诗的诗眼，也就是古人所说"立片言以居要"。

在海边看到帆船雕塑，我将之拍下：

美丽的帆

依然迎风招展

我理解这脱离海的展览

可我不会做一只失去生命的船

我总觉得写诗不能太冷静，对生活素材不能漠然以对。写诗需要腾腾的热气，需要饱满的激情。有了饱满的激情，便会使自己处于良好的状态之中，构思就会很快完成；反之，"诗生产"就会变成"诗难产"。

在园区里拍下一只小兔子采蘑菇的雕塑，我写道：

采蘑菇要走远路

需付出巨大的辛苦

小兔小兔

你的准备是否充足

诗的构思过程是诗人受生活启示的过程，同时也是诗人巧妙地改造生活的过程。这个"改造"包含着诗人的联想、想象。

在草坪上拍下两只蚂蚁的雕塑，我配首小诗：

两只蚂蚁对峙于草地

不知是恋人还是仇敌

如果不是千万倍地放大

你会忽视微小者世界的神奇

  诗的主题的表现以直陈为大忌。这就要求构思时尽力
把主题思想隐在画面和意境之中。当然也不是说一切诗都
不能直接把主题思想说出来。当曲则曲，当直则直。即使
直，也要直得有情、有理、有韵。郭小川曾说："作者的
议论，主要起画龙点睛的作用，而且一定要讲得正确、新鲜、
深刻，讲到节骨眼儿上。"

◎ 每天坚持写作

我小时候看过一本小人书，叫作《点金术》，说的是一个道士通仙术，可以点石成金。这个充满神奇色彩的故事，曾激动和迷惑过我幼小的心灵，深深地刻印在我的记忆之中。随着年龄和阅历的增长，我渐渐体会到这个故事所包含的思想。那么多诗人，将看似平凡的生活凝练成优美的诗篇。我常常想：这或许就是一种点石成金吧。

生活中是含有诗的元素的，但生活本身并不等于诗。这正如铁矿石中含有铁，但铁矿石本身并不等于铁。从铁矿石到铁，需要冶炼；从生活到诗，需要构思。

我在青年、中年时代，很想把写诗的"点金术"学到手，但一直未能如愿，我是不甘心的。我从思想、情感、慧眼、技巧等诸多方面，淬炼自己的诗，也淬炼自己。

如今我老之将至，仍在努力求索。"小照配小诗"，如水清澈，如孩童般天真。这里面蕴含的，是我一生爱诗的执念啊！

五年的时间过去了，"小照配小诗"已经成为我微信朋友圈中一个固定的"栏目"。朋友们不时会给予评价和建议。

和我写日记、刷牙一样，"小照配小诗"的练笔我也会坚持做下去。这就如同扯出一条线，缠成一个团儿，日拱一卒，久久为功。曾经的《鸟儿们的歌》与《当代诗人剪影》，都是"扯线缠团儿"的成果。

采撷绝句华章馈读者

在我文学的道路上，除了写诗、写书，也做主编编选一些书。只要是读者需要的，或写或编，我都没有理由推诿、拒绝。

我曾编辑过《决战松嫩》《黑土地·红松林》《铁西神话》等报告文学集，还曾主编过《中国当代军旅诗选》《军旅热歌100首》《爱的甘泉——中外精美爱情诗100首》《爱的月光——精美军旅爱情诗200首》等诗歌集。

截至2022年，我共主编了46本图书，其中《新诗绝句》是很有代表性的一本。

2000年，在我年近花甲之时，萌生了集纳中外新诗佳句、将之编辑成书的想法。新诗"绝句"与古诗"绝句"，在概念上是不同的。新诗"绝句"，是指绝妙的诗句，包括那些脍炙人口的名句，也包括人们不太熟悉但却同样精妙绝伦的诗句。

新诗有无数个选本。而我想的是，编一部准工具书，把新诗中思想的闪光、艺术的焦点，从大量的诗篇中撷取出来，如在汹涌的波涛中撷取晶莹的浪花，如在一望无际的沙滩上撷取多彩的贝壳。我要把这些浪花和贝壳，捧献给日夜繁忙的人们。

我的这一想法，最初得到春风文艺出版社编辑室主任王烨的首肯。接着，又先后得到李勤学、贾建明两位社长的支持，尤其是得到资深编辑邓荫柯的帮助，以及时任辽宁出版集团总经理任慧英的关怀。

这是一个巨大的工程，我给国内500余位诗人写了约稿信，得到了300多位诗人的热情回应。他们为重振新诗雄风、提高国民素质而不遗余力。

当时年届九旬的老诗翁臧克家，热情支持我的这一选题。他亲自从几个书名中，帮助我斟酌确定了《新诗绝句》这个书名，并亲笔题写了这个书名。

春风文艺出版社资深编辑邓荫柯执笔写的序言中说："只有80年历史的新诗的影响自然无法和古典诗词相比。然而新诗在短短的历史年代里所积聚的创造成果，在社会生活和人的精神世界所发挥的作用却是巨大的，不容忽视的……锦言佳句，分类辑选，成为一部既有可读性和实用性，又有资料性的优秀诗句汇编……"

《人民日报海外版》在介绍《新诗绝句》时，用了《为了方便爱诗的人们》这样一个标题，这也道出了我编选"绝

◎ 《新诗绝句》，春风文艺出版社 2000 年 12 月出版

◎ 《致敬雷锋——诗选 100 首》，沈阳出版社 2023 年 1 月出版

句"的初衷。

这部于 2000 年 12 月出版的 866 页大部头书，虽然不是我的个人作品，但它却是我特别看重的一部作品。我为我所热爱的诗歌做了一点儿实事，为它的发展添上了一小片琉璃。

另外一部我看重的书，是我编选的作品集《致敬雷锋——诗选 100 首》，2023 年 1 月由沈阳出版社出版了。

在此起彼伏的学雷锋的热潮中，沈阳出版社的领导和编辑应群众之所需，邀我主编了这本歌颂雷锋的诗歌选集。为此，我收集、翻阅、浏览、审视了 60 年来创作、发表、出版的歌颂雷锋的大量诗作。

贺敬之的《雷锋之歌》是我在连队当战士时就全文背诵过的优秀长诗，在编这本《致敬雷锋——诗选 100 首》时，诗人高洪波对我说："有贺老爷子一首《雷锋之歌》，别人都可搁笔了。"我觉得这是对这首经典作品的最高评价了。

如何把这首长诗节选呈现在这个选本里呢？我觉得自己很难减去任何一行。我的好友胡笳，曾和贺敬之的夫人柯岩大姐一起主编过《与史同在：当代中国新诗选》，他告诉我，当年是柯岩亲自动手节选了《雷锋之歌》，放到里面的，别人不可能节选得如此精准恰切。于是我照搬了柯岩大姐的节选成果。

编这本歌颂雷锋的诗集，我尽心尽力。我一贯主张，做自己想做的事，做自己能做的事，做自己觉得有意思、有意义的事。编这本诗集就是如此。

从 2023 年开始，我与辽海出版社合作，主编一套给青少年读者阅读的"成长"系列丛书。这套丛书的主人公，以作家和艺术家为主。我们希望读者从他们的人生经历中，看到他们成长的轨迹，从而获得人生的启迪。

这套书的缘起，是青松社长约我写我如何开始写日记，又是如何走上文学道路的书。我觉得比我更有说服力的人太多了呀。我和青松商议着，扩大成一个"成长"书系。本来这一切都是青松策划和推进的，他硬是让我做这套书的主编，我觉得他做主编才合情合理。我们曾为此僵持不下。最后他坚持让我做主编，连我建议的"双主编"他也不允。

2023 年 6 月，丛书的第一本，王充闾先生所著的《譬如登山：我的成长之路》已经出版。预计在 2025 年，臧克家、刘白羽、安波、魏巍、李默然、李宏林等人的成长之书，也将出版。

为了编辑这套大书，我组织了很多作者，并多方联系相关传主的亲属、后人，出思路、看稿件，马不停蹄地工作着。

亲爱的读者，您现在看到的这本我的自传，也是这丛书中的一本。

我和惠娟通信7年，才走进婚姻的殿堂，这是我们那个年代独有的浪漫。因为工作的原因，我经常在外地奔波。甚至两个孩子出生，我都未能守在惠娟身边。惠娟操持着家里的大事小情，从未有过怨言。我们的一女一子，以及我们的外孙治先，皆向上向阳。在教育上，我和惠娟齐心协力，用尽心思，从爱与尊重出发，尽到做家长的责任，让家庭成为一个宁静的港湾。这样，路再远、再艰难我们也不怕。

探索成长之路，解读智慧人生，
本章内容，扫码收听。

第十六章

家庭和美，儿孙向上

蜗居9平方米，4口人笑声朗朗

1962年6月，我如愿收到入伍通知书，整个人沉浸在巨大的幸福之中。28日这一天，我收到了下届文科一班王惠娟同学的一封信。我在学校担任出黑板报的工作，并经常在黑板报上发表诗歌，王惠娟因此想要认识我，却没有机会。

我被批准入伍，再过几天就要穿着军装离开学校了。惠娟鼓足了勇气给我写了这封信，她在信中说："我最想当兵，可是人家不要女兵。我羡慕你能穿上军装，希望能与你交个朋友，保持联系。等你正式入伍了，把部队上的事情写信告诉我，这就等于我也当兵了……"

我写了个字条，告诉她我收到了她的信，感谢她。我委托同学转给她。

7月4日那天，我要出发了。我回学校3次，恋恋不舍地与老师同学告别。王惠娟特地从学校农场赶回来送我。我俩走在回校的路上，惠娟说："我不如不认识你了，好不容易认识了，又分开了。"

她送我一块小手绢，一块肥皂，一块香皂。我本要退给她，我们的学姐丁玉英说，这样做不好，不对。我就收下了。那肥皂和香皂用报纸包着，报纸上写着她的名字。写着她名字的这块报纸，我保存了好多年。她一再嘱咐我给她写信，不要断了联系。

我把心事托付给了丁玉英，我觉得她是我可靠的大姐姐。我请她转告王惠娟：我决定到部队后，仍会与她保持联系、保持来往。我觉得王惠娟是单纯的、淳朴的、善良的。

在那个年代，这就是恋爱。

后来别人说，那小手绢、肥皂、香皂，就是她送给我的定情信物啊！

在那个年代，年轻人的心是火热的。

我们歌颂青春，赞美青春，为祖国和人民贡献青春。我在连队里出黑板报，要抄写雷锋关于青春的语录，就连给女朋友王惠娟写信，我也要夹上一个印有雷锋关于青春的名言的书签。在书签的背面，我写下了这样一首从未对外发表的诗：

七月十五月儿圆，

清辉如水洒满肩。

革命征途长万里，

心同志合奔向前。

学习体会互交谈，

低级趣味抛一边。

且举雷锋为楷模，

应将"有限"化"无限"。

……

我到部队后，大约一周给王惠娟写一封信，写我的情况和感受。她每信必回。就这样，我们整整通了 7 年的信。

在 1969 年国庆节前夕，我们在长春，在我工作的某野战军机关，举办了一个十分别致的结婚典礼。

因为当时全国处于战备之中，军部很忙，白天根本就没时间。在 9 月 29 日的晚上，我们在军部礼堂的舞台上举办了婚礼。这个礼堂，归我所在的部门（文化处）管辖。

这天晚上，礼堂上了大锁，里面黑灯，但大幕后的舞台上却是灯火通明。3 张长条桌并在一起，婚礼便热热闹闹地开始了，而此时，在礼堂外面却听不到一丁点儿的动静。我请同事萧祖臻帮我用 70 元钱买了香烟、花生、糖块和茶叶。同事王中才做主持人，摄影家陈阵给我们拍了结婚照。

婚礼前，我和惠娟在我们处长张绍文家吃了第一个团圆饭。我们结婚用的房子、被褥、枕头都是借的，只有新

◎ 1969 年 9 月 29 日，和王惠娟在长春结婚了

◎ 1977年，妻子王惠娟与海英（7岁）、海泉（2岁）在沈阳机车车辆工厂老宅前。

枕巾是自己买的。

就这样，一个小家诞生了。

和那个年代的大多数人一样，我们这个小家的生活也很艰苦。

刚一结婚，我就和爱人两地分居。我在外地当兵，她在沈阳一家工厂上班。工厂照顾军属，在我们女儿马上就要出生的时候，给我们分了一个背阴的 9 平方米小屋。

这个小屋摆不下双人床，工友们帮忙打了一铺小炕。

1975 年 8 月，儿子海泉出生，此时我借调到北京。我请了一周的假，去看惠娟和孩子。在沈阳机车车辆厂医院的一楼，一个有 8 个床位的大病房里，惠娟坐在床上，抱着我们的小宝宝，5 岁的女儿海英守在床边。两个孩子生下来时，我这个父亲都不在妻儿身边。海英出生后，差不多过了两个月，我才获假回来探望。儿子生下来两天了，我才赶到医院。

8 月 17 日上午，惠娟出院。我用自行车推着惠娟，惠娟抱着儿子，我们一起回到了温馨的蜗居。

小屋只有一个小北窗，终年不见太阳。我们家冬天奇冷，夏天闷热。有一年冬天太冷，我们把厨房里的煤气管子接到屋里来，点着火，把一块大钢板放上去烧得通红，以此来取暖。现在想起来都后怕，万一煤气泄漏，或者钢板把木地板燃着，那可就引发灾祸了呀。

岳母来照顾惠娟。晚上睡觉，他们 4 个挤在小小的炕上，我睡在地板上。我家这地板，经常有耗子出没，我总是担心耗子咬我。不管怎样，全家人团圆在一起比什么都强，比一个人住高级宾馆都强。

我刚调回沈阳工作时，我们四口之家也是住在这个小屋里。我的藏书装在两个纸箱子里，放在炕下面。用书时把纸箱子从炕底下拽出来，用完了再用脚把纸箱子踹回去。我倒也没觉得有什么不便。

当时，我们丝毫没有感觉到住所的狭小局促。我们4个人经常在炕上玩骑马游戏，多数时候我当马，7岁的海英或2岁的海泉骑在我背上。我左摇右晃，想把他们晃倒在炕上。他们把住我肩膀，尽力骑稳，不让我把他们晃下去。每次玩，我们都是大汗淋漓，笑声不断。我小时候也曾这样骑在当大马的父亲背上。

我们当时还有一个保留的"娱乐"项目，那就是晚上4个人挤在一起，趴在炕沿上，两臂支着枕头，不出声，看大小耗子在我家地板上警惕地走来走去。我们住的是老房子，地板上有许多窟窿。耗子从这个窟窿进去，再从另一个窟窿出来，忙忙碌碌的。我们不讨厌这几只耗子，它们和我们相安无事。

我家小屋是在二层楼的最里面。二层有两家邻居，一家是老工人，一家是机关干部，他们的房子都是向阳的。

老工人姓吴，是手艺人，他自制了一台9英寸的黑白小电视机。每天晚上，到了《新闻联播》和电视剧的时间，楼上楼下，七八户人家就到他家观看。我常常带着2岁的海泉，拎着小板凳到他家去看电视。

4口人，9平方米，人均不到2.5平方米。我常常给家人背诵刘禹锡的《陋室铭》："山不在高，有仙则名。水不在深，有龙则灵。斯是陋室，惟吾德馨……"

有一天，我们军区政治部文化部部长、老红军张云晓，中午想要到我家看看。我知道我家的窘迫，就极力阻拦。张部长不容我说什么，让司机拉着就到了我家。

　　张部长要在我家吃饭，我赶紧让惠娟从工厂请假回家。惠娟做了一个菜——土豆片炒青椒。老部长毫不嫌弃，一点儿架子没有，直接盘腿上炕，和我一起吃了顿家常饭。

　　不久之后，全军在北京召开文化工作会议。张部长在会上讲了我的住房情况，这事还上了会议"简报"。

　　军区政治部的首长不高兴了，说："咱们自己家的事，

◎ 1980 年，一家四口游北陵

到全军瞎咧咧啥，太不应该了。"说归说，单位还是很快给我解决了一套两室一厅的新建的营职房。

我们全家 4 口人第一次进入这个大房子，两个孩子高兴得坐在地上，不起来了！

让海英近距离接触诸多名家

帮助孩子成长，其中很重要的一条，就是让他们养成读书的习惯。海英读书的习惯是逐渐养成的，现在的她，依然手不释卷。

海英小时候几乎遍读了中外名著，如《平凡的世界》《新星》《白鹿原》《傲慢与偏见》《红与黑》《鲁滨孙漂流记》等。这对于她扩大知识面、增加见识，有极大的帮助。

我交往的老师和朋友中，有许多名人，我就让孩子也和他们近距离接触，主要是想沾沾"仙气儿"。让这些名人的思想、情怀、胸襟和气度，对她有所感染和熏陶。

海英小时候，家里来了贵客，她都会自觉地拿出小本子请贵客写句话，用来鞭策和勉励自己。

比如：

◎ 1980年，女儿胡海英，身后是儿子胡海泉

　　小海英：愿你集中父亲的诗中的智慧，母亲的温淑和善良，再加上时代的跳跃节奏——那你将成为你爸妈最好的女儿。

晓棠阿姨

一九八八年七月十一日于沈阳

这是表演艺术家王晓棠来沈阳到我家做客时对海英的祝愿。

海英：永远别忘了勤奋学习！

伯伯：高玉宝

1987 年 12 月 13 日

这是著名的"战士作家"高玉宝来家做客时对海英的叮嘱。

海英——听起来像是鲁迅的儿子，而作诗人的女儿岂不更美？

只会说而不会写的叔叔王刚

一九八八年四月十六日

这是著名演员王刚来家做客时和海英开的小玩笑。

努力学习，热爱人民，追求真理。

赠海英　魏巍　刘秋华

1988 年 8 月 27 日

这是著名作家魏巍、刘秋华夫妇来家做客时对海英的鼓励。

海英：我与你爸爸一同去云南前线，他带回一本诗集，我带回来"相思树"；我又与你爸爸一同踏上长征路，他带回来《沉马》，我带回来《马蹄声碎》。可我还是在今天晚上第一次听说他还有这么一位女儿。

江奇涛

1988 年 12 月 8 日

这是军旅作家江奇涛来我家做客时与海英的文字对话。"相思树"即《雷场上的相思树》，与《马蹄声碎》一样，都是江奇涛创作的中篇小说。后来这两部作品均由江奇涛担任编剧，改编并拍摄成电影《雷场相思树》和《马蹄声碎》。

激流勇进

赠海英 刘白羽

1991 年 8 月 17 日 锦州

这是刘白羽访问东三省期间，我和海英、海泉一起陪同他参观辽沈战役纪念馆时，刘白羽写在海英小本子上的期许。

海英大学毕业后被分配到区法院工作，她后来做到区

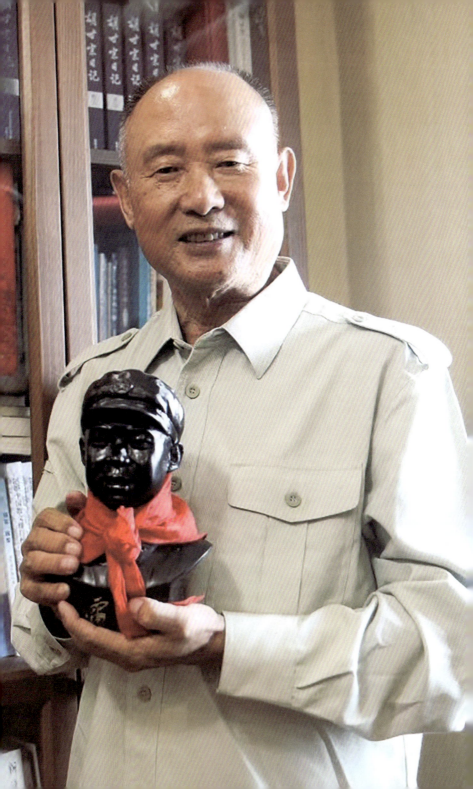

我一入伍就赶上部队大张旗鼓地学雷锋。作为一个"战士诗人"，我从 1963 年 2 月 25 日在《沈阳晚报》上发表诗歌《雷锋活着》开始，始终在追随、歌颂雷锋和雷锋精神的漫漫长途上。60 多年来，我从未停止过对雷锋和雷锋精神的赞美和颂扬。

2023 年 7 月，在我沈阳居所的书房里法院的民事法庭副庭长、执行庭庭长。我叮嘱她要廉洁自律、公正公平。她在工作单位树立了很好的口碑。

我在海英眼里是什么样子呢？

海英曾在文章里这样写道：

记得我在沈阳二十中学上高中的时候，有一天上晚自习，外面下着雨。下课后有同学喊我："外面有人找，大概是你哥吧。"我当时一头雾水，我哪有哥呀！

出去一看，原来是我老爸来给我送雨伞。我老爸特别有亲和力，给我许多同学都留下了很好的印象，现在这些同学，见我的面还总是问起："胡叔可好？"

海英还夸我勤奋：

从小到现在，在我的印象中，老爸就没有早上赖在床上不起来的时候。即使是退休后的现在，他仍然每天四五点钟就起床，坐在电脑前开始他一天的忙碌。就算没有什么要写的东西，他也常常是书不离手。我们一起开车去北京看海泉，来去也就一两天的时间，他也要找一两本书揣在行囊里，也要把笔记本电脑带着，说是打日记用。

我老公就一直特别敬佩老爸这一点。他说："如果我们能有老爸一半的勤奋，工作上肯定会有更大的收获。"

　　海英还提到，我每到一个地方都会找小馆子吃当地的特色美食。不管吃什么饭菜，我都会说一句口头禅："老好吃了！"

　　老伴儿说我就是一个馋。我说，我这是热爱生活啊！

　　我曾对别人夸口说我从未打过孩子。可是，我的日记是"铁面无私"的。日记里记载，我打过海英一次。那是海英小时候，出于好奇，把胶卷从上海牌相机的方盒里抻出来看，导致底片一下子全曝光了，全作废了。那可是我在北京，与臧克家、张志民、魏巍等人的珍贵合影啊。

　　我当时很生气，就动手打了她两撇子。过后一想，这是我的错，孩子再错，也不该打，好好说服教育才对。无论什么原因，打孩子终究是不对的呀。

　　2022 年 7 月 2 日，海英过生日，我送她两件我保存了几十年的物件。

　　一件是她 4 岁时，在沈阳机车车辆工厂幼儿园，3 月、5 月、6 月这仨月的托费收据，3 个月共付了 17.6 元。

　　另一件是 1984 年，她初中二年级第一学期期中考试的一份成绩单，油印的，她考了全班第一名。全班 50 多名同学的名字和成绩，都在这张表上。

在家长意见栏里，我写道："虽然这次成绩比以前好，但仍需要稳定、巩固，比起快班，差距仍是很大的，还应刻苦努力，奋发向前。"

班主任老师用红笔写道："希望胡海英能保持住成绩，并有所提高。"

如今女儿已经退休了，每天仍雷打不动地坚持读书、学英语、学书法、写日记，参加社区的舞蹈队，十分规律，从不松懈。

她这种持之以恒的精神，令我欣慰。

支持海泉寻梦逐梦圆梦

我们家的教育理念，就是支持并鼓励孩子坚持自己喜欢的东西。孩子感兴趣的，才是将来有希望做好的。

在海泉小的时候，我们发现他喜欢画画，经常在小本子上画马，画兔子，画猪八戒，画孙悟空，画机器人，画房屋山水……

我就给他买画笔、颜料，买美术常识小册子。我在家里显眼的大拉门上，办起了"海泉的画"展览。同事、亲友来串门，一进来就会看到海泉的画展。我们当然知道，同年龄的孩子比他画得好的大有人在。可是他有这个爱好，我们就给他鼓劲儿。他也感受到了家长对他的重视，自己在美术本上进行"每日一画"的练习。

海泉小学四年级时，开始学起了钢琴。他很投入，学了进去。不但学弹琴，他很早就开始作曲、写歌。海泉的爱好转移了，我们的支持也随之转到音乐上来了。

◎ 1980 年，儿子胡海泉在家练武术

有一段时间，海泉的兴趣转移到了写作上。他每天都要写散文、写诗，有时还写小说。他写的科幻小说《宇宙空间战》有几千字，那时他只有 15 岁。

他喜欢写作，喜欢文学，正合我意。我期待他子承父业，将来能干我这个行当也挺好。我把他写得好的诗文推荐到报刊发表。他写的征文，曾在全国中学生作文大赛中获奖，他还因此参加了北戴河文学少年夏令营活动。

我还带他到北京去拜访诗坛泰斗臧克家。克家老人亲自给海泉做导师，向他传授写诗要领。海泉小时候的床摆在我的书房里，床上面是臧克家给我题写的"诗言志"3个大字。这次拜访，克家老人在海泉的本子上题了字，并鼓励他多写。

海泉高考那年，他妈妈在医院做脑瘤手术，家里没人照顾这个高考生，他还常到医院看妈妈。他报考的几个大学都没录取他，这与老师和同学们对他的期望相去甚远。

这个结果对他是一个沉重的打击，他最后去了一个很普通的大学。但正是这个大学，给予了他更多的施展才华的空间，给了他更广阔的平台。他创办校刊，主持全校的文艺演出，创作并演唱歌曲，参加全市文化节。这些锻炼为他后来成为音乐人打下了很好的基础。

在大学毕业前夕，海泉要去北京乐坛闯荡。我和老伴儿全力支持他，孩子自己喜欢的，定是最有希望的。

2000 年 8 月，海泉生日要到了，这时他已经在北京音乐界崭露头角。我和他妈妈想要给他寄生日礼物。走了沈阳好几家书店和商场，我们最终选购了两张生日贺卡。

海泉是属兔的，我选的贺卡，封面是一只大兔子和 14只小兔子。我精心地在"兔"字前贴上了一张他在家弹钢琴的照片复印件，然后写上："不要重犯与乌龟赛跑的错误……"

海泉妈妈则在有一把小提琴图案的生日贺卡上，贴上了海泉小时候的照片和一张复印的"出生证明"。那时他还没有名字，姓名处只写了"王惠娟之子"5个字。我们想，当年你是没有名字的，是无名的，现在有"名"了，要特别珍惜这个名……

海泉回忆这件事时说："父母对我总是用心良苦，他们的提醒总是婉转的、含蓄的。他们很会教育孩子。这两张贺卡，是我的一笔财富。"

在这个生日，我们还给海泉买了《阿炳传》和《乐圣贝多芬》寄去。我在《乐圣贝多芬》的扉页上写道："贝多芬从小喜爱文学，首先是诗歌。12岁写下一篇作品，26岁走上巡演舞台……'乐圣'的人生与艺术经历是那么令人艳羡！这是文笔颇美的一本人物传记，我们选来作为你25岁生日的纪念品。"

我们当时想，应该给海泉提供人生的榜样和奋斗的目标。

海泉成名后，曾在《人民日报》的副刊头题发表散文《在贝多芬出生的阁楼里冥想》，他写道："不知道他离开人世的一刻是否想到过这间他出生的小屋，渲染在他记忆之中的，有太多恢宏的音乐厅，颠簸的车厢，华丽的宫廷，浪漫的长廊，凄楚的病房……这些场景与空间记录下他少年得志时的轻狂；离乡求学时的期望；誉满欧洲时的锋芒；抗争病魔时的悲怆。太多场景最后背叛了他，甚至曾将他淡忘，只有这间老旧的阁楼没有。"

看到这段描写，我知道，我们送他的这本贝多芬传记，他是认真熟读过了的。

海泉也养成了读书的好习惯。每回见到他，他的双肩包里总是有一本正在阅读的新书。在飞机或火车上，在演出前的化妆室，在临时居住的宾馆，他都如饥似渴地读书。这一点，我是最满意的。

有一年父亲节，海泉给我发来贺词：

你的肩膀任儿时的我攀爬；
你用希望鼓起我起航的风帆；
你是我离家时忍住眼泪向我挥手的人；
你是我失败时替我担忧却用微笑给我鼓励的人；
你是我成功时替我骄傲却提醒我切莫骄傲的人。
你是我的避风港，
你在世界就在。
任岁月如刀削磨人生也不会改变我对你的爱与感激……

小外孙成了 15 岁的剑桥生

　　我的外孙段治先，一上小学就进了东北育才学校。他的爸爸妈妈在他很小的时候就给他立规矩，不是什么事都可以由着孩子的性子来。

　　他 4 岁的时候，到中午吃饭时，玩玩具正在兴头儿上，喊他吃饭，喊了几遍他也不来。

　　他爸爸说："你怎么不来吃饭？"

　　他说："我不饿。"

　　他爸爸说："那咱们说好了，现在是中午 12 点，你不来吃午饭，再吃就是晚饭。晚饭是下午五六点钟，天可就黑了。"

　　治先连说"没事没事、不饿不饿"。

　　等到了下午两三点钟的时候，治先饿了，跟爸爸妈妈要吃的。爸爸妈妈都说没有。治先到处翻。饼干和糖果，早就被爸爸妈妈藏起来了。"坚壁清野"，什么吃的东西都没有，有也不能给他吃。无论怎么饿，也得等到晚上开饭时才能吃。

治先大哭起来，他坐在地板上两腿使劲儿蹬着，两手抹眼泪。妈妈看了心疼孩子，就向爸爸求情。他爸爸说："这回你给他吃，咱们的教育就失败了；如果这次失败了，以后的教育就很难奏效了。所以必须'狠'点儿心。"两个大人统一了思想，就把规矩立住了。从此以后，治先就按时吃饭了。

一个人只有专心致志才能成就大事；一个孩子只有专心致志才能学好功课。

治先上小学之前，报名学"新新数学"，做作业时经常是磨磨蹭蹭，东瞅瞅、西望望，一会儿喝口水，一会儿又去上厕所，一会儿到窗台上去看看风景，一会儿又玩铅笔、橡皮。

他妈妈看在眼里，就和他商量："你做作业，我给你用手表掐时间，看你多长时间能完成这20道题，好不好？"

治先一听就来了精神，觉得这样写作业挺有趣。就这样，每次治先做作业，他妈妈都在旁边掐表。坚持了3周之后，治先做作业的效率大大提高了。此后，从小学到高中，学习时根本就不用大人陪伴和监督。

如果孩子是善良的，他就会把人生路走得顺、走得好、走得远。在这一点上，家长要给孩子做示范。

有一次我们全家一起去新民市看荷花。路况不好，有一辆车避让我们的车避过劲了，一个车轮陷到了沟里。治先的爸爸把车停在一边，下车就往回走，他要回去帮助那辆陷到沟里的车。治先二话没说，就跟着他爸下了车。那户人家正要打电话找吊车来帮忙呢。治先和他爸，与那户人家一起抬车，把车从沟里弄了上来。他俩一身土、一脸汗地回到车上。我夸他们做得好。他爸说："太应该这么做了，看人家的车掉到沟里，理都不理就走，谁心里能安稳啊。"

在孩子的成长中，这种助人为乐品格的养成，比功课的分数重要得多、宝贵得多。

在教育孩子的过程中，家长批评错了，就要正式向孩子道歉。

有一回，治先右手食指被学校的门挤着了。在校包扎后，老师通知家长把孩子接回家。回家后，他爸爸催他快写作业。

他说："老师没给我留作业。再说，我的手受伤了，写不了。"

他爸爸说："你右手不能写，左手可以写啊！"

我回到家，看到治先在看电视，我说："你怎么光看电视，可以用这个时间弹弹琴啊。"我还举了他舅的例子，小时候怎么用功、如何刻苦，劈头盖脸地给他讲了一番大道理。我以为，我说完了，他就会听话了，去做作业、去练琴了。没想到，他跑到房间，扑倒在床上大哭起来。当

 参加外孙的毕业典礼

时我还想，孩子怎么能这样脆弱，都批评不得了吗？

　　第二天，他妈妈领他去换药，我才知道他的手指伤得挺重，皮肉都裂开了。我们这些做家长的不分青红皂白，怎么得劲儿怎么训斥孩子，我们误判了孩子，我们错了。错了就该向孩子道歉。我对治先说："我们错怪了你，你的手伤到这个程度我们不知道，只知道狠着劲儿批评你不做作业、不弹琴。我们对你关心不够，我们向你认错，希望你原谅我们。"

治先又一次流泪了。这一次，他流的是与长辈和解的泪，是体谅的泪。他说："你们也是为了我好啊。"

治先在学习上很争气，小学四年级跳级考上了初中，初中读了两年，跳级上了高中。他15岁考上剑桥大学，成了亲友们热议的一个话题。

我还因此应沈阳出版社编辑之邀，写了一本《15岁的剑桥生》。

开始时，治先强烈反对我写他。反对有效，我就把写作计划搁置下来了。

后来，我到剑桥大学参加他的毕业典礼时，我跟他说："姥爷写你的成长经历，不是为了宣扬你，而是为了给其他孩子和家长一个借鉴。这是对别人有帮助的事，你怎么能反对呢？"

他这才答应让我写。

《15岁的剑桥生》纸质书出版后，沈阳出版社和乐动山竹影音工坊，又联合打造了40集同名广播剧，播出后受到了广泛关注。

作为一个"80后"，我依旧朝气蓬勃。一个人老了，那只是因为他的心老了。我不让坏的事影响未来，不让好的事迷惑现在；不突出令人欣喜的成功，不隐去让人沮丧的失败。我可以怡然漫游世界，也可以果断舍弃心爱珍藏。如今的我，依然敢于挑战、敢于冒险，敢于重新开始。我的万里长征才刚刚迈出第一步，我，在人生的路上永不止步。

探索成长之路，解读智慧人生，
本章内容，扫码收听。

第十七章

人生路上永不止步

75岁"逃家"自驾去海南

人生中总会遇到许多艰难困苦，也会有许多次主动的、被动的挑战。2017年秋天，近75岁的我萌生了从沈阳出发，自驾去海南的想法，这是一次对自我的最好的主动挑战。

想法公布之后，立即引爆了我的微信朋友圈。大家七嘴八舌，议论纷纷，支持者无，反对者众。我最亲爱的儿子、女儿、女婿、外孙，全都不赞成。我忽然觉得自己成了"孤家寡人"，除了老伴儿之外，没有第二个人赞成。

海泉甚至说："爸，您不就是在海南需要用车吗？我给您提供保障不就行了吗？"

在海南生活确实需要有台车，但这不是我要从沈阳自驾到海南的全部缘由。这里面深含着我的一个心结、一个夙愿、一个目标，那就是我特别想自己开这么一趟长途，做这么一件从未做过又很想做的事。一个老者，在花甲之年学会开车，曾经自驾到鞍山、大连、北戴河、北京……我曾经觉得自驾到北京就是我的极限了，现在能不能从沈阳自驾到海南？意志强不强？车技高不高？身体好不好？能不能顶下来？这都不是海泉帮我解决一辆车所能回答的。

"胡闹！"

"快打掉这个念头吧！"

"干什么非得跑这么远啊？"

"你以为你还是小青年儿啊？"

……

不管别人怎么说，我老伴儿始终是我最坚定的支持者，甚至可以说是最热烈的怂恿者，从提计划到实施，她都毫不动摇。

既然成了"孤家寡人"，自然也就不指望有什么欢送的队伍。我们两个人，悄悄"逃家"，踏上了远征的道路。

我们把自己要说而没有说的话，打印在一张纸上，标题是《给海英海泉的留条儿》。这张纸压在家里餐桌的大玻璃板下面，有"遗书"的意味：

　　一个人能准确地知道自己是哪年哪月哪日出生的，却不能准确地知道会在哪年哪月哪日离开这个世界。人在一生中会遇到许多意外：意外的惊喜，意外的不幸。

　　我们是天生的乐观派，我们不在乎生活中的

坎坷与不顺。我们去西藏，有人说那里高度缺氧，太危险。我们想，如果真把老骨头留在雅鲁藏布江，也是美事一桩呢！乘坐邮轮环球游时，有人说万一走到哪个水域，遇到大台风，翻了船，不毁了吗？我们想，我们何德何能啊，能把自己葬在遥远的大洋里，那可比死在哪家医院的病床上好很多呢。

我们就是这样的人。这次开车去海南，你们都不赞成，甚至极力反对。但车在我们手上，路在我们脚下，你们反对无效。我们挑战一下自己：75岁到底能不能把车开到海南岛上？

◎ 和老伴儿一起自驾去海南

这条路大约 3500 公里，我们换了 4 条新轮胎，手机上下载了导航，安装了 ETC，一路上的酒店也订好了。我们在物质上、思想上、精神上做了充分的准备，相信我们会一路顺利的。

　　万一出现了什么情况，是我们自己的责任，与儿女无关，与亲友无关……

　　下面还有一些具体交代，写得很周全。然后是我们两个人的签名、手印。

　　在沈阳冬季供暖的第三天，我们从渐寒的东北出发了。出发前，我们有一个庄重的仪式，就是把车上的里程表的数字归零。此时，恰好是早上 6 点整。

　　归零，看上去只是用手按一下，但这个简单的动作饱含深意。"归零"，是极富诗意的一个词，触发了我关于人生和事业的思考。这一归零，里程就从几万公里变成了"0"，这意味着之前所有的记录都不见了，我的一切都要重新开始了。

　　我是头一次跑这么远的路，也是头一次使用手机导航。

　　我开始是一站一站地设目的地，比如设盘锦、设兴城、设山海关……后来有经验的朋友告诉我，可以把终点直接设为目的地，导航会给出几条路线供你选择，中间不必修改，也不会走弯路。

◎ 与老伴儿到达海南住地

　　中午时分，我们抵达山海关服务区，在这里休息、加油。朋友向我传授经验，一定要在还有半箱油的时候就加满它，以防万一。什么是万一？有的时候，你计划好到下一个服务区加油，可是当你预备的汽油可丁可卯地跑到那个服务区准备加油的时候，那个服务区也许没有油了，也许临时封闭了，而下一个服务区，还离你有着几十公里的路程，箱里的油不够用了，那时你就真的一筹莫展了。

　　过了秦皇岛之后，我们跑了不少冤枉路。天渐黑了，直到晚上 6 点，我们才进入了河北省黄骅市。

　　我第一天跑了 768 公里。我把信息发布到朋友圈，没想到竟然有 138 条点赞、158 条留言，大家纷纷鼓舞和祝福我们。

在我们自驾返回东北的时候，从开封市通许县出来，见到第一个里程碑，它并不高大，却十分显眼——1998。

我脑子里飞快地想着这个数字背后的内涵。1998 年，是海泉离家"北漂"闯荡音乐世界稍有一点儿成绩的年份。那一年，我到北京去看儿子。我们父子俩在一家小饭馆里要了两个菜，还喝了一瓶啤酒。我和老伴儿说起这些往事，突然来了灵感。我们决定每到一个里程碑，就快速将上面的公里数转化成年份，并讲出这一年有哪些值得纪念的事。车子开出一公里，不到一分钟，在这样短促的时间里，立即想出相关的事，是有一点儿紧张的。但我们就是这样一公里一公里地驶过，一年复一年地回忆，让这自驾的路途充满了意义和乐趣。

1997——这是我们小外孙段治先出生的年份，这小子如今已经毕业参加工作了。

1995——女儿和女婿结婚。

……

1969——这个数字一下子让我们蒙住了，觉得没有什么事件和事情可以怀念。很快，我们惊呼起来，这个年份怎么可以忘掉？这是我们俩"发昏"结为夫妻的年份哪！

……

1944、1943，这是老伴儿和我出生的年份。我把车子开得慢一点儿，尽量靠到右边，让老伴儿将这两个重要的数字拍下来。

很快，我驾车开上了开封黄河大桥。这桥上的里程碑，数字是"1921"——啊！一个是黄河，一个是1921，这两个词语组合到一起，你说神不神？你说有没有诗意？就是一个不会写诗的人，在这两个词语面前，也会激情澎湃吧。

中国大百科全书出版社的程广媛和曾辉看到了我朋友圈发布的信息。他们觉得我在古稀之年，自驾去海南，充满了诗意与豪情，便热情地给我发来了约稿函。于是，就有了2021年1月出版的小册子《一路向南》。

他们在书的勒口上这样写道："75岁的胡世宗以巨大的勇气长途驾驶近3500公里，历时7天，在行程中遇到了诸多突发状况，令人紧张与担忧。所到之处，他触景生情，追忆他生命中一些难忘的人和事。作者用细腻、鲜活的笔触带领我们一路向南，那些生动可爱的画面不时浮现眼前。"

乐把心爱之物捐赠给社会

我是一个收藏爱好者。我保存着自己写作的草稿、成果和社会的评价，保存着 309 本手写的日记；我珍藏着数百幅名家的字画，珍藏着 800 多位作家和诗人给我的签名赠书，珍藏着各位师友 60 年来给我手书的 2400 多封书信。

我觉得收藏就是一种修行，在不断的积累和沉淀中提升自己的品位，陶冶情操，净化心灵。而当我把这一切捐赠给社会时，我感到了难得的精神享受和快乐。

20 世纪 90 年代初，沈阳市图书馆建立"地方文献"专柜。负责征集工作的社科部主任高淑媛和馆员李冬红找到我，希望我把自己写的、编的图书，签上名放到"地方文献"专柜里，同时也约去了我的一些作品的手稿。

我的这些作品及手稿，与我景仰的省内多位著名作家、诗人，如马加、草明、方冰、韶华、思基、刘文玉、阿红、晓凡等人的作品集摆放在一起，令我受宠若惊。

同时，我想我的这些作品和手稿，能面向社会、面向读者，也是非常有意义的。我愿意多做这样的好事。

2013年3月，我将2090件档案资料捐赠给沈阳市档案馆，其中包括手写日记、手稿、发表和出版的作品309本，我各个时期家庭生活、军旅生涯和文坛交往的照片、底片和光盘，我获得的各种奖状、奖牌和证书，以及一些名家的书信和贺卡等。

时任沈阳市档案馆馆长的荆绍福对我说，如果能有一两幅名家的字画就更好了。我便把臧克家和魏巍的两幅字画捐了出去。臧克家先生为我题写的是"知面知心友谊厚，能诗能文热情高"；魏巍先生的，是他为我手书的《夜雨寄北》。

随后，我在整理自己的收藏品时，发现竟然有150余位名家的字画，共计357幅。我在欣赏时，深深沉浸到难忘的旧事之中。每一幅字画都来之不易，每一幅字画都无比珍贵。能得到这样多名家的厚爱，我认为我是一个运气极好的人。

我非常感谢时代、感谢社会，让我能获得这些非凡的藏品。我想，我必须把这些珍贵的藏品回馈给社会、回馈给时代，否则就愧对了时代、愧对了社会，更愧对了赠我字画的一位位名家。

我逐一征求了家人的意见，老伴儿、儿子、女儿和女婿，连远在国外读书的外孙，我也照样十分郑重地向他征

◎ 2019年8月5日，捐赠珍藏字画展览暨捐赠仪式

求意见。让我颇感欣慰的是，我的家人，无一例外，百分之百地同意把这些珍藏品捐献给社会。

2019年，我将357幅字画捐赠给了沈阳市档案馆。其中既有丁玲、臧克家、艾青、贺敬之、张光年、刘白羽、魏巍、浩然、张志民、李瑛、袁鹰、刘征、孙其峰、孔继昭、梁照堂等辽沈地区之外名家的作品，也有辽沈本土的名流，如沈延毅、宋雨桂、林声、王堃骋、王充闾、王向峰、李仲元、于植元、冯大中等人的作品。

我珍藏的字画，每一幅都有不同寻常的意趣和故事。

比如臧克家题写的"凌霄羽毛原无力，坠地金石自有声"，就是有一段小故事在背后的。

有一年春节期间，我到臧克家先生的家中拜访。先生送我出门时，我见大门上有先生手书的这副对联。我在这对联前伫立良久，沉思良久，越发喜欢这两句说透人生、人格、人生价值的对联了。我当即表达了自己的喜爱之情。不久之后，先生便用荣宝斋的竖红格宣纸，给我写了一个小条幅寄来，这成为我最喜爱的珍贵的纪念。

再比如刘白羽手书的"小楼一夜听春雨，深巷明朝卖杏花"，这是他喜欢的陆游的《临安春雨初霁》中的两句。

我家里墙上悬挂着丁玲题写的"水滴石穿"，刘白羽手书的《三下江南》诗，贺敬之手书的郑燮的诗，臧克家手书的"诗言志"，孙其峰手书的"从容"，书法家沈延毅手书的"锲而不舍，金石可镂"。这些我都摘下来捐了。

2019年8月5日上午，沈阳市档案馆举办了"胡世宗捐赠珍藏字画展览暨捐赠仪式"。海泉于8月4日夜赶回沈阳参加仪式，他对我说："老爸活得明白，想得通透！"

我觉得，我为这大半辈子的珍藏找到了最好的归宿。这些珍藏字画如果遗失了，那就是我的罪过。

2022年8月23日，我再次捐赠。这次是5749本图书，捐赠给了辽宁省图书馆。这其中有814位作家、诗人为我题签的1984本书。这是辽宁省图书馆统计出来的，我自己根本就没数。

尤为珍贵的是，当年我撰写《当代诗人剪影》时，我写臧克家、魏巍、光未然、公木、柯岩、周涛、苗得雨、高洪波……每写一个，我都请诗人本人审阅稿件，这手稿

◎ 辽宁省图书馆馆长杜希林授予我捐赠证书

上有他们用毛笔、钢笔或铅笔改动和删添内容的笔迹。这个很难得，十分珍贵。

捐字画，我是"裸捐"，即捐了我全部的字画。但我捐图书可不是"裸捐"，我留下了几书柜近千册的书。我在余生的写作中要用到这些书，就留在手边了。

捐赠仪式结束后，我回到家，觉得自己做了一件很有意义的事情，便在微信朋友圈发了一条信息，标题是：藏书手稿捐啦！一桩心事了啦！此时，我感到格外的轻松和快乐。

2022年，我把自己珍藏的从20世纪60年代到2022年，跨越60多年的信札，总计2448封，全部无偿捐赠给沈阳市档案馆。经历过书信时代的人们都非常清楚，如果不是有心人，如果不是异常珍视这些信札，这些信是保存不下来的。

张春风馆长说："书信客观真实地记录了不同时间段，带有时代印记的文学思潮、文学观念、创作理念、创作动态。这可以说是个性化书写的中国当代文学史。"

张馆长的评价我非常认同。比如说，1972年冬，贺敬之赠我《放歌集》，同时附信一封。他用的是市面上常见的、北京市电车公司印刷厂出品的400字红格稿纸。从纸张和信中内容，可以看出他当时的处境和心态，看出他的低调和平易。

为了让这些宝贵信札走出档案馆、走向社会，沈阳档案馆在辽海出版社柳青松社长的支持下，编纂完成了多卷本的《胡世宗捐赠珍藏书信集》。在书中，我为每封信札都撰写了附言追记。

这些信都是写信人真实情感的自然流露。他们写时随心所欲，在不经意中，不加雕琢地展现出自己的真性情和真心境。

在电子邮件异常发达的今天，这些手书信札尤显稀缺可贵。

有人称赞我的捐赠。也有人总问我："为什么一捐再捐，捐了又捐？"我总是笑着说："会捐，会捐，谁让我娶了个媳妇叫'惠娟'呢！"

环球 86 天边游边写

2014 年 7 月，我和老伴儿到一家旅行社办理赴海参崴的旅游手续。在等候业务员去取合同的间隙，我无意之中得见一本小册子，这是意大利歌诗达·大西洋号邮轮首次从中国出发进行环球游的广告图册。

我们把这个小册子拿回家细看，越看越兴奋。这个邮轮从上海出发，绕地球一圈，最后再回到上海。我多次听老朋友晓凡讲述他乘坐邮轮出行的经历，虽说不是环球，但也特别美好。海泉也多次动员我们乘坐邮轮出国旅行。

绕地球一圈！这太吸引人了。我们没有征求孩子们的意见，自己就报了名、交了款，办理了全部手续，唯恐这条船把我们落下。

自从我来到这个世界，就不断地认识这个世界。从课堂上和书本里，我曾初步了解了这个世界的广袤。可是，在我儿时和年轻时代最美的梦里，也从未曾出现过周游世界的情景啊。

早在 20 世纪 70 年代，我应《解放军文艺》编辑之邀，撰写纪念高尔基的文章，那时我曾详细了解过高尔基的生平。他所说的"我的大学"，就是纷繁的社会，其中包括他在轮船上度过的时日。他曾在跨国轮船上洗盘子、做小工，因而他知道外国人是怎样过日子的，这给他后来的创作提供了丰富的素材和灵感。甚至我想，名篇《海燕》也一定与他在海上航行的经历有关。

我和老伴儿终于登上了这艘有 800 位工作人员、能载客 2000 多人的大邮轮，开始了为期 3 个月的环球旅行。我乘坐电梯到达邮轮的 10 层楼上，站在缓缓行驶于蓝色大海上的邮轮前甲板上，心胸为之一畅。每到一个国家，乘客们可以参加邮轮组织的上岸游，也可自由行。此次环球游，我们游览了 18 个国家、28 个港口城市。

邮轮在美国纽约停泊 3 天，另外还去了迈阿密、洛杉矶、旧金山和夏威夷群岛的希洛、卡胡鲁伊、火奴鲁鲁。

我在洛杉矶停留的两天里，还专门去看望了我的亲密诗友——黑龙江的满锐。满锐兄嫂在码头上，用一支手杖举着写着大大的"胡"字旗，在下船的几百人中迎到了我。我在他家畅聊一个个熟悉的诗友，我们一起去参观小墨西哥城、杜比剧院、斯坦普斯球场、比华利山庄等景点。还在洛杉矶的一个沈阳人开的北方酒楼里，吃到了家乡的乱炖和猪肉酸菜水饺。

船到马尔代夫，那是一个袖珍小国，它的首都马累也该是世界上最小的首都之一了吧？停在那里的飞机，机身是白色的，一排舷窗下有一道红线或蓝线，尾部或红或蓝，特别像儿童玩具。瑚湖尔岛上的小房子如童话般可爱。这充满童趣的一切，令我感觉重新回到了童年时代。

我们的大船在距离马累有一段距离的海面上抛锚了。马累停不下这样的大船，只好不断用小船接送游客。马累很繁华，小汽车、摩托车、自行车，川流不息。这里的人，大多黝黑瘦小，黑衣黑裤，裹头遮面，光脚穿拖鞋。

马尔代夫的政府机关，多是两层小房。蔬菜门市则与沈阳的菜市场差不多，出售土豆、茄子、胡萝卜、尖椒、洋葱、香菜、葱、姜、蒜，水果多是椰子、杧果、木瓜等，像我们的海南。

每到一个地方，我都爱去搜寻当地的工艺品，我喜欢匠人手作的物件——最好是独特唯一的。我在一个超市里选了3件工艺品，其中有一件是手工削出来的、纯木质的动态人物雕塑，很有艺术感，就是价格较高。我跟商家反复讨价还价，最终以我的心理价位成交了。

我早就知道马累有一个24小时免费开放的沙滩浴场。来马累一回，说什么也不能放过在这个浴场游一回泳的机会呀。我和老伴儿完全不会英语，自由行又没有导游，也没有同伴。于是，我向当地人问路时，就用双手做划水游泳状，当地人立即就明白了，便给我指路。继续往前走，用同样的肢体语言问了两三次路，就很顺利地到达了宽大的沙滩浴场。我在椰子树下换上了泳衣，急切地走向这片海水之中。

沙滩白白的，天空蓝蓝的，海水绿绿的，那种心情要多好有多好。那海水是透明的，波纹一层层漾到水底，如绸缎般轻柔起伏。一群小鱼迅捷地穿行着，忽到这里，忽到那里。而你首先看到的不是鱼，而是映在水底的鱼影。鱼本身是白白的，水在流动，小小的鱼群也在流动，就像是在水中漂流的一团云影。

阿曼位于阿拉伯半岛东南沿海，是一个石油大国，到处有大油罐。我们在阿曼塞拉莱自由行时，原以为出租车司机沙林姆不懂中文呢。在路上，同船游伴乘坐的出租车超过了我们的车。我们对司机说："跟上！跟上！"

沙林姆却说："不跟！不跟！"

啊？他会在"跟"字前面加上一个"不"，这可把我们乐翻了。我们指着他夸赞说："好人。"

他马上笑着回应："都好人。"

他怎么能把"都"字加到"好人"前面呢？是自觉的，还是无意的？一个"都"字，又让我们乐了半天。

他载着我们去了三角梅开放得有如火焰的景点，又去了此地博物馆。

当我向沙林姆比画着做游泳动作，表示要去海滩时，他回绝道："NO！"他在手机里找出一条用繁体字写的信

在人生的晚年，海南成了我的第二故乡。10多年来，我每年都来海南休养、写作，短时一两个月，更多时是半年。东北6个月，海南6个月，成了我每年生活的常态。如今，我已习惯了春节见不到冰雪，穿着短衫走在椰树繁茂的街道上，我更习惯了这里宜人的气候，让我能够更加从容地写作。

2024年2月，在海南琼海的博鳌

息：该回船了，时间来不及了。

我看看手表，差 15 分钟就到约定的回码头时间了，就请他直接把我们送回码头了。

我在土耳其的马尔马里斯的街上散步时，看到两位当地老汉坐在街边椅子上对饮啤酒。他们热情地招呼我，我回应着，并坐在他们两人中间，接过他们递过来的一罐啤酒，热情地与他们碰罐合影。

在攀登希腊雅典卫城时，我给大家高声背诵魏巍写于 1960 年的那首《登雅典卫城》，特别是结尾的四句："是谁唱永恒的太阳它把海岛镀成金，这里除了太阳，一切已

◎ 在土耳其马尔马里斯，与两位男士一起喝啤酒

◎ 在船上，为一起环球游的朋友们作《长征路与环球游》讲座

经消沉；今天我要同诗人高声辩论：古希腊依然是普洛米修斯的灵魂！"

　　经过近 3 个月的交往，我与原本陌生的同行者彼此都很熟悉了。我在船上的卡鲁索剧场，为几百位一起环球游的朋友作了一场题为《长征路与环球游》的讲座，汇报了我两走红军长征路的经历，加深了大家对长征的理解和认知。

　　能在近 3 个月的时间里，航行于三大洋，经过五大洲，晓游夜宿，是最长见识的一种旅行方式，体验颇多，收获巨大。

　　在出发之前，春风文艺出版社社长韩忠良就向我邀约，回来写一本游记。这也是我本人的意愿。

环球游归来，我的游记《地球是圆的——我的 86 天环球之旅》，在这年的 12 月快速问世了。责任编辑张玉虹在介绍这本书时说："作者用诗人的眼睛和作家的情怀，把这 86 天旅行的见闻与感受详细记录了下来。世界各地的风光、民俗、历史、文化，船上特别的同伴和船员，还有一路上许多妙趣横生的经历，他都一一写出，与读者分享。"

海泉在给这本书写的序言中说："我太了解老爸了，近 60 载笔耕不辍，到现在还不间断地用日记记录每天发生的一切。他的环球之旅注定会带着厚厚的一本游记归来。他的理念和习惯是：如果没有用文字记录下身边发生的一切，这一切就白白经历了。"

真的就是这样，知父莫若子啊。

拜望百岁贺敬之

2024 年 11 月 5 日，诗人贺敬之百岁诞辰。在这个喜庆日子到来的前夕，恰好我赴京出席庆祝新中国成立 75 周年《战士与祖国》军旅诗歌朗诵会。我便与贺敬之的亲戚、和我结交 33 年的文友贺茂之将军一起拜望了贺敬之老师。当天，另有老师的一位小亲戚贺强到访。

我曾多次拜访贺敬之老师和柯岩大姐。贺敬之老师曾对我说过："有空儿就来坐坐，但不要专程来，到北京办事或开会，能来就来说说话。"

我们在客厅落座后，贺敬之老师的贴身护理员杨春明把老师从卧室请到客厅。贺敬之老师没有拄杖，稳健地缓步走出卧室，我赶忙迎上前，敬了一个军礼，并与老师亲切握手。老师眯缝着笑眼，握着我的手，看着我的脸，轻声说了一句："胡世宗！"

我和茂之一起扶老师坐在单人沙发上，我坐在大沙发

◎ 在诗人贺敬之（右）百岁诞辰前夕，拜望先生

靠近老师的一端。茂之和春明先后分别坐在两个沙发夹角里的椅子上给我们做"翻译"。我说的话，只要声音不够大，都要经过他们俩的"翻译"，老师才能明白是什么意思。

我带去了2024年8月我新出的两本书：中国大百科全书出版社出版的《延伸，我们的路》，辽宁美术出版社出版的由我撰诗的连环画《刘胡兰》。我一册一册展示给老师看。老师看着《延伸，我们的路》的封面和这本书扉页上《人民日报》发表这首诗的报纸扫描件时，读出诗和书的名字："延伸，我们的路。"我迅疾地翻到"留言辑"第一页第一条，标有"贺敬之"名字的留言。我和贺茂之一起读出老师8年前表扬和称赞这首诗的话。我说，这是您看到报纸上我的这首诗时，给我打电话时说的。老师微笑着点了点头。

我按照茂之的提示，将我题签的两本诗集《战士的深情》，赠给老师身边的工作人员杨春明和骆乐滢。给春明的，还有一本沈阳市档案馆印的彩色小册子《胡世宗捐赠珍藏字画》。

小册子封面上的"胡世宗"3个字是贺敬之老师题写的，是从《胡世宗日记》封面上复制下来的。我展示给老师看，还翻到了这个彩色小册子里的一个对开页，一页是贺敬之老师为我的书《厚爱》题写的书名，另一页是20年前，即2004年，贺敬之老师用毛笔给我写的整页的一封信。茂之指给老师看，老师神色欣然。

接着，我说到当年贺敬之老师的《雷锋之歌》带给我的震撼。我在老师身边，当着茂之、春明和贺强的面，大声地背诵了这首长诗开头的一节："假如现在呵／我还不曾／不曾在人世上出生，／假如让我呵／再一次开始／开始我生命的航程。""生，一千回／生在／中国母亲的／怀抱里，／活，一万年，／活在／伟大毛泽东的事业中！"

我发现这时老师颇感欣慰，他细心地听着，时不时出声加入我的背诵。特别是我背诵"仿佛已经／十分遥远／十分遥远了，／——那已过去了的／过去了的／许多情景"那一长节时，贺敬之老师几乎是全部一字不落地与我合诵着，已经百岁高龄的他，记忆怎么还是这样好，对自己的诗句怎么记得那么牢固啊！我和茂之都为此感到惊喜。

接着，我背诵了《桂林山水歌》："山中的神啊，雾中的仙，／神姿仙态桂林的山！／情一样深啊，梦一样美，／如情似梦漓江的水！／水几重呵，山几重，／水绕山环桂林城／是山城啊，是水城！／都在青山绿水中……"我大声地背着这首诗，老师微笑着轻声与我合诵。此情此景令我特别感动。

我回想到我和老伴儿在桂林山水间旅游时，我一路背诵着贺敬之老师的这首诗。触景生情，美妙诗句随之涌出。在游船上品饮三花酒时，我随口而出："三花酒兑一滴漓江水，／祖国啊，对你的爱情百年醉！"

茂之问我是何时结识贺部长的。

那是在 1965 年 11 月，当时我是一个连队战士，已经当上了班长。我在报刊上发表诗文较多，有点儿小名气，被选为全国青年业余文学创作积极分子大会的代表，到北京来开会。

11 月 23 日晚上，大会之外，我和十几位参会的部队作者，受邀到人民日报社三楼的文艺部做客。记得当时的主要编辑是傅真和贺敬之老师，另外 4 位是女编辑，一共 6 位编辑热情地接待了我们。这是我第一次见到久仰的贺敬之老师，当时我 22 岁，贺敬之老师 41 岁。

这样的近距离，我见到了我崇敬的偶像，见到了写出《雷锋之歌》《回延安》等许多名篇的大诗人。他当时并未谈诗创作，讲的主要是部队的小戏《烧煤问题》《一百个放心》的成绩。我那时虽然很崇敬贺敬之老师，却对他了解不多，很是孤陋寡闻，不知他在戏剧创作上的成就和在中国戏剧家协会的职务。

我和茂之还一起说到《西去列车的窗口》："在九曲黄河的上游，/ 在西去列车的窗口 / 是大西北一个平静的夏夜，/ 是高原上月在中天的时候。/ 一站站灯火扑来，像流萤飞走，/ 一重重山岭闪过，似浪涛奔流……"

这时，我见贺敬之老师心情和兴致均好，便俯他耳边背诵了老师当年为苏联人造卫星上天写的一首诗，这首诗发表在 1959 年《人民日报》上："请安静啊，请安静，/ 你们狂喜欢跳的宇宙群星；/ 静下来啊，静下来，/ 你这波涛惊起的晴空大海。"这是这首抒情诗的开头。

我背这首诗，令老师颇感意外。因为在他后来出版的多部诗集中，都未曾选入这首诗，因时局变化的原因，不可能把这首诗突显出来。在 1959 年，当时 16 岁的我，读到报纸上的这首诗，觉得好便抄了下来，并牢牢地记住了。

我发觉老师内心是激动的，是满意的，是兴奋的。他很愿意、很高兴我大声背诵他的诗作。此时，我是他的知音，更是他虔诚的学生。

1972 年冬，我应人民日报社文艺部之邀来北京改写一篇评论稿子，所住总参四所就在煤渣胡同附近，离贺敬之老师住处仅几步之遥。那一年的 9 月，人民文学出版社再版了他的《放歌集》，书店早就售光。我很想得到一本，就给他写了封信，说明了自己的心情。没想到第二天他就托人把书送到了我住的房间，还附写了一封信，信上说，他在干校留守，因爱人患病，这几天才回城里照料，十分忙乱，不能面谈，表示抱歉。信的后面说："《放歌集》一册奉上，请批评指正。"

这信，这书，成了我珍贵的收藏。

接着我说到 1975 年，我到人民日报社文艺部做实习编辑。我报到后用的办公桌，竟然是贺敬之老师用过的。桌子左角上的铁丝文件筐里，装的全是贺敬之老师批过的稿子和信件。我惊喜地发现了，却没能机智地将之保存下来。如果保留到今天，该多么有意义呀。

后来，我们有了多次相见的机缘。

1979 年 1 月，在诗刊社召开的全国诗歌创作座谈会上，我又见到了老师。

1982 年，我们沈阳军区话剧团排演了《彭大将军》，我请贺敬之老师和柯岩大姐百忙中抽空看戏把关。贺敬之老师还上台跟演职人员见了面、讲了话。

1999 年 9 月，贺敬之老师途经沈阳回京，他打电话给刘文玉，并请文玉转告我，他将在沈阳短暂停留。在那两天里，我们陪他参观了"九·一八"历史博物馆、沈阳邮局百年文史馆，还会见了沈阳的诗友。

我曾带着老伴儿或海泉，多次到贺敬之老师家里做客。贺敬之老师曾向我和海泉说到，当年他 20 岁到 21 岁跨年时，是怎样写出歌剧《白毛女》的。

我有幸与老师相识、相知。我的作品《厚爱》《雷锋，我们需要你》，长诗《我们的军旗》，特别是十七卷的《胡世宗日记》，都是请老师题写的书名。

这时，茂之将军对老师说，小老乡贺强来了。老师说，记得这个名字。贺强带来了乡亲们亲切的关心和问候，他用手机展示照片，请老师看村里的景物、亲人，看景与人的变化。这其中，包括老师父母坟墓的图片，那是水泥的、圆圆的墓。老师问到坟旁的一棵树，是不是砍了，是不是不在了。贺强连声说，在，在，保留得好好的。

本来我想不多打扰，拜访十几分钟，时间就已经很长了。但我看到老师仍在欣喜兴奋之中，也就延后了告辞时间。我看了看手机，在老师家竟然待了 55 分钟。茂之和春明都说，今天老爷子很是高兴。

出了院门，车经过长安街，我看到天安门广场已装饰一新。在天安门与纪念碑中间，我们的车遇红灯停了下来。尹师傅摇下车窗，让我拍下了天安门城楼上的红旗和广场上硕大美丽的花篮。我脱口而出："东风！／红旗！／朝霞似锦／大道！／青天！／鲜花如云。"这是贺敬之老师写于 1959 年 9 月 7 日，庆祝中华人民共和国成立 10 周年的《十年颂歌》里的诗句。

后记

我此生恒定的进军号

2022 年，我的老朋友、辽海出版社社长柳青松约我写自传。他说："您可以写一本关于自己的书，比如写您是怎么从小开始学习写诗的，是怎样开始写日记的，在学习写作路上都有哪些故事，您是怎么把小时候的兴趣爱好坚持到今天的……"

写自己，我有很多顾虑。

柳社长继续说服我："您年轻的时候，也是在雷锋和陈辉的指引下，一步步成长起来的。特别是陈辉，您之所以成为'战士诗人'，与他的感召是分不开的。对于青少年来说，榜样可以让他们少走多少弯路啊，您自身的例子不正好说明了这一点吗？"

啊，是这样吗？那比我优秀的人可太多了，可以写他们哪。我说到我熟悉的臧克家、刘白羽、魏巍等一位又一位名家，说到他们成长中的小故事。

柳社长很感兴趣。名家大家们的人生经历、成长经历，传递的可不只是人生经验，还赓续着红色的文脉与血脉。如果能以真诚、朴实的笔触，将之从时光深处打捞出来，展示给青少年，对于他们如何面对生活的磨砺，如何走好人生的关键几步，会有很大帮助的。

我俩都兴奋起来，就此萌生了搞一套"成长"系列丛书的想法。我们探讨着，先期从文学和艺术界入手，后续再拓展到科技、经济、教育等领域，可以全方位为青少年提供借鉴，这将是多么有意义、有价值的一项大工程啊！一件了不起的事即将发生。我非常赞成，我非常愿意为此事助力。

接着，我们讨论成立编委会的事。青松顺理成章地应该做这套书的主编，可他坚持让我做主编。我最后说，那我们就双主编吧。青松仍不答应，他认为我在文坛联系广泛，无论是传主，还是作者，都熟悉，由我来做主编最合适。而他，只肯做编委。僵持不下，我只好"屈服"了。这就是柳社长一贯的工作作风、做人做事的风度风格。这也是我赞赏、敬佩柳社长的原因。

既然参与了这套书的工作，我得身先士卒、带头冲锋啊。于是，就有了这本《永不止步：我的成长之路》。

成书后，我是忐忑的，我的成绩怎能与刘白羽等大家相提并论呢！但我想，我如何向榜样学习，增加生命的宽度和厚度；我见识到的名家风采；我赴东北边防线、南海西沙采风的感悟；我两次重走长征路的所见所闻；我到老山、者阴山前线采访的经历……这些是年轻人难以经历的，我愿意向年轻读者汇报我的这些经历和感受。于是，我终究还是壮着胆子，"竹筒里倒豆子"般把自己大半生的经历述说了一遍。读者哪怕从中获得一点点启发，得到一点点人生的教益，都是我撰写此书的意义，也是对我最大的奖赏。

此书能得以出版，我特别感谢柳青松、佟丽霞、王玮、任铁石、秦红玉、吴勇刚、杜江等各位朋友倾心倾力的帮助。柳社长在百忙之中一遍又一遍地审阅我的书稿，有时甚至工作到后半夜；他曾多次与我面对面谈稿。我的写作提纲，柳青松和佟丽霞帮我斟酌修改了3遍。柳青松作为辽海出版社社长兼总编辑，又是辽宁出版集团副总编辑，对我这部书稿不知审看多少回，付印前又从头到尾审看一遍，表示满意，给予称赞。佟丽霞可以说是"标题大王"，她在章节标题方面给了我太多好建议。特约编审王玮，以其专业编辑经验给我许多很好的意见和建议。特约编审任铁石，做了很多资料收集和整理的工作，在此一并致谢。

2018年春节，我给自己确定了"慢生活、缓写作、重健康、求快乐"的原则。2024年完成此书，我已经81周岁了，我再不能像年轻时那样去拼杀、去搏斗。但我可以按照自己的节奏锻炼身体，在乐此不疲的写作中求得快乐。

我是一个老兵，老兵的心永不退伍；我是一个诗人，诗人的笔洪流放歌。

永不止步——这是我此生恒定的进军号！

进军号响在耳边：

往前，往前！

直到实在走不动的那一天，

能走多远走多远！

永不止步——

是人生最壮美的诗篇！

胡世宗

2025 年 3 月 9 日于海南博鳌

《永不止步——我的成长之路》
（有声版）

这是一部革命热血与时代精神交融的红色著作，
展现一位军旅作家、诗人的热烈赤诚之心。
这是一条洪流与铁流、文脉与血脉交织的成长之路，
诉说时代歌者胡世宗永不止步的精神追寻。

本书每章开头均附二维码，扫码即可欣赏本章全部音频；
也可关注辽海出版社的微信公众号，收听更多精彩内容。

- -

作　　者：胡世宗
演　　播：吴　鲲
编　　辑：秦红玉　吴勇刚
录　　制：吴海波
监　　制：袁丽娜